메마른 장작에 불! 당겨봐?

지도연 지음

도서출판 청어람

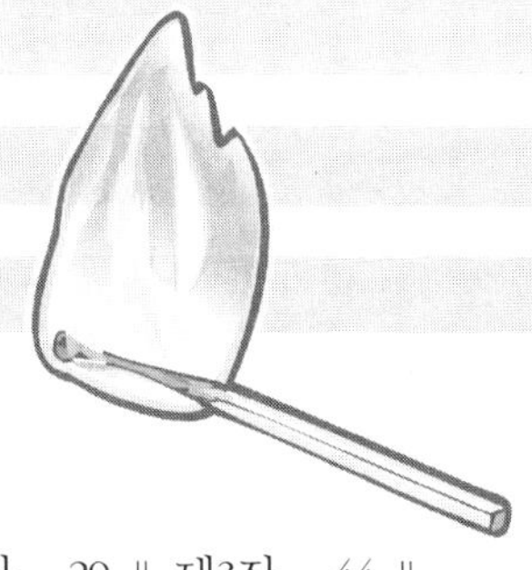

프롤로그

"그래서 누가 가지고 올 거냐고?"

두툼한 입술로 쫙쫙 껌을 씹던 인옥이 조직에 몸담고 있는 아저씨처럼 우둑우둑 소리를 내며 고개를 양쪽으로 꺾었다.

"나는 이번에 또 사고 치면 우리 아버지가 바리깡으로 고속도로 낸다고 그래서 안 돼."

귀밑 간당간당한 짧은 머리를, 그것도 멋이라고 간신히 옆으로 붙인 형선이 말하자 인옥은, 교복 치마허리를 접어 올려 치맛단이 무릎 위까지 올라오자 흐뭇하게 웃는 마지막 남은 아이에게로 시선을 돌렸다.

"선희 안 되고, 윤정이 안 되고, 정미 안 되고, 나 안 되고, 형선이까지 안 되면. 너밖에 없다, 전사랑.”

무릎이 드러난 날씬한 종아리를 이리저리 올려보던 아이가 ‘나?’ 하는 표정으로 저를 보는 아이들을 둘러보았다.

“그래. 전사랑, 너.”

친구들이 일제히 대답하자, 아이는 어깨를 으쓱 올리고는 빙 긋 웃었다.

“너네 무슨 일을 그렇게 복잡하게 해?”

전사랑이라는 아이의 말에 나머지 아이들은 눈이 동그래졌 다.

“무슨 좋은 방법이 있어?”

전사랑이 평소에도 해결사 노릇을 잘한 모양인지, 저들이 한 질문의 답을 들으려는 아이들이 모두 전사랑의 다음 말에 귀를 곤두세우는 듯했다.

“우리가 험난한 극기훈련 가서까지, 그 ‘독한 사감’이 눈 시 퍼렇게 뜨고 감시할 것이 뻔한 상황에서 굳이 목숨 걸고 술을 사러 나가야겠냐?”

‘독한 사감’이라는 부분에서 들켰을 때의 끔찍한 응징이 상 상되는지 아이들의 눈에 겁이 묻어났다.

“그, 그건 그렇지만…… 그럼 어떻게?”

“좋은 생각 있으면 빨랑 얘기해 봐.”

“그래, 말해봐.”

전사랑은 한 마디씩 재촉하는 아이들 사이에서 튀어나온 눈을 껌뻑거리는 선희를 가리켰다.

"선희, 너! 지난여름에 포도주 담갔다고 했지?"

"응."

"그거 포도주스 병에다 담아와."

전사랑은 여전히 멍한 눈을 껌뻑이는 선희의 옆에 아이에게로 손가락을 이동했다.

"윤정이, 너! 이 년 묵은 인삼주 있다고 했지?"

"있어."

"인삼 드링크 병에다 담아와."

윤정이 뭐라 대답도 하기 전에 전사랑은 다시 윤정의 옆에 뻐딱하게 선 아이를 지적했다.

"정미, 너! 매년 매실주 담잖아."

"담지."

"그거 매실 음료수 병에다 담아와."

이번에 전사랑의 손가락은 아직도 목을 우둑거리는 인옥에게로 향했다.

"그리고 박인옥 너! 아버지가 양주 모으신다고?"

"그래."

"반 정도 먹은 콜라 페트병에다가 양주 채워와. 그러면 그게 바로 그 유명한 양콕이 되니까."

"양콕?"

박인옥의 질문에 전사랑은 그것도 모르냐는 듯 혀를 찼다.

“양주콜라. 모르면 적어라. 다음에 또 알려달라고 하지 말고.”

그리고는 가장 끝에 선 형선이를 지적했다.

“마지막으로 형선이!”

“응, 우리 집에는 술 없어. 우리 아버지, 엄마 술은 입에도 못 대시잖아.”

“알아, 너희 집 밥숟가락이 다섯 개인지도 다 아는 내가, 네 집이 금주택이라는 거 모르겠어? 그러니까 너한테는 술, 기대 안 하니까. 안주 가져와. 노래방용 엄청 큰 새우깡, 그거 말이야.”

나름대로 참신한 아이디어의 아이들마다 동조의 빛이 떠오르고 흡족해진 전사랑은 다시 앙팡진 입을 열었다.

“이걸로 풀코스 끝이니까. 각각 잘 준비해.”

“야, 그러면 너는 뭘 가지고 올 건데?”

전사랑의 몫이 빠졌다는 것을 느낀 인옥이 불만에 차 질문하자, 전사랑은 고른 치열을 드러내며 방긋 웃었다.

“나? 내가 네들한테 이렇게 참신한 아이디어를 제공해 주었는데 나한테 또 뭘 바라냐?”

‘뜨악’ 하는 다른 아이들을 두고 전사랑은 유유히 교실을 빠져나갔다.

드디어 극기훈련 첫날 밤. 사랑의 아이디어로 아무도 들키지 않은 채 아이들은 각종 주스와 콜라로 위장한 다양한 '주'들을 모아놓고 술판을 벌였는데, 문제는 다음날 발생하고 말았다.

멤버 중 가장 튼실한 인옥이 전날 짬뽕으로 마신 술독이 빠지지 않아 새벽부터 강행된 극기훈련의 하이라이트, 사람 잡는 산행을 감당하지 못하고 있었기 때문이다. 인옥은 가파른 산을 오르는 지독한 훈련을 기를 쓰고 따라 하느라 피골이 상접해지더니 오후쯤 되자 노르스름하던 얼굴색이 금방 죽어 넘어간 송장처럼 허옇게 질려가고 있었다.

"도…… 도저히 못 참겠다."

인옥은 더 이상 견디지 못하겠는지 결국 대열에서 이탈해서 근처에서 가장 큰 나무로 달려가 그 나무를 덥석 끌어안았다. 평생 기다리던 이상형이나 되는 듯 나무를 끌어안는 뜬금없이 행동에 왜 저래? 의문을 가지기도 전에, 인옥은 그 나무 아래 쪼그리고 앉아 점심으로 먹은 잡곡밥과 나물 등의 극기 음식들을 뱉어내기 시작했다.

대자연을 오염시키는, 어찌 보면 나무에 생거름을 주는 인옥의 행동에 뒤따라온 보조사감은 깊은 산 자연의 향기에 섞여오는 리얼한 거름 향에 더 이상 다가가지 못한 채 어정쩡한 자세로 인상을 긋고 있었다.

"더, 더는…… 모…… 못 가. 욱!"

이번에는 더 넓은 영역을 한바탕 주변을 어지럽히고 아예 철퍼덕 하마 덩치를 뉘어버린 인옥을 뼈만 앙상하게 마른 보조사 감이 얼굴 가득 인상을 찡그린 채 내려다보았다. 거구의 인옥을 업고 내려가야 할지—그것도 자신의 등에다 미처 게워내지 못한 찌꺼기를 마저 뱉어낼 걸 감안하고—아니면 도움의 손길을 기다려야 할지, 아니면 널브러진 인옥을 내버린 채 산을 내려가야 할지 고민에 빠져 가죽만 겨우 남은 이마에 수없는 주름을 만들었다.

"선생님, 제가 인옥이 보고 있을 테니 선생님께서 들것하고 도와줄 인원을 데리고 오시겠어요?"

인옥을 챙기느라 보조사감과 같이 대열에서 이탈한, 의리 빼면 시체인 사랑의 말에 보조사감의 해골 같은 얼굴에 화색이 돌았다.

"그래! 그러면 되겠구나. 내가 금방 사람들 데리고 올 테니까, 여기서 꼼짝 말고 기다려야 해. 알았지?"

"네, 걱정 마시고 어서 다녀오세요."

싹싹하게 대답하는 사랑을 믿음직스럽게 바라보던 보조사감은 이미 언덕을 넘어 사라지고 없는 일행과는 반대 방향인 산 아래로 내려갔다.

"나 죽어, 나 죽어. 왝!"

그렇게 뱉어내고도 더 내놓을 게 있는지, 인옥은 떨어진 나뭇잎 사이에 다시 코를 박았다.

"내가 너 어제 오버한다 했어. 세상에 제일 무식한 인간이 술

자랑하는 인간이야. 그러게 고만 먹으라니까 계속 처먹더니, 일을 내요."

"사랑아, 나 죽는다. 물, 물!"

"야, 물 같은 소리 하고 있네. 여기서 내가 물을 어떻게 구해!"

사랑은 처음에는 물을 애원하는 미련하기 그지없는 인옥을 외면했다.

"제발…… 물, 물, 무으으으……."

하지만 바짝 마른 사막에서 물 한 방울 먹지 못해 죽어가는 자보다 더 처절하게 물을 외치는 인옥이 목이 타 죽어가듯 쓰러지자 더 이상 외면할 수 없어, 결국 사랑은 주변에 계곡이나 약수라도 있는지 찾아 나서게 되었다. 하지만 아무리 가도 가도 물은 보이지 않았다. 물은커녕 그 비슷한 것도 없었다. 이 산은 물이 씨가 말랐나 보다 생각한 사랑이 어쩔 수 없이 물을 포기하고 인옥에게로 다시 돌아가려고 할 때였다.

어? 그런데 언제 이렇게 날이 어두워졌는지? 나뭇잎 사이로 살핏살핏 고개를 내밀던 햇님이 마실 가셨나? 벌써 밤이 찾아오려 하는 것은 아니겠지?

불안해진 사랑의 발이 빨라졌다. 하지만 귀신에 홀린 듯 같은 자리만 맴도는 것 같았다. 담력하면 막강 담력을 자랑하던 사랑도 날 저무는 깊은 산속은 으슬으슬했다. 제가 밟는 나뭇잎 소리가 꼭 누구의 뒤를 음침하게 밟는 소리 같았고, 그 소리가 의심스러워 뒤를 돌아보면 산중 연쇄 살인범이 회색 낯을 쓰윽 들이대고 번쩍이는 칼날을 확 들어 올릴 것만 같았다.

이러다 산중에 소녀 귀신으로 남는 게 아닌가? 하는 생각이 들자 괜스레 눈물까지 나왔다. 훌쩍거리는 사이, 시간은 흐르고 산에는 시커먼 밤이 찾아왔다.

큰 나무가 보디가드나 되는 듯 그 아래에 숨어든 사랑은 춥고 배가 고팠다. 거지꼴이 따로 없는 제 처지가 기막혀 원인 제공자인 인옥에게 원수 같은 년 가만 안 둔다고 욕지거리도 해보았지만 바람까지 동반한 추위에 오들오들 떨릴 뿐이었다.

어? 그런데 저것이 무엇이지? 떨리는 몸을 감싸 웅크리고 있던 사랑의 눈에 갑자기! 굵직하고 잘 마른 장작 하나가 쫙 빨려 들어왔다. 섬광처럼 번뜩이는 기똥찬 생각, 그, 그렇지 긴급신호! 잡초 같은 전사랑이 여기서 주저앉을 수만은 없었다.

벌떡 일어난 사랑은 마른 장작을 끌고 마른땅을 찾았다. 산중이라 불을 지피는 것은 산불이 날 위험이 있지만, 그런 염려 할 겨를도 없었다. 사랑은 부지런히 손을 놀렸다. 반경에 널브러졌던 나뭇잎을 깨끗이 치우고 흙도 제법 넓게 펼쳤다. 이제 불 지피는 게 문제인데……. 사랑은 원시시대로 돌아가 부싯돌 놓은 자리에 다른 부싯돌을 치기 시작했다.

탕탕—

초저녁에 시작된 산중을 울리는 돌 부딪치는 소리가 깊은 밤까지 이어졌다.

탕탕탕—

깊은 밤에도 계속되던 부싯돌 치는 소리는 이슬 맺히는 여명까지도 그칠 줄 몰랐다.

탕탕탕탕—

"우씨, 죽었어! 내가 이기나, 네가 이기나 두고 보자!"

투지에 불타는 사랑의 눈빛은 제가 산속에서 길을 잃고 추위와 공포와 배고픔에 떨고 있는 처지라는 것을 까맣게 잊은 듯했다. 오로지 손바닥이 얼얼할 정도로 돌을 마찰해도 붙지 않는 불을 지피려는 일념뿐인 모양이다.

탕탕탕탕탕—

"절대! 절대! 내가 불붙이고 만다아아아아아아!"

반짝반짝 돌 사이에 튀는 저것은 불꽃? 불꽃? 불 아닌가! 밤새 발악으로 기적이 일어났다. 정말 원시의 그 어느 순간처럼 돌을 쳐 불을 만든 것이다!

"불, 불, 불이야아아아아아아아!"

환호를 지르며 터지기 시작한 불꽃을 메마른 장작에 들이대려 하는데! ……들렸다.

"사랑아, 사랑아! 사랑아! 어머, 사랑이 여기 있어요! 사랑이 찾았어요! 사랑아!"

사랑을 찾은 담임선생님의 목소리가.

이럴 때는 보통 부싯돌을 집어 던지고 선생님을 향해 달려가야 하는 것이 당연한 일일 텐데, 메마른 장작에 불을 놓는 것에

미련을 버리지 못한 사랑은 입으론 '선생님' 대답하면서, 손은
여전히 바짝 마른 장작 곁에 붙어 부싯돌 부딪치는 것을 늦추지
않았다.

심봤다!

송골송골 맺혀오던 식은땀이 기어이 방울을 만들었다. 눈 깜짝할 사이에 한 방울이 이마에서 대구루루 굴러 턱을 타고 뚝 떨어지자 사랑은 숨 막히는 긴장 속에 잽싸게 발을 내뻗었다.

원래는 검정 바탕에 유치찬란한 꽃무늬가 수두룩한 모양인데, 오래된 세월 속에 수도 없이 빨리고 또 빨리다가 최근에는 락스 물까지 뒤집어쓰는 바람에 정체불명의 색으로 탈바꿈한 덧신. 그 덧신 신은 발 위로 땀방울이 똑 떨어져 쭈욱 스며들었다.

"휴……."

한숨과 함께 사랑의 입꼬리가 볼을 향해 치켜 올라갔다. 땀방울을 받아냈다는 안도와 날렵한 행동으로 흔적을 남기지 않았다는 뿌듯함에 벅찬 나머지 사랑은 제가 너무 크게 한숨을 쉬었다는 것도, 너무 입꼬리를 올리는 통에 웃음소리가 새어나갔다는 것도 인지하지 못했다. 그저 손에 든 '소중한 것'이 안전하다는 것만 눈에 들어와 쉴 새 없이 침만 고일 뿐이었다.

주방과 나란히 있는 거실.

사랑은 거실 우측 중앙의 안방 문을 예리하게 살피다 인기척이 없는 것을 확인하고는, 좌측 첫 번째 방을 눈으로 가늠했다. 엄지발가락에 기를 모아 발을 세우고, 가늠하던 방 쪽으로 다다닥 뛰는 모양이 손에 땀을 쥘 정도로 긴박, 초조했다.

네 평 남짓한 주방을 빠져나오는 데 무슨 미션임파서블에 등장하는 불가능한 임무를 수행하는 요원마냥 사랑은 등에 땀이 차고, 간이 쪼그라들었다, 부풀어 오르다 콩알만해졌다, 소 눈알만해졌다, 또다시 쪼그라들기를 반복했다.

전사랑, 그다지 길지 않은 다리로 열심히 뛰어 드디어 좌측 첫 번째 방문 앞에 도달해 이제 됐다 싶어 긴장을 풀고 제 방 손잡이를 돌리려는데, 앞에서 나는 덜컥! 소리에, 철렁! 떨어지는 간과 손에 든 귀한 것을 꼭 붙들어야 했다.

몸에 좋은 거라면 죽을 날 받아놓은 노인네마냥 사족을 못 쓰는, 백조생활 삼 년차로 막 접어들어 눈칫밥만 먹어오던 스물여섯 살 사랑에게 오늘 아침 아버지 앞으로 배달되어 온 장뇌삼은 거부할 수 없는 유혹이었다. 하지만 다른 사람도 아니고 아버지가 드실 삼을, 나름대로 효녀인 사랑이 애초부터 노릴 생각은 아니었다. 그러나 냉장고에 들었던 장뇌삼 박스 뚜껑을 열어 보던 어머니 장선녀 여사의 '장뇌삼도 이래 굵은 게 있네. 가마있사 보자. 잔뿌리는 마, 공부한다꼬 고생하는 우리 아들 쏙아줘야겠구마' 지나가는 한마디가 사랑의 귀에 꽂히면서 범행을 저지르기로 결심한 것이다. 그 귀한 것이 동생, 전대왕 입으로 들어가기 전에.

사랑은 완전범죄의 고지를 코앞에 두고 이대로 꺾어질 수는 없다고 생각했다.

'아씨, 그냥 입에 확 쑤셔 넣어? 아니야, 현행범으로 걸리면 뼈도 못 추려. 그렇다고 안 맞진 않을 거 아냐? 어차피 얻어터질 거 먹고 터지는 게 더 낫지 않을까? 아니야, 그래도 먹으면서 맞으면 더 아플 거야.'

손에는 귀한 것을 들고 오만가지 갈등에 빠진 긴박한 순간, 그 숨 막히는 긴장 속에서 사랑은 고개를 들었다. 그런데 이게 웬일인가, 문소리는 맞은편의 안방 문이 아니라 좌측 두 번째에 '멀대', 전대왕의 방문이었다.

열린 문 사이로 멀대가 뿔테 안경을 빼 들고 눈을 껌뻑거렸다.

"뭐야?"

'원수는 외나무다리에서 만난다더니, 하필이면 이 타이밍에

멀대가 기어나올 게 뭐람!'

멀대가 사랑의 손에 들린 귀한 것에 시선을 꽂았다.

"쉿!"

사랑은 입술 위로 손가락을 세워 일자를 만들어 보였다.

"그거 엄마가 먹지 말라고 한 거잖아."

원수 같은 멀대 자식의 목소리가 조금 전보다 더 높아졌다.

'아니, 이 자식이 제 몫인 줄 알고 저렇게 핏대를 올리나? 아니, 아니야. 장 여사가 혼잣말할 때 저 자식은 학교에 있었는데.'

귀중한 것을 오른손에서 왼손으로 옮겨 쥐고, 자유로워진 오른손을 불끈 말아 멀대의 코앞에다 위협적으로 들이댔다.

"너, 불면 죽어."

야무진 주먹과 잇새를 비집고 나오는 섬뜩한 울림에 멀대의 낯이 갈등으로 얼룩졌다.

'그럼 그렇지. 네가 다량의 진통제를 복용하지 않고서야 발설할 리가 없겠지. 내 주먹 무서운 줄은 늘 맞는 네가, 때린 나보다 더 잘 알 것이고.'

소심하고 겁 많은 평소의 멀대를 익히 알기에, 안심이 된 나머지 사랑은 들었던 주먹을 스윽 내리고 여유를 가진 채 입꼬리까지 척 올리며 제 방문 손잡이를 돌리는데!

"엄마! 엄마! 누나가 아버지 장뇌삼 훔쳐 먹어!"

믿을 수 없게도 멀대가 외쳤다! 그것도 젖 먹던 힘까지 써 얼굴을 벌겋게 달구며.

"이 자식이!"

그 후의 상황은 순식간에 이루어졌다. 마치 흉악범을 잡기 위해 특수잠복 중이던 강력계형사마냥 확 열어젖혀진 안방 문 사이로 도끼눈의 장선녀 여사가 비호같이 거실을 가로질러 뛰어, 아니, 날아왔다.

철퍼덕—

"으아악!"

등짝이 불붙은 듯 화끈거렸다.

"이노무 가시나! 누를 닮아가지고! 이래 식탐이 단거, 쓴거 안 가리노! 그거 안 내놓나? 어이!"

"엄마, 장선녀 여사, 흥분하지 말고 내 말 좀 들어봐. 정말로 먹으려던 게 아니고 산삼이라니까 그냥 구경, 증말 구경만 하고 갖다 놓으려 했단 말이야."

"구경만 할라 그런 가시나가 이래 교묘하게 잔뿌리 속가 갖고 왔나? 똥개가 똥을 피하는 거를 믿지, 묵는 거에 사생결단하는 전사랑이 니가 묵을 걸 구경만 할라 했다고? 그게 말이라 시부리나? 그라고 내보고 그 말을 믿으라꼬? 택도 없는 소리 마라!"

바람을 가르고 두툼한 손바닥이 척 올라가더니 다시 사랑의 등에 내리꽂혔다.

"으악! 장 여사 이, 이러지 말고……."

철썩, 다시 강풍을 일으키며 손바닥이 내려왔다.

철퍼덕!

"아야! 이, 이성을 갖고 대화로 풀어가자고……."

"머라꼬 개풀 뜯어묵는 소리 하노? 니 같은 거는 맞아도 정신 못 차리는데. 대화, 뭐 대화로 풀자꼬? 내 차라리 코를 풀겠다, 이노무 가시나야."

말보다 주먹이 빠른 장선녀 여사의 손바닥이 고수의 칼날마냥 바람을 갈랐다.

철썩, 철퍽, 철퍼덕!

"아! 아야야! 알 만한 분이 왜 이리 무식한 짓을 하시어요."

"그거 일루 안 내놓나?"

사랑은 두들겨 맞으면서도 결코 내놓지 않고 죽기로 붙들어 제 손안에서 찌그러져 버린 서너 개의 삼뿌리를 봤다.

주인님 저를 드셔주시고 부디 돈 많은 집에 시집가시어 아들, 딸 순풍 낳고 벽에 황칠 마시고 만수무강하세요.

꼴깍―

"안 내놓고 뭐 하노."

"엄마! 이거 줘도 나 때릴 거지."

질문이 아니고 확인이었다.

"뭐라꼬!"

철퍼덕! 철퍼덕!

대답 대신 장선녀 여사의 넙대대한 손바닥이 인정사정없이 등과 어깨에 투하되었다.

"으악! 아야!"

'내 오늘 맞아 죽는 한이 있어도, 전대왕 입에 들어갈 산삼 잔뿌리를 먹고 말리라.'

조금이라도 덜 맞으려고 몸을 굽히면서 주먹에 든 귀한 것을 입을 척 벌리고 실뿌리 하나 남김없이 입 안 깊숙이 쑤셔 넣었다.

"아이고야, 아이고야! 이노무 가시나 하는 짓 좀 봐라!"

배짱 좋게 제 앞에서 귀한 삼을 꿀꺽하는 사랑의 만행을 제 눈으로 보고도 믿을 수 없던 장선녀 여사! 결국 보글보글 거품을 물고 해딱 뒤집어졌다.

"이 가시나 좀 봐라. 이 가시나 좀 봐라."

사태가 심각을 넘어 상상을 초월해 버리자, 추후 제게 행해질 보복이 두려워진 이 사건의 고발자, 사랑이 멀대 자식이라 부르는 이 집의 귀한 아들 전대왕은 안절부절못하고 식은땀을 줄줄 쏟으며 선녀를 말리기 시작했다.

"엄마, 엄마가 참아. 먹는 거에 저러는 거 한두 번 보는 것도 아니고 그냥 잘 먹고 잘살라고 내버려 두고 성격 좋은 엄마가 참아. 응?"

나무라는 시어미보다 말리는 시누이가 더 밉살스럽다고 했던가? 차별받는 것도 서러운데 대왕의 훈수까지. 사랑은 '이 멀대 자식 두고 보자!' 는 심경으로, 대왕을 향해 뿌득뿌득 이를 갈았다.

그렇다면 전대왕은?

이렇게 일이 커질지 몰랐다. 사랑이 장뇌삼 잔뿌리를 내어주면 넘겨받은 장선녀 여사가 서너 차례 윽박지르는 것으로 사건이 무마될 거라 예상했다. 하지만 그런 긍정적인 생각은 대왕만의 것이었다.

결국 겁머리를 상실한 사랑이 절대권위를 낙으로 사는 장선녀 여사의 눈앞에서 삼뿌리를 꿀꺽해 버림으로 인해, 바로 앞에서 그 만행을 지켜볼 수밖에 없었던 장선녀 여사. 지금까지 굳건히 지켜오던 절대위신이 우르르 무너져 내려 버렸으니, 다용도 흉기로 자유자재로 변하는 두툼한 손을 그냥 놓고 있지는 않을 것이다. 아무튼 사랑의 보복이 두려운 대왕이 뒤늦게 아무리 말려보려 애써도 모두 헛짓이었다.

"으아악!"

지금 사랑을 난타하는 손 또한 힘 조절을 상실하고 있기에 지금 사태는 진정 기미가 불가능해 보였다.

아무튼 지금으로 보아서는 대왕에게 보복할 훗날을 손꼽아 기약할 것이 분명한, 사랑의 복수에 손아귀에서 대왕이 벗어날 수 있는 확률은 '제로' 였다.

'씩씩' 숨을 들이마시며 사랑의 허벅지만한 팔뚝을 둥둥 걷는 장선녀 여사, 정말 무시무시했다.

"니, 그것 처묵고 삼 효능 떨어질 때까지 오늘 함 맞아봐라!"

삼킨 삼의 쓴물 도는 침까지 아까운 듯 꼴깍꼴깍 삼키던 사랑은 겁에 질려 눈만 겨우 올리다가 선녀의 우람한 팔뚝이 제 코 앞인 것을 보고 기겁을 하며 뒷걸음쳤다.

철퍼덕!

"아악!"

처절한 비명이었다.

"다시는 안 그럴게요. 내가 또 그러면 저 멀대 자식 동생이에요. 한 번만 용서해 주시면 남은 인생 착하게 살게요."

참으로 비굴한 애원이 뒤따랐다.

철퍽! 퍽! 퍽!

"아악! 친엄마가 아닌 거야. 삼을 먹은 것도 아니고, 삼에 난 털 좀 뽑아 먹었다고 이렇게 패는데 어떻게 친엄마겠어. 계모가 확실해!"

이리 겁없이 악을 피우다 급기야는 '엉엉…… 엉… 어엉……'으로 그날의 장뇌삼 사건은 마무리 국면으로 들어갔다.

얻어터져 댓발 나온 입을 가지고 그래도 꾸역꾸역 저녁으로 나온 제 앞에 밥그릇을 비워가는 사랑의 모습에, 옆에 앉은 고발자 대왕은 소화가 되지 않아 저녁식사 동안 물을 세 컵이나 마셔댔다.

"사랑이 저녁 다 묵었으면 아버지 좀 보자."

"예?"

평소에 워낙 말수가 적은 아버지, 전익중 목수였지만 오늘은 유난히 더 조용했다. 안방으로 들어가는 아버지의 등이 조금은 경직되어 보이기까지 하다고 느끼는 건 사랑만의 생각이 아니었나 보다.

"아버지가 화나심 더 무서운데…… 클났다."

대왕도 제 딴에는 걱정돼서 한마디 던진 것이겠지만 사랑의 귀에 고발자의 말이 곱게 들릴 리 만무했다.

"이 자식아, 때로는 침묵이 금이란다."

"윽!"

야무진 주먹에 머리를 가격당한 대왕은 제 머리를 감싸안고 울먹거렸고, 제 동생 머리를 망치 모양으로 만 주먹으로 내려치는 사랑의 모습에 장선녀 여사는 다시 사단을 낼 듯 사랑을 향해 도끼눈을 부라렸다.

"아버지가 부르시니 어서 가야지."

슬금슬금 장선녀 여사의 눈치를 보며 뒷걸음치던 사랑은 줄행랑을 놓듯 주방을 빠져나왔지만 막상 안방 앞에서는 쉬이 방문을 열지 못하고 머뭇머뭇 주춤거렸다.

'설마, 장뇌삼 먹은 일로 늘 내 편이던 아버지까지 뭐라 하시진 않겠지?'

그렇게 생각하면서도 평소 모습 같지 않던 아버지의 분위기에 사랑은 편치 않은 마음으로 안방 문을 열었다.

"아부징~"

코에 잔뜩 힘을 주고 제 앞에 철퍼덕 내려앉는 딸의 모습이 오늘 익중은 귀엽게 보지 않는 듯했다.

"아부징, 살아 있는 문화재, 장인(匠人), 전익중 선생니~임."

"사랑아."

"네, 아부징~"

"오늘은 우리 딸 서운해도 아버지가 할 말 좀 해야 하것다."

"네?"

'아버지가 정말 장뇌삼 먹은 걸로 서운하신가 보네. 아씨, 먹고 싶어도 좀 참을 걸. 하여간 식탐 많은 이놈의 주둥이가 문제야!'

제 입을 콱 쥐어박던 사랑이 익중의 팔에 매달렸다.

"아부지, 내가 잘못했어."

그런 딸을 슬쩍 밀어낸 익중은 뒤에서 오래된 못 주머니(목수들이 망치나 못 등을 넣고 허리에 두른 주머니) 하나와 새 못 주머니 하나를 꺼내 사랑 앞에 내놓았다.

"아부지?"

지난 세월이 낱낱이 묻은 낡은 못 주머니를 익중은 어루만졌다.

"이 초라하고 볼품없는 못 주머니가 우리 네 식구 먹고살면서, 니들 공부시킨 공신이여."

"아부지, 알아. 왜 모르겠어. 아부지, 정말 화나셨구나. 나한테 서운한 거지? 내가 정말 잘못했어."

"그래, 조금 서운하지. 아니, 사실은 많이 서운혀. 이쁜 자식이라고 감싸고만 도는 것이 아니었는데. 이제는 아버지도 사랑이 너를 쌔게 돌려불라고."

"아, 아부지!"

비록 아버지의 장뇌삼 잔뿌리를 훔쳐 먹은 불효자식이지만 자신의 유일한 아군인 아버지까지 제게 등을 돌리자 사랑은 눈물이 찔끔거려졌다.

"중학교도 못 나온 아버지가 목수일 해 벌은 돈으로 딸내미 대학 공부까지 시켰는데…… 그 딸이 졸업하고 이 년이 넘도록 집에서 뒹굴뒹굴하고 있으니…… 이 아버지가 속도 타고 서운하기도 혀지."

이런! 장뇌삼이 아니었다. 그보다 훨씬 더 듣기 거북한 '백수 강퇴' 바로 새빨간 레드카드였다.

"내일 면접이여, 아버지하고는 오래된 아주 귀하신 건축사님 사무실이니께 잘혀. 이번에 취직 못하면 이 못 주머니 차고 아버지하고 현장 다녀야 하니까 명심혀."

새 못 주머니를 동그랗게 놀란 눈을 뜬 사랑 앞에 내미는 아버지는 이번엔 절대 물러나지 않겠다는 기색이었고, 사랑은 이제는 죽으나 사나 취직을 하지 않으면 안 되는 상황이 되어버렸다. 한마디로 전사랑의 봄날은…… 갔다.

"간판 한번 거하네."

개인 건축사 사무실에다 직원도 몇 안 된다고 하기에, 사랑은 조그만 아버지 사무실을 연상했다. 그런데 제법 큰 빌딩에 칠층 전 층을 사용하는지, 엘리베이터가 열리자마자 돈깨나 들었을 듯한 금박 간판이 떡하니 넓은 벽 중앙을 차지하고 있었다. 거기에 값비싸고, 전기세 많이 나가는 할로겐 램프가 들어간 스포트라이트가 금색의 번쩍번쩍한 간판인 '최무관 건축사 사무소'를 훤하게 비추고 있는 것이 사랑의 눈에 훤하게 들어오는 것이었다.

“좋다! 골드. 음, 뭐든 골드가 최고야. 골드, 금, 골드간판, 골드…… 카드. 흠흠, 갖고 싶다. 골드카드.”

발동된 속물근성에 쩝 입맛을 다시며 금 간판에 취해 있던 사랑은 약속 시간을 생각해 내고 정신을 수습했다.

“이러고 있을 때가 아니지. 면접 잘 봐야지, 못 주머니 차지 않으려면!”

보는 것만으로도 흡족해지는 간판에서 어렵게 시선을 뗀 사랑은 간판 우측에 있는 널따란 통 유리문을 열고 안으로 들어섰다. 깔끔하게 머리를 하나로 묶고 보조개를 쏙 집어넣는 귀여운 미소의 여자가 들어오는 사랑을 맞이했다.

“어떻게 오셨나요?”

“안녕하세요. 면접 보러 온 ‘전사랑’ 이라고 합니다.”

잠시 침묵이 흘렀다. 웃음을 참는 듯 여자의 입술이 일그러졌고, 사무실 안쪽에서는 다른 직원들로 추측되는 남자들의 키득거림이 들렸다.

늘 그렇다. 익숙한 반응이다. 아버지 함자가 ‘전, 익 자, 중 자’ 니 퍼스트네임 ‘전’ 은 당연지사 따라오는 것이고, 거기에다 많이 사랑을 받으라고 지으셨다는 ‘사랑’ 을 더해 탄생한 그 이름 ‘전.사.랑’. 어찌 됐든 최소한 남들의 관심은 끌고 있는 것은 사실이었다.

백전백승의 화려한 연애 경력보다 이름이 더 우선적으로 남들 머리에 꽂힌다는 것이 불만스럽고 자존심 상하는 일이었지만 이제 와서 어쩌겠는가, 나중에 돈 많이 벌어 수임료 듬뿍 안겨주고 확 개명을 해버리면 몰라도, 그때까지는 좋으나 싫으나 끼고 살아야 할 거룩한 이름 전사랑을 사랑하는 척이라도 해야 하지 않겠는가.

"건축사님 현장에서 들어오고 계신 중이세요. 건축사님 방에서 잠시만 기다리세요."

"예, 감사합니다."

보조개 여직원의 안내를 받으며 안쪽으로 들어가면서 사랑은 재빨리 사무실 분위기 파악에 들어갔다.

싸악 훑어본 결과, 일단 겉모양은…… 한마디로 속이 확 트이는 매력적인 인테리어였다. 보통 사무실의 딱딱한 사무용 파티션이 이곳에는 존재하지 않았다. 원목졸대를 틈새가 보이게 대각선으로 짜 책상 위 컴퓨터 높이에서 마무리해 딱딱하고 답답할 수 있는 사무공간을 자유롭고 활동적으로 보이게 했다. 사랑에게는 안내 받아 가는 이 길이 사무실 중앙이 아니라 지중해가 조망되는 테라스를 거니는 기분이었다.

'음, 첫인상은 마음에 쏙 들었어.'

파티션 틈새로 한 쌍의 시선이 사랑을 힐끔 지나치다, 일 초도 안 되어 다시 사랑에게로 돌아왔다.

'그 쪼만한 눈으로 볼 건 다 봐요.'

사랑을 그냥 스쳐 지나가려 했던 제 두 눈에 벌이라도 주듯 남자는 단춧구멍만한 눈에 힘을 잔뜩 주고 사랑을 향해 부라리다, 이내 예쁜 것들만 보면 바로 녹아내리는 우리네 남자들 특유의! '흐리멍덩한 눈빛에 반쯤 벌린 입술로 침을 흘리는' 표정으로 흐물흐물해지는 것이었다.

이 또한 늘 그렇다. 항상 익숙한 반응이다. 비록 슈퍼모델 스타일의 쭉쭉 빵빵은 아니지만 '단아, 청초, 우아' 뭐 이런 단어들이 사랑을 처음 만나는 남자들이 침을 흘리며 하는 소리들이다. 긴 생머리에 가는 몸매, 하얀 피부에 호수 같아 그 속에 빠져 죽고 싶다는 찬사를 듣는 큰 눈, 남자의 내재된 남성을 자극하는 여성미가 물씬 풍기는……. 사랑은 한마디로 남자들이 환장하는 스타일이었다.

첫사랑에 첫 키스의 대상과 결혼하지 못하면 목이라도 맬 것 같은 '순정, 청순, 깨끗' 하여간 남들에게 보여지는 사랑의 껍데기는 이랬다. 알 길 없는 그 속이야 어찌 되었든 최소한 겉으로는 그렇게 보여졌다.

지난달, 익중이 목공을 맡았던 고급 한우식당 개업식에 온 가족이 함께 초대되어 간 적이 있었다. 사랑에게 한눈에 꽂힌 중학교에서 애들을 가르친다는 그 집의 아들이 얼굴을 붉히며 '사랑 씨는 이슬만 먹고 사실 듯합니다' 라고 말했을 때, '제가 참이슬을 좋아하긴 해요' 라고 대답해서 아버지 익중은 마시던 물을 뱉어내고, 어머니 선녀는 식당집 아들 모르게, 금세라도 찍을 듯한 도끼눈으로 사랑을 노려보았고, 동생 대왕은 배꼽이 떨어져라 웃어 젖혔다는 일화가 있다.

여직원이 안내한 방문 앞에서 사랑은 입구에서 본 예의 그 삐까번쩍한 간판을 축소해 놓은 듯한 '건축사 최.무.관.'이라는 명판을 다시 볼 수 있었고 들어간 최무관 건축사 방 안의 너도밤나무 책상 위에도 특수제작을 한 듯한 금빛 찬란한 '건축사 최.무.관.'이라는 거만한 명패를 또다시 볼 수 있었다.

"다 번쩍번쩍하네. 그래, 건축사…… 좋지. 아무나 건축사 하는 것도 아니고 자랑하고 싶겠지. 여기저기 금장칠 해놓고 싶겠지. 아씨, 나도 공부만 잘했으면 건축사 따가지고 온천지에 금장칠 하겠는데, '건축사 전.사.랑.'이라고."

사랑은 상상만으로도 좋아져 히죽거리다 이내 제 머리를 콩하고 쥐어박았다.

"머리에 쥐나는 건축법이 뭐 좋다고, 차라리 건축사를 꼬시는 게 더 빠르지. 여기 취직해 있으면 젊은 건축사도 만날 수 있지 않을까? 전사랑 남편감으로 건축사 정도면 용서가 되지. 흠, 아무튼 그런 놈은 걸리면 내가 바로 접수한다."

숫자와 언어 울렁증으로 국영수를 놓친 사랑은 돈만 내면 들어가는 지방의 모 대학 인테리어학과를 졸업하기는 했지만, 디자인 감각만은 남달랐다. 특히 실기 과제가 있을 때는 A가 보장된 사랑과 같은 그룹을 이루기 위해 과 친구들이 앞을 다툴 정도였다. 그러다 보니 제 처지 생각 않고 눈만 높아져서는, '절대 시시한 덴 안 들어갈 거야!'라며 주제파악 못하고 지금까지 버티고 있었던 것이다.

그런 사랑에게 '최무관 건축사 사무소'에 입사한다는 것은 여러모로 돌파구가 생기는 것이었다. 사지 멀쩡해 늙은 아버지 목수 품(삯)에 놀고먹는 사랑에게 특단의 조치, 즉 이달까지 취업을 못하면 아버지 따라 못 주머니 차고 목수 일을 배워야 하는 경악스런 일도 비켜갈 수 있었고, 시시한 데는 절대 취직하지 않겠다는 하늘 높은 줄 모르고 올라간 사랑의 눈높이에도 부합되는 취직 자리였으며, 첫 느낌부터 마음에 딱 드는 게 어쩐지 무언가 모를 좋은 일이 생길 것 같은 예감이 들었다.

사실 아버지가 면접을 보라며 건축사 사무실이라고 했을 때 이 정도 규모일 줄은 몰랐다. 생각했던 것보다 넓고 고급스런 사무실도 사무실이지만 번쩍번쩍 눈 돌아가게 만드는 골드들이 사랑을 무척 흡족하게 했다.

"그나저나 이 아저씨 골드 좋아하는 거 보니까 나랑 취향이 비슷한가 보네."

샐샐 웃으며 앉아 있던 사랑의 눈에 자꾸만 번쩍이는 금 명패가 들어왔다.

"저게 왜 자꾸 눈앞에 어른거리는 거야?"

속물적 호기심을 누르지 못하고 주춤주춤 일어난 사랑은 처음에는 그냥 보기만 할 생각이었다. 하지만 막상 다가가 보자 궁금한 손끝이 간질간질해 견딜 수가 없었다.

"금색인지 금칠인지는 몰라도 딱 한 번만 만져 보고 싶다."

사랑은 문을 힐끗 돌아봤다. 성벽처럼 단단히 닫힌 문이 '안심해, 내가 이렇게 꼭 닫고 아무도 열어주지 않을 테니까' 라고 안심시키는 듯했다. 사랑은 슬금슬금 주인 없는 책상으로 다가가 그 앞에 고개를 빳빳이 들고 '만져 봐, 만져 봐' 하고 도도하게 유혹하는 금 명패를 홀린 듯 바라보았다.

"설마, 한 번 만진다고 닳거나 하지는 않겠지?"

번쩍번쩍 금광이 나는 명패를 보고 침을 꿀꺽 삼키던 사랑은 기어이 손을 들어 금 명패에 쓱 문질렀다. 손가락 끝에 느껴지는 탄탄하고 차가운 감각이 '순도 100% 금'을 외치는 듯했다.

"이…… 어거 진짜 금덩어리인가 보네! 건드려도 끄떡없는 게 겉칠만 해놓은 게 아닌가 봐."

놀랍기도 하고 신기하기도 했다. 한 번 동한 호기심은 끝을 봐야 하는 성격의 전사랑, 진짜 금덩어리가 맞는지 확인해 볼 심사로 쓸고 있던 손에 꽉 힘을 주고 끙 금 명패를 들어 올렸다.

"정말, 금! 금이야!"

이렇게 경이로울 수가! 사랑은 감격에 겨워 금덩어리를 이제 그만 내려놓아야 한다는 것을 잊고 행여 누가 가져갈세라 두 손으로 거머쥐고 더할 나위 없이 흐뭇해할 때였다.

덜컥!

철통같이 닫혀 있던 문이 확 열어젖혀졌다.

"엄마야!"

도둑놈 제 발 저린다고, 화들짝 놀란 사랑은 제 손 안에서만 없애면 제가 금덩이를 침 흘리며 들어 올렸던 사실이 없어지기라도 하는 양, 귀한 금 명패를 내동댕이치듯 놓아버렸다.

쿵—!

급하게 떨어진 금덩어리 명패의 묵직한 무게를 견디지 못하고 책상 유리가 파직 균열을 일으키는 것 같더니 이내 '쩍' 갈라져 버렸다.

"엄마야! 어, 어, 어떡해!"

사고쳤다! 조신하게 앉아 있어도 학교 때문에 비굴해야 할지도 모르는 과하다면 과한 면접 자리에서 건축사 사무실의 건축사, 즉 사장님의 책상 유리를 아작 내버렸다. 그것도 '건축사 최.무.관.' 그 잘난 금 명패로.

사랑은 순간, 작열하는 태양을 아래 피부의 적 자외선을 죄다 쪼이면서 신축 주택 지붕보에 걸터앉아 구슬 같은 땀을 줄줄 흘리며 서까래를 매다는 자신이 연상되었다. 지붕의 중심 대보에 서까래를 걸고 못질을 하는 자신의 허리에는 웬수 같은 그노무 못 주머니가 달랑달랑 매달려 있었다.

'이제는 정말 아버지 따라다니면서 목수일 배워야 할 운명에 처해진 것인가? 참말, 요즘은 어찌 되는 게 이리 없는지. 아씨, 이제 죽었다.'

속물근성이 적나라하게 드러나는 바람에 무안, 당황, 기타 등등 복잡다단한 심정에 처해 있던 사랑은 어찌 됐든 미안한 심정으로 소리 난 문 쪽으로 슬그머니 고개를 돌렸다.

"죄, 죄송합니다."

번쩍―

어릴 적 만화에서 본 그 장면이었다. 선량한 범인을 잡으러 온 악질 검사의 오른쪽에서 왼쪽으로 이동하며 번쩍이는 안경알.

뜨끔―

찔러도 피 한 방울, 아니, 반 방울, 아니, 아예 안 나올 것 같은 인정머리없게 생긴 남자가 거만하게 사랑을 내려다보고 있었다.

아무리 현행범이라도 모든 걸 용서받을 수 있을 정도로 뛰어난 사랑의 미모가 있는데도 불구하고 날카롭게 쏘아보는 남자는 그 미모가 눈에 들어오지도 않는 모양이었다. 웬만해선 주눅 들지 않는 사랑이지만 남자의 심상치 않은 서늘한 눈초리에 잠시나마 부딪쳤던 사랑의 시선이 슬금슬금 내려졌다. 분명 아침에는 먼지 한 톨 없이 반들거렸을 것이 분명한, 지금은 현장 먼지가 뿌옇게 오른 구두코가 다가오는 것이 보였다.

남자는 잔인하게 갈라진 책상 유리를 무성의하게 힐끗 보고는 바로 소파 상석에 앉았다. 긴 다리에 감기는 양복바지를 한 손으로 쓱 당기면서 다른 한 손으로는 들고 온 이력서 파일을 열더니 입을 열었다.

"성명, 전사랑 맞습니까?"

시간을 최대한 단축하려는 듯 간결한 남자의 동작이 얄미울 정도로 인간미가 없어 보였다.

"아…… 예."

취조하듯 묻는 남자에게 얼떨결에 대답하고 사랑은 어정쩡하게 서 있었다. 그런 사랑에게 눈조차 마주치지 않던 남자는 명령했다.

"자리에 앉으세요."

"아…… 예."

'이 인간 뭐야? 대리나 과장쯤 되는 거야? 그래 봤자 지나 나나 건축사 아니기는 마찬가지면서 뭐 저렇게 모가지에 힘주는데.'

무시하는 듯 거만한 남자의 태도에 한성질 하는 사랑도 불끈 화가 치밀어 올랐지만 이내 허리에 찰 못 주머니를 기억해 내고는 남자가 가리키는 자리에 순순히 앉았다.

그런 사랑은 쳐다보지도 않고 파일에 든 이력서를 쭉 훑어 내리던 남자가 못마땅하다는 듯 숱 많고 날렵한 눈썹을 찌푸렸다.

"캐드(CAD)는 얼마나 다룹니까?"

"평면도와 입면도…… 그려보긴 했는데요. 그게…… 과제로……. 하지만 모형도는 잘 만들거든요."

"묻는 말에만 대답하세요."

"아, 예."

사랑은 제가 면접 보러 온 예비사원이 아니라 구속 여부를 놓고 검사실에서 조사를 받고 있는 흉악범이 된 듯한 착각이 일었다. 텅 빈 이력서 뒷장을 뒤척이던 남자는 찌푸려진 눈썹에 더 깊은 주름을 잡았다.

"그 흔한 의장기사 자격증도 하나 없군요."

'흔한 의장기사 자격증도? 그게 얼마나 따기 어려운데 흔하냐?'

"예."

파일을 탁 덮은 남자는 인간미없어 보이는 눈을 들어 사랑을 직시했다.

"단도직입적으로 말하죠. 학교는 그렇다 하더라도 캐드를 잘하는 것도 아니고, 감리까지는 바라지도 않지만 그렇다고 현장을 뛸 만해 보이지도 않고, 경리 업무도 불가능해 보이고, 운전을 해서 기사로 쓸 수 있는 것도 아니고, 전사랑 씨 일을 굳이 만들어내자면 뭘 할 줄 알 때까지는 내 뒤치다꺼리하세요."

"예?"

뒤치다꺼리? 뒤치다꺼리, 뒤치다꺼리라면 허드렛일과 유사한, 비스무리한 일을 말하는 것인가.

'이 인간이! 지가 뭔데 날더러 지 뒤치다꺼리를 하라는 거야?'

사랑은 더 이상 앞에 앉은 남자에게 고분고분할 수가 없었다.

"제가 왜 저…… 그 댁의 뒤치다꺼리를 해야 합니까? 저는 최 무관 건축사님을 뵈러 왔는데요. 건축사님 뵙고 제가 할 일을 들겠습니다.”

“내가 최무관입닏다.”

“예?”

대수롭지 않게 내뱉는 남자의 말에 사랑은 놀라 경기할 지경이었다.

‘내가 최무관입니다’ 란 말은 ‘앞에 앉아 나를 도둑놈 취조하듯 하는 저 인간이 저 번쩍이는 골드의 주인인 건축사 최무관이다’ 란 말인데! 건축사이고, 아버지와 오래 일을 했다기에 오십은 족히 넘었을 거라 생각했는데 앞에 앉은 남자는 아무리 많이 봐도 서른 중반이었다. 아, 이것이 어찌 된 일이란 말인가?

“저, 정말 최무관 건축사님이세요?”

“내가 최무관인 것에 뭐 잘못된 거 있습니까?”

같은 말을 반복하는 것에 대놓고 싫은 표정이었다.

“아버지가 오래 일을 하셨다기에…… 건축사님 연세가 많으신 줄 알고…….”

“출근하려면 내일부터 하세요.”

사랑의 말에는 대답도 않고, 제 할 말만 하는 골드의 주인 최무관을 그녀는 다시 들여다보았다. 싸늘해 인간미없어 보이던 눈매가 자세히 보니 카리스마 넘쳐 보이고, 취조하듯 거만한 말투도 다시 생각해 보니 남자답고 매력적인 보이스가 확실했다. 젊고 돈 많은 건축사에게 사랑의 속물레이더가 홀딱 포착된 것이었다.

"감사합니다. 저 때문에 자리도 만드실 정도로 배려를 해주시는데 당연히 출근해야지요."

어이없다는 듯 바라보던 무관에게 환하게 미소 짓는 사랑. 그런 사랑의 웃는 얼굴 면전에서 휙 고개를 돌려 버리는 무관. 우리 옛 속담에 '웃는 낯에 침 못 뱉는다'는 말도 있는데, 그 오래된 속담도 최무관에게는 통용되지 않는 모양이었다. 결국 사랑의 웃는 면전 앞에 침 뱉듯, 잘난 얼굴을 휙 돌려 외면하는 것을 보면.

"나가보세요."

전씨 집안 최고미인, 전사랑의 살인미소에도 불구하고 제 볼일 다 봤다며 나가라는 무관의 무관심한 행동이 믿을 수 없었지만 사랑은 '골드레벨' 특유의 귀족 습성이려니 제멋대로 해석하고,

"내일 뵙겠습니다."

코맹맹이 소리까지 덧붙이며 나긋하게 일어났다.

마치 없는 사람인 양 그런 사랑은 보지도 않고 책상으로 돌아가 의자를 당겨 앉던 무관은, 바로 눈앞에 비참하게 갈라진 제 책상 유리를 보고 이내 인상을 그으며 인터폰을 눌렀다.

[네, 건축사님.]

"유리 가게에 연락해서 내 책상 유리 교체하세요."

그때서야 제가 그 유리를 깬 장본인임을 자각한 사랑이 서둘러 변명했다.

"호기심에 한 번 만져 보다가…… 죄송합니다. 유리 값은 제
가 변상하도록 하겠습니다."

"됐으니까 나가보세요."

"그래도 제가……."

"아직도 안 갔습니까?"

"아…… 예. 그럼, 안녕히 계세요."

면접을 떠나서 매력적인 젊은 남자에게 이런 거지 같은 취급
은 처음이었다. 남녀노소 불문하고 모두 자빠뜨린다는 전설의
'전사랑표 살인미소' 까지 흩뿌렸건만! 찬바람만 쌩 부는 최무관
에게 연애 경력 백전백승의 전사랑, 여자로서의 자존심도 무진
장 타격받았다.

'아니, 저노무 건축사가 너무하는 거 아니야? 내가 자기 책상
유리 좀 깼고, 학교 좀 떨어지고, 캐드 잘 못하고, 자격증 좀 없
다고 이 매력 덩어리 전사랑을 몰라보고 내다 버린 헌신짝 취급
하네! 나도 나름대로 잘하는 게 있거든! 지금은 비록 잘난 댁 기
준에 미달로 보일지 몰라도 내가 얼마나 다방면으로 매력이 철
철 넘치는지 곧 몸소 체험하게 해줄 테니까 기댕겨. 내 매력에
폭 빠져 건져 달라고 아우성치는 그날! 아주 지르밟아 주겠어.
흥!'

떡 줄 놈은 과연 생각을 하는 걸까? 아무튼 김칫국부터 먼저
시원하게 들이키는 사랑이었다.

그날 사랑은 꿩 먹고, 알 먹고, 도랑 치고, 가재 잡고, 마당 쓸

고, 돈 줍는 '전사랑 자존심회복 원 플러스 원 프로젝트'를 수립
하게 되는데, 그 속을 들여다보면 취업해서 무관도 꾀고, 직업
도 갖는다는 단순하면서도 엉큼한 내용이 전사랑다운 발상이었
다.

건축과 담당 공무원이 바뀌는 바람에 허가 서류 재검토로 시일이 끌어졌던 대전 현장의 건축허가가 드디어 나왔다. 무관이 내일부터 현장에 투입될 H빔 하도급 업체와 측량회사 실장을 데리고 현장실측을 하고 있을 때 바지 주머니에 넣어둔 휴대폰의 진동이 울렸다. 집에서 온 전화였다. 평소 이 시간이면 아들이 눈코 뜰 새 없이 바쁘다는 것을 아는 어머니 이옥분 여사라 가급적이면 전화하지 않는데 이렇게 걸려온 것을 보면 급한 용무가 있는 모양이었다. 전화를 받은 무관에게 이 여사는 오늘 저녁은 집에서 식사를 했으면 좋겠다고 했다. 몇 시쯤 올 수 있는지까지 확인하는 것을 보니 정말 할 얘기가 있는 게 분명한 듯했다.

늦은 오후가 되어서 대전 현장에서 서울로 올라온 무관은 사무실에서 '건축사 최무관' 의 날인을 기다리는 도면을 검토했다. 이 도면들은 '최무관' 의 도장이 찍혀 관할 건축과의 인허가 부서에 넘겨질 것이다. 꼼꼼히 도면을 확인한 무관은 해당 칸에 날인을 하고 이 여사와의 약속 시간에 맞춰 퇴근을 했다.

집으로 들어가니 아버지 최무정 회장도 퇴근을 한 모양이었다. 샤워를 하고 내려온 무관은 오랜만에 부모님과 함께 식사를 했다. 언제나처럼 주로 최 회장이 이 여사에게 이런저런 농을 걸고 이 여사는 웃으면 짧게 대답하는 그 속에는 무관은 묵묵히 숟가락을 움직이는 그런 식탁이었다.

용건이 있어 무관을 부른 것 같았으나 이 여사는 식사 중에도 그랬고 저녁식사가 끝난 후에도 별 얘기가 없었다. 거실에서 과일이 나올 때까지도 이 여사는 뒷정리를 하는지 아직 주방에 머물렀고 최무정 회장이 소파에 와 털썩 내려앉았다.

"네놈 얼굴 보기가 대통령 접견하기보다 어찌 더 힘이 드냐?"

"현장이 늘다 보니 그렇게 됐습니다."

"그러냐? 젊어 고생은 사서도 한다 하지만 건강 챙겨라. 어험."

평범함 부자관계라면 '네, 아버지' 하고 감사히 여겨야 할 염려에 무관은 의심의 눈초리를 올렸다.

"뭘 그렇게 보냐, 이놈아."

"저한테 하실 말씀 있으십니까?"

무관은 아버지가 저의가 있다는 것을 확신했다. 그러고 보니 제게 용건이 있는 사람은 저녁식사 후 주방에만 머무는 어머니가 아니라 퇴근 후 제 옆에서 호시탐탐 기회를 노리는 아버지인 모양이었다.

"싸늘한 놈이 눈치도 빨라요. 네 사무실에 직원 하나 써줘라."

최 회장의 엉뚱한 말에 무관은 싫은 내색을 하며 인상을 그었다.

"인상 쓰지 마라. 전익중 오야목수 딸이야. 인테리어 전공했다니까 전공도 아주 무관하진 않잖아. 전 목수 그 친구 딸이니 제 몫은 하고 남을 거야. 너도 전 목수하고 일해봐서 알겠지만 그 친구가 그런 부탁할 이 아니라는 거 잘 알잖아?"

평소 전익중 목수의 실력과 성실함을 높이 평가하는 무관을 알기에 최 회장은 전 목수의 딸임을 강조했다.

"예."

두말하지 않고 대답하는 무관을 바라보는 최 회장의 눈이 휘둥그레졌다. 절대 안 된다고 야멸치게 자를 것 같던 아들이 어쩐 일로 이렇게 순순히 대답하는 것인지? 그런 무관의 모습에 순간 방심한 최 회장, 마음에도 없는 소리로 아들을 떠보았다.

"억지로 자리 만들라는 소리는 아니다. 내가 월급 주는 거 아니니까."

“면접 보고 마땅치 않으면 그냥 돌려보내겠습니다.”

“뭐!”

“면접 보고 아니다 싶으면 그냥 돌려보내겠다고요.”

“이런 천하에 야박스런 놈이 다 있나. 그 집 딸이 얼마나 참한데. 네놈 백을 갖다 대봐라, 누가 바꾸나!”

서너 살쯤 되었을까? 이십여 년 전 선친이 물려준 이 집의 첫 수리를 할 때 전익중 목수의 안사람이 데리고 왔던 귀여운 계집아이. 최 회장은 ‘아찌, 아찌’ 하면서 쫓아다니던 애교 철철 넘치던 어린 계집아이에게 홀딱 반했던 기억이 되살아났다. 어릴 때부터 싸늘하게 굴던 무뚝뚝한 아들놈 무관만 보다가 그런 예쁘고 앙증맞은 애교 덩어리를 보고 그 아비인 전 목수를 엄청스레 부러워했었다.

“아버지가 그러셔도 아니면 돌려보냅니다.”

“그냥 돌려보낸다고, 이놈아? 네놈이 어쩐지 호락호락하다 했어! 독한 놈.”

아무리 억지로 자리 만들지 않아도 된다는 소리를 했다고 금세 받아치는 아들놈이 피도 눈물도 없는 냉혈한 같아 보이는 최 회장이었다.

“어쨌든 할 일 없는 사람 자리 만들 만큼 저 여유롭지 못합니다.”

“이 치사한 놈아, 알았다! 내가 월급 주면 되잖아.”

“정 그렇게까지 말씀하신다면, 한번 생각해 보겠습니다. 그럼 안녕히 주무세요."

적선이라도 하듯 내뱉고 주변을 싸늘하게 만들면서 이층 제 방으로 휙 올라가는 아들을 보며 최무정 회장은 생각을 더듬었다.

"내가 저놈 만들 때 얼음판에서 꼬꾸라져 거시기를 얼린 적이 있나? 옥분이한테 물어봐야지."

최 회장은 주방을 향해 목청을 높였다.

"옥분아, 옥분아!"

"네, 부르셨어요?"

그러나 주방을 나오는 고운 이 여사의 자태에 손목을 잡아채 안방으로 이끄는 최 회장의 안색은 어느새 염불보다 잿밥에 관심이 쏠린 듯 보였다.

이층 제 방으로 돌아온 무관은 씩씩거리며 책상 의자를 잡아 빼 앉았다. 온통 법률서적뿐인 책꽂이에서 민사소송법 관련서적을 꺼내 펴려다 말고 안경을 거칠게 벗어 책상 위에 던지듯 내려놓았다. 건축사라는 무관의 방에 왜 온토 법률서적뿐인지. 정말 아버지 최무정 회장과는 독립투사와 일본순사 같은 관계뿐인가? 거기에는 긴 사연이 존재했는데, 바로 가업을 이으라는 최 회장과 제 하고 싶은 법조인을 하겠다는 무관, 두 사람의 살벌하기 그지없는 싸움 때문이었다. 그 고집 세기로 둘째가라면 서러운 최 부자의 지루한 싸움은 십여 년을 거슬러 올라가야 했다.

법대 진학을 희망하던 무관과 건축공학을 하라는 무관의 부친 최무정 회장의 불꽃 튀는 일차전은, 기어이 아들을 건축과로 밀어 넣은 최 회장이 이기는 듯했다. 하지만 2학년을 마치고 군대에 다녀온 무관이 법대로 편입을 하겠다는 선전포고를 하게 되고, 그 말에 확 뒤집어진 최 회장이 일체의 학비를 중단하겠다고 맞불을 놓게 된다.

사실, 무관은 아무래도 상관없었다. 집을 나가 학비를 벌면서 공부를 한다 해도 잘 꾸려 나갈 자신이 있었고, 가업을 잇기 원해 늘 물귀신 작전을 행사하는 아버지의 그늘에서 벗어날 계기도 되니 얼씨구나 할 상황이었다. 하지만 자식을 하나밖에 낳지 못한 어머니 옥분을 걸고넘어지는 최무정 회장의 치사한 협박에, 무관도 어쩔 수 없이 한발 양보해 얻은 결론이 바로 사법시험 준비를 하는 대신 건축사 자격증을 내놓는 것이었다.

마침내 작년, 건축사증을 거머쥔 무관으로 인해 최 부자의 싸움은 결론에 이르렀다. 하지만 그렇게 끝날 줄 알았던 최 부자의 전쟁은 아직 남아 있었다.

무관이 '건축사 최무관' 타이틀을 최 회장에게 넘기던 날 드디어 그들의 삼차전이 시작됐다.

"이 년간 건축사로 일해라."

"아버지! 약속이 다르잖습니까?"

눈썹에 힘을 주며 대드는 무관을 노려보는 최 회장은 속으로 읊조렸다.

‘저 인간미없는 놈 눈을 쑥 빼놓는 여자가 있으면 가문, 돈, 모두 안 보고 내 무조건 며느리 삼는다.’

제 아들이지만 어려서부터 소름 끼치게 냉정하던 놈을 한 대 확 치고 싶은 최 회장은 불끈 일어나는 주먹을 진정시키고 목청을 가다듬었다.

“이놈아, 내가 아들이 둘이었다면, 아니, 자식이 둘이었다면 싫다는 놈 치사하게 잡고 매달리지 않아!”

“저는 할 만큼 했습니다. 회사 떠넘길 작전은 더 이상 안 통합니다. 학비 안 보태주실 거면 내일부터 고시원 들어갈 테니 그렇게 아십시오.”

“네놈이 지금 아비를 협박하는 거냐!”

“아버지가 평생 원하시던 건축사증까지 드렸는데 뭘 더 바라십니까?”

“머리 좀 좋다고 아비 앞에서 유세하는 거냐! 머리 좋은 네놈을 누가 만들어줬는데! 네가 하늘에서 뚝 떨어진 줄 아냐?”

“더 이상 물고 늘어지셔도 소용없으니까 포기하시죠.”

일어나는 아들놈을 보고 부아가 떠진, 성질 급한 최 회장이 무관의 바지를 확 잡아당겼다.

“아, 정말 왜 이러십니까?”

“마누라! 옥분아!”

“어머니는 또 왜 부르십니까?”

“이놈아, 네놈이 이렇게 나오면 자식을 하나밖에 못 낳은 네 어미도 같이 내쫓으려고 그런다. 옥분아!"

"아, 아버지!"

아직도 아버지 앞에서는 새색시 같은 수줍음을 지닌 어머니 이옥분 여사가 안방 문을 열고 들어왔다.

"부르셨어…… 에구머니! 어찌 무관이 바짓가랑이는 잡고 계신데요?"

"옥분아, 짐 싸라."

"아버지!"

"회장님, 왜 그러세요?"

"내 자네를 얼마나 귀히 여기는 줄 알지?"

"아, 알지요."

"내 마음은 더 찢어져요, 하지만 이제 어쩔 수 없으니 짐 싸게."

"아, 정말. 아버지!"

남편에게 순종하고 고운 심성을 가졌지만 중요할 순간에는 결정력과 강단을 가진 이옥분 여사였다. 아무리 남편의 말이지만 이유도 모른 채 뜻을 따를 수는 없었다.

"회장님, 무슨 말씀이세요? 제가 알아듣게 차근히 말씀을 해 보세요."

"미안하다, 옥분아."

"회장님."

"미안해, 옥분이. 내가 자식 놈을 잘못 키워 조상님 볼 낯이 없네."

"여보…… 회장님."

그때서야 이 여사는 남편의 뜻을 이해할 수 있었다.

자식 욕심이 많은 남편이었지만, 무관을 낳고 폐경기 여성에게나 온다는 난소기능 상실로 더 이상 아이를 갖지 못하게 된 자신을, 집안 어른들로부터 오는 갖은 타박 다 막아주고 지금껏 애지중지 아껴주었던 남편이다. 그런 그가 회사를 물려받지 않겠다고 하는 아들을 얽어매기 위해 이렇게 마음에도 없는 행동을 하는지라 이 여사는 제 부덕함에 고개를 떨어뜨렸다.

"제가 부족해서 다정해야 할 부자지간 다툼이 끊이질 않네요."

"그런 거 아니니까 신경 쓰지 마세요, 어머니."

"아니다, 무관아. 내가 부덕해서 이런 일이 일어난 거지. 자식이 많았으면 그 안에 가업을 이을 자식 하나 없었겠니? 너도 네가고 싶은 길 갔을 테고, 네 아버지도 가업을 이어 선친 보기 부끄럽지 않았을 테고…… 모두 내가 부덕해서가 맞구나."

"그런 말씀 마세요, 어머니."

아이를 갖지 못하는 어머니의 아픈 세월을 잘 알기에, 무관은 이번에도 아버지와 타협을 해야 할 것 같았다.

"아버지, 일단 어머니 나가시게 하고 저하고 얘기해요."

무관은 결국 다시 최 회장의 앞에 내려앉았다.

"긴 놈 올려보느라 목 늘어나는 줄 알았네. 옥분이, 미안해.

자네는 나가보게."

일어날 수도, 앉아 있을 수도 없는 어정쩡한 상황의 이 여사를 무관이 일으켜 세웠다.

"어머니, 일단 나가 계세요."

"아니다, 나도 책임을 져야지."

"아니야, 옥분이 자네가 책임질 일은 아니니까 아무튼 자리 좀 비켜줘. 이번에는 내 말 듣고 그렇게 해. 자네도 내 마음 잘 알지 않는가? 내가 이따 소상히 얘기해 줄게. 그러니 자네는 잠시 나가 있어. 응?"

"그래요, 어머니. 어서 나가 계세요. 걱정하실 일 하나도 없습니다."

두 남자의 성화에 마지못해 문 밖을 나가는 이 여사가 방문을 닫자마자, 최 부자의 마주 본 시선은 게임 속의 파이터처럼 불꽃을 튀겼다.

"인정머리없는 놈이 그래도 제 어미한테는 약해요."

"인정머리는 없어도 아버지처럼 치사하지는 않습니다."

"뭐야, 이놈아!"

험하게 노려보는 최 회장의 눈빛을 무관도 주눅 들지 않고 맞받았다.

"말씀하시죠."

"뭘, 이놈아."

"이 년, 그 이후 말입니다."

“어…… 험. 이 년간 건축사로 일하고도 회사 물려받을 생각 없으면 너 좋다는 검사 해.”

“알겠습니다.”

아무리 제 어미를 소박 놓는다 했다 해도 너무도 순순히 응하는 무관의 반응에 의심이 든 최 회장은 표정 없는 아들놈을 살폈다.

“일어나시죠?”

“뭐?”

“지금 하신 말씀 공증하겠습니다.”

“뭐!”

“싫으시면 없었던 걸로 하겠습니다.”

“이놈이…….”

“좋으실 대로 하세요.”

“지독한 놈.”

〈이 년 후에는 꼭 어떤 조건도 없이 아들, 최무관을 놓아주겠다〉는 ‘희한한 공증’을 그날 결국 하게 된 최씨 부자였다.

그 후 일 년이 지났다. 무관은 이미 2월에 사법시험을 보았고 4월에 1차 합격 통보를 받은 상태였고, 아버지와 약속한 시간이 끝나면 내년에 2차 시험을 볼 예정이었다. 이제는 최 회장이 어떤 협박을 가한다 하더라도 결코 양보할 일은 없을 것이다. 무관은 스스로 선택한 미래를 향해 돌아보지 않을 것이라 결심했었다.

그런데 한동안 별소리없던 아버지가 뜬금없이 사무실에 직원을 채용해 달라고 하는 것이었다. 무관은 던져 둔 안경을 쓰고 밀어놓은 민사소송법을 펼쳤다.

"노인네가 또 무슨 귀찮은 짐을 떠넘기려고 하시는 거야? 삼십 년 넘게 겪으시고도 아직 아들이 호락호락하지 않다는 것을 모르시는 거야?"

전익중 목수에게는 미안하고 안된 일이지만 그래도 회사 기준에 맞지 않다면, 그 딸이라도 채용할 생각이 없다는 게 무관의 생각이었다.

그때는 분명 그렇게 생각했었다.

무관은 깨어진 유리와 사랑이 나간 문을 번갈아 노려보았다.

"무슨 면접 보러 온 여자가 저 모양인지……."

무관은 자신의 책상 유리를 순식간에 동강 낸 전사랑을, 회사 기준에 절대 준하지 않는 전사랑을, 결국 채용하고 말았다. 발끈해 나가길 바라며 뒤치다꺼리라도 하라고 한 것인데…… 발끈해 나가기는커녕 좋아 죽겠다는 듯 벙긋거리니 알 수 없는 여자였다.

"아버지는 무슨 저런 여자를 취직시키라고……."

사실 사랑은 여자에게 관심없는 무관이 보기에도 다른 곳에서 만났더라면 한 번쯤 돌아봤을 법한 여성스런 외모였다. 하지만 이제 무관에게 사랑은 금 명패를 들고 흡족한 미소를 짓던

탐욕스런 여자 이상도 이하도 아니었다. 아니, 도리어 사랑의 순수한 외모가 무관의 눈에는 가식적인 가면으로 보일 정도였다.

미간을 찌푸리며 무테안경을 벗어 관자놀이를 꾹꾹 누르던 무관의 눈에 잔인한 사선을 긋고 갈라져 있는 제 책상 유리가 다시 들어왔다.

"아작을 낼 거면 저 거치적거리는 금덩어리를 낼 것이지, 하필이면 책상 유리야, 귀찮게."

금이 쭉 그어진 유리 위로 방긋거리던 사랑의 얼굴이 겹쳐졌다.

"정말, 귀찮네."

삐—

인터폰이 울리고 혜옥의 목소리가 들려왔다.

[건축사님, 유리가게에서 실측 나왔는데요.]

인터폰이 귀찮은 일을 만든 사랑이나 되는 듯 찌푸리며 노려보던 무관이 찬바람을 일으키며 대답했다.

"들어오라고 하세요."

잠시 후, 어리바리해 보이는 유리가게 아저씨가 신문지 두루마리를 들고 들어왔다.

"안녕하십니까요."

인사하는 유리가게 아저씨에게 시큰둥하게 대답한 무관은 조금 전 사랑의 면접하던 탁자로 가 앉았다.

“아이고, 참말 비싸고 좋은 유린데, 얼마나 난리를 쳤으면 요렇게 동강이 났데?”

혼잣말을 웅얼거리던 아저씨, 둘둘 말고 있던 신문지 여러 장을 펴 책상에 올리고 그 위에 유리를 어렵게 덧그리는, 그야말로 쌍팔 년도에나 하던 유리 재는 방법으로 실측을 시작했다.

“아직 멀었습니까?”

“다 되어갑니다요.”

금 간판에, 금 명패까지 온통 금투성이의 번쩍거리는 이 사무실 주인이지만 정작 무관 본인은 금보다 시간을 더 금같이 생각했다. 그런 무관에게 아저씨의 ‘원시적인 실측’은 머리를 지끈거리게 했다.

“오늘은 골고루 골치 아픈 날이군.”

“예?”

유리 집 아저씨는 슬그머니 눈을 돌려 피도, 눈물도 없는 악질 검사처럼 생긴 젊은 건축사를 올려봤다.

“아닙니다. 어서 하시던 일마저 끝내시죠.”

“예이.”

‘참말 암만 봐도 인정머리없는 검사 관상이야.’

그렇잖아도 느려 터진 아저씨는 무관을 훔쳐보느라, 밀리는 신문지를 붙드느라, 나름대로 바쁘고 바빴다.

"**엄**마!"

구두를 거꾸로 벗어 던진 채, 조신하게 차려입은 치마의 치맛단이 찢어져라 뛰어들어 오는 딸을 가관이라는 듯 바라보던 선녀는 혀를 끌끌 찼다.

"저노무 기집아를 누가 델꼬 갈지……."

"그런 걱정 말고 돈 줘!"

거두절미하고 돈 내놓으라는 사랑을 향해 선녀는 부리부리한 눈에 있는 힘껏 힘을 꽉 주고 희번덕거렸다.

"이게 못 묵을 거 처묵았나! 니, 내 보고 돈 달라 켓나?"

"장선녀 여사, 그게 아니고, 이번에 정말 좋은 데 취직됐거든.

내일부터 출근하라는데 미용실에도 가야 하고, 옷도 사야 하고……."

취직됐다는 사랑의 말에 눈에 힘을 푼 선녀는 별로 초롱초롱하지도 않은 눈이 반짝거렸다.

"정말이가?"

"진짜 취직했어. 그것도 건축사 사무실에."

"건축사 사무실이라꼬? 니가 거서 뭐 할 게 있다고? 차 심부름 하나?"

"엄마! 내가 다방에 취직됐어, 차 심부름하게?"

"아이고, 시끄러라. 이노무 가시나, 귀청 떨어지겠다."

사랑은 뒤로 돌아가 역기선수처럼 튼실한 선녀의 어깨를 두드리며 애교를 떨었다.

"엄마, 이제 고생 다 했어. 비록 딸을 구타하는 못된 엄마지만, 착한 내가 모든 걸 용서해 드리고 효도할게."

"뭐라 카노?"

"엄마도 이제 딸 덕에 목에 딱 힘주면서, 진짜 사모님 소리 들을 날이 얼마 남지 않았다니까."

"건축사 사무실에 취직됐다는 가시나가, 지가 무슨 건축사라도 된 거 맨치로 촐싹거리노?"

"어허, 장 여사. 어찌 촐싹거린다고 표현하시오. 앞으로 장 여사도 언행에 착실하셔야 할 것이오."

"니, 어디 아프나? 가시나가 만날 뒹굴거리믄서 테레비 속에 아주 기드갈라 카고 보더이, 그단새 사극 찍나!"

"아참, 아무튼 돈 좀 줘."

떨떠름한 표정으로 사랑을 바라보던 선녀가 마지못해 지갑에서 만 원권 지폐를 세 장 꺼내더니 사랑의 손에 척 올렸다.

"엄마, 삼만 원으로 뭘 하라고?"

"삼만 원이면 찍이지. 내도 이만 오천 원에 빠마 하는데."

"엄마! 아줌마 뽀글 파마랑 내가 하는 파마가 같아? 나 보고 엄마처럼 홀랑 자르고 뽀글뽀글 볶으란 말이야? 난 머리가 길어서 기장 추가도 있단 말이야."

"뭐가 그래 복잡하노?"

삼만 원을 더 꺼낸 선녀는 삼만 원이 든 사랑의 손, 그 위에 지폐 세 장을 더 올렸다.

"옷은?"

"뭐라꼬?"

도끼눈이 되는 선녀를 슬슬 피하면서 사랑은 제 손에 든 육만 원을 움켜쥐었다.

"투자한다고 생각해. 이 정도 돈은 그때까지 가지도 않고 월급 받으면 바로 갚을게."

"그때까지? 뭔 때? 도대체 무신 소리고?"

"건축사 사모님 될 때."

"뭐?"

"아무튼 그런 게 있어. 엄마는 굿이나 보고 떡이나 드셔."

"니가 안 돌아가는 머리 돌려볼라 그라나 본데 정신 차려라, 사랑아. 니가 나를 닮아가지고 인물은 좀 반반하지만 나사 빠진 인형매로 천방지축인 니를 어느 미친 건축사가 델꼬 간다 카더노?"

"엄마!"

정신 나간 거지한테 동냥하듯 사랑의 손에 만 원을 더 획 올려주고 주방으로 들어가는 선녀, 한마디 더 잊지 않았다.

"니가 건축사 사모님 하면 나는 대통령 영부인 했겠다."

"아, 진짜 초를 쳐요."

구시렁거리며 제 방으로 들어온 사랑이 외출할 생각은 않고 뜬금없이 목조건축설계 시공서를 꺼내 척 한 팔에 올렸다. 그리고는 묵직한 무게에도 아랑곳하지 않고 휘익 제법 그럴듯한 모양으로 장을 넘기는 것이 아닌가. 뒤늦게 정신 차리고 공부라도 할 생각인지, 책을 들여다보는 눈빛이 범상치 않았다.

"아! 여기 있네."

중간 페이지쯤에서 작은 종이 두 장 꺼낸 후 책을 탁 덮은 사랑은, 서둘러 핸드백을 들고 밖으로 나가면서 책에서 찾은 종이를 지갑에 밀어 넣었다.

"이십칠만 원. 나의 수려한 마스크는 두타 옷을 사 입어도 백화점 것 같겠지."

그럼 그렇지. 묵직한 시공서에서 꺼낸 건 꿍쳐 둔 십만 원권 수표 두 장이었던 것이다.

"최무관! 이제 곧 후회하겠지? 저런 매력 덩어리를 내가 왜 못 알아봤을까? 하고. 하지만 빨리 용서를 구한다면 내가 못 이긴 척 거둬줄게. 돈 많고, 건축사 자격증 땄으니 머리도 좋을 테고, 집안 빵빵하고, 인물 쌈박한 최무관 건축사. 댁 정도면 이전사랑의 상대로 합격선이라 특별히 봐주는 거야."

결국 사랑은 취업되어 첫 출근하는 직장인의 자세보다는 다음날 선보러 가는 결혼하고 싶어 환장한 처녀처럼 머리 하고 옷 사느라 하루를 몽땅 허비했다.

*

"세이브!"

사랑이 발을 들여놓는 것과 동시에 바늘이 아홉 시를 가리켰다. 사실 출근 첫날이라 십 분 정도는 일찍 올 생각이었지만, 미인은 잠꾸러기라는 말을 지켜야 한다는 핑계와 맞아도 못 고치는 지각과 친한 굼벵이 근성이 오늘 아침에도 발동된 것이다.

어, 그런데 이상도 했다. 분명 직원이 셋이었는데 어디서 저 많은 머리들이 어제는 비어 있던 책상을 메우고 있는지?

공부는 못했어도 인사성 하나는 끝내주게 밝은 사랑은 일단 인사부터 날렸다. 해맑은 미소와 함께.

"안녕하세요. 좋은 아침입니다."

하지만 자리에 앉아 업무를 시작하려던 직원들은 불안한 눈만 들어 동정 어린 시선을 뿌릴 뿐 묵묵부답이었다.

'뭣이여? 아침인사 하면 절단나는 사칙이라도 있는 것이여?'

바로 그때!

등 뒤에서 느껴지는 싸한 한기. 여름을 노크하는 이 유월에 어찌 이리 한기가 느껴지는 것일까? 여자의 한과 오뉴월 서리는 바늘과 실이라는데…… 혹, 한 맺힌 여자라도 뒤에 있는 것인가? 사랑은 얼음 레이저를 맞아 뻣뻣해진 고개를 어렵게 돌렸다.

허걱! 얼음 조각!

"십 분 일찍 나와서 청소하고 하루를 준비하는 거, 학교생활이나 사회생활이나 기본 상식 아닙니까?"

냉기가 쫘악 흐르는 무관의 목소리에 그렇잖아도 살얼음 얼던 주변이 급기야 꽁꽁 얼어버렸다.

사랑이 얼음 조각이라 생각했던 것은 번들거리는 무관의 안경알이었고, 그 안에서 살벌하게 바라보는 눈빛이 바로 사랑의 목을 뻣뻣하게 만든 얼음 레이저였다.

눈치만 보던 직원들은 사랑의 호수 같은 눈에서 왕방울만한 눈물 떨어질까 안타깝고 안쓰러워도, 괜스레 나섰다가 후폭풍을 맞을까 두려워 쥐 죽은 듯 책상에 코만 박고 있었다.

"어? 건축사님은 지각이시네요. 저는 그래도 제시간에 왔는데."

저기 '헉' 여기 '헉' 저쪽의 '헉, 헉' 까지 숨 들이키는 소리가 연타로 흘러나왔다.

태생부터 거만한 최무관이 이제는 눈꼬리까지 치뜨고 사랑을 내려보건만, 장선녀 여사의 이십육 년 넘는 특훈으로 웬만한 권투선수보다 더 튼튼한 맷집을 자랑하는 전사랑은 한 방울의 눈물은커녕 입꼬리까지 척 올리며 방긋거리는 것이었다.

"내일부터는 십 분 일찍 오도록 최선을 다하겠습니다. 좋은 아침입니다, 건축사님."

모나리자의 미소도 얼어붙게 만든다는 최무관. 그런 최무관의 싸늘한 말에 순도 100%의 순진미소를 보내며 나긋나긋 답하는 사랑의 무지한 용기에, 부동자세로 숨도 못 쉬던 선배들은 경악으로 입을 다물지 못했다.

'이…… 이 여자가 순진한 건지. 뻔뻔한 건지.'

난생처음 겪어보는 여자의 무지한 반응에 숨도 못 쉬는 직원들보다 더 당황한 것은 무관이었다.

"허, 험."

무관은 당황한 제 모습을 들키지 않으려고, 실없는 헛기침 한 번 하고는 방으로 쑥 들어가 버렸다.

"사랑 씨, 반가워요."

무관이 들어간 걸 확인한 직원들은 앞 다투어 인사했다.

"잘 부탁드립니다."

"조마조마했어요. 사랑 씨 울까 봐."

“예?”

무슨 말이냐는 듯 순진한 눈망울을 올렸지만, 속으로는 이렇게 웅얼거렸다.

‘내가 그딴 일로 질질 짜면 전사랑이 아니고 전대왕! 그 멀대 자식이지.’

사랑은 제 책상이라고 마련된 책상을 와락 끌어안고 ‘최무관 건축사 사무소’에서의 희망찬 미래를 상상하며 출근 첫날을 시작했다.

방으로 들어온 무관은 안경을 벗고 관자놀이에 손을 가져갔다. 아침까지 괜찮던 무관의 머리가 또 지끈거렸던 것이다. 그도 그럴 것이 최무관 삼십삼 년이 넘는 인생에 제 싸늘함에 저렇듯 천연덕스러운 여자는 난생처음이었으니 괜찮다면 이상한 일이겠지. 거기다 저렇게 멋모르는 여자를 왜 공부까지 시켜가며 월급 주고 데리고 있어야 하는 건지, 무관으로서는 지금 이 상황이 말이 안 되는 일이었다.

욱신거리는 관자놀이를 누르던 무관의 시야에 비참히 동강 난 제 책상 유리가 또다시 들어왔다. 거기다 느려 터진 유리 집 아저씨는 책상 유리 한 장에 예술을 하는 것인지, 아직도 깜깜무소식이었다. 거슬렸다. 영 거슬렸다.

“노인네가 내게 정상적인 제안을 할 리가 없지. 저런 귀찮은 혹을 떠넘길 줄 알았으면 애초부터 잘라 말하는 건데. 가만, 잘라 말한다? 잘라 말하는 건 내 특기인데, 뭘 망설이고 있는 거야? 그냥 말하면 되는 거지. 아니…… 아니야. 한 번 채용한다고 해놓고 번복하는 일 또한 내 인생에 없는 일이지.”

최무관 인생사전에 ‘망설임’이란 단어는 애당초 존재불가의 단어이건만, 지금 이 순간 사전에도 없는 망설임을 하고 있는 자신이, 그리고 그렇게 만든 골칫덩어리 여자가 거슬리고 기분 나빴다. 하지만 귀찮은 일은 초장에 그 뿌리를 뽑아 훗날을 도모할 수 없게 처리하는 것이 최무관의 스타일이 아니던가.

무관은 제 비상한 머리를 휙휙 회전하기 시작했다.

삐—

어제 사랑을 안내하던 총무부 박혜옥의 인터폰이 울렸다.

“네. 건축사님.”

우르르르—

‘건축사님’ 그 말의 파급 효과는 대단했다. 아직 사랑 앞에 남은 남자 직원 몇이 배고픈 고양이에게 쫓기는 쥐마냥 부리나케 제자리로 내뺐다.

[지금 현장 갑니다. 전사랑 씨 따라나설 준비하라고 하세요. 지.금. 바.로.]

“예?”

[박혜옥 씨 귀 어둡습니까? 퇴촌 현장으로 지금 바로 출발합

니다.]

"아…… 예, 예."

수화기를 내려놓고 난 후에도 혜옥은 믿을 수가 없었다. 최무관 건축사 사무실의 탄생과 함께 입사해, 거치적거리고 귀찮은 걸 그 누구보다 질색하는 상사를 잘 아는 혜옥이었기에, 지금 무관의 지시는 더 이해할 수 없었다. 이제 갓 입사해 아무것도 모르고 거.치.적.거리고 귀.찮.을. 것이 분명한 신입사원 전사랑을 요 앞도 아니고, 자그마치 현장에 데리고 가겠다는 무관의 말을 어찌 혜옥이 이해하겠는가. 그렇다고 최무관 건축사가 퍽이나 친절해 들어오는 신입사원마다 현장을 안내하는 그런 인물도 아니고……. 생전 안 하던 행동을 하려는 무관이 혜옥의 눈에는 무언가 알 수는 없지만 구린 뒤가 있어 보였다.

"사랑 씨, 건축사님 따라 나갈 준비하세요."

"예? 어디 가나요?"

"근교이긴 하지만 지방 현장에 가자고 하시는데……."

혜옥은 안되었다는 듯, 사랑의 반짝반짝 새로 산 구두의 얄팍한 굽에 동정 어린 시선을 뿌렸지만, 그런 혜옥의 동정이 무색하게 사랑은 은근슬쩍 입꼬리를 올렸다.

"아, 좋은 기회다!"

"예?"

"아, 아니에요."

혜옥은 의아했다. 무관의 지시도 이상하지만 사랑의 반응은 그 못지않게 희한했다. 출근 첫날부터 현장에 데리고 간다 하면 보통은, '가서 뭘 해야 합니까?' 또는 '가서 어떻게 해야 합니까?' 등의 긴장된 질문이 대부분인데, 아무것도 몰라 가련해 보이기까지 하는 신입사원 전사랑은 걱정의 기색은 손톱만큼도 없어 보이고, 음흉한 늑대가 제 발 아래 깔린 야들야들 맛나는 어린양을 보며 입맛을 다시는, 그런 흡족한 표정을 짓고 있는 것이었다.

"저, 다른 분들도 같이 가시나요?"

"아니요. 건축사님과 사랑 씨만 갈 거예요."

'아싸! 거만한 최무관 건축사가 이 전사랑의 드러나지 않은 능력과 엄청난 순수매력을 동시에 홀딱 뒤집어쓸 기회가 이렇게나 빨리 온 거야?'

'사랑 씨, 정말 내게는 보석 같은 존재예요. 사랑 씨를 잘못 본 나를 용서해요. 사랑 씨, 사랑 씨, 사랑 씨……' 싸늘했던 무관의 목소리가 어느새 황홀한 메아리가 되어 점점 더 가까워지는 듯했다.

"아직도 자리에 앉아 꾸물거립니까?"

꿈꾸는 사랑의 눈앞에서 건조하기가 가뭄 날 논바닥마냥 바짝 바른 무관이 냉기를 뿜어내자 사랑 씨를 담고 사랑의 주변을 풍풍 나르던 거품들이 순식간에 얼어붙어 '와작' 깨져 흩어졌다.

"저 그냥 이대로 일어나서 가면 되는데요."

일어나는 사랑이 따라오든지 말든지 휙 돌아서 사무실 유리
문을 나가는 무관의 냉기에, 사무실에 남은 직원들은 엄동설한
벌거벗겨 내쫓긴 오줌싸개마냥 덜덜덜 떨어야 했다.

엘리베이터 버튼을 꾹 누른 무관은 힐끔 뒤를 돌아봤다.

"아직도 안 나와? 나참, 뭐 하나 마음에 드는 게 없어요."

무관은 자신이 엘리베이터 버튼을 누른 후에도 나타나지 않
는 사랑이 못마땅했다. 이 정도 기를 죽이고 이 정도 싸늘하게
굴면, 남녀노소 불문하고 백이면 백 슬금슬금 내빼기 일쑤인데
사랑은 달랐다. 무지한 건지, 당찬 건지, 아니면 아예 신경이
없는 건지, 아무튼 특이한 여자였다. 아무튼 무관은 자신의 신
경을 자극하는, 귀찮은 사랑을 한시라도 빨리 제거하고 싶었
다.

무관을 뒤쫓던 사랑의 눈에 엘리베이터 버튼을 누른 후 바지
주머니에 손을 넣는 무관의 뒷모습이 잡혔다. 양손을 주머니에
넣는 바람에 여름 양복상의 뒤트임 사이로 무관의 엉덩이가 드
러났다.

'엄마야! 안 돼! 궁둥이는 안 돼!'

사랑은 두 손으로 얼굴을 확 가리고 잠시 망설였다.

"하필이면 눈앞에 그걸 내놓을 게 뭐람."

남자 엉덩이에 놀라는 사랑도 나름대로 사연이 있었는데, 그
이유는 이랬다.

사랑에게도 순수하고 설레던 첫사랑이 있었다. 그 옛날 학

창시절, 그 사람 생각에 잠 못 이루며 유치찬란한 연애편지를 주구장창 날리게 했던 그. 사랑이 다니던 여고의 바로 옆 남고의 일 년 선배이며 킹카였던 그 앞에서 우연을 가장한 '제 보여주기'를 하기 위해 얼마나 많은 작전을 짰던가? 드디어 그렇게 바라던 그의 한마디, '우리 사귈까?'. 그 말을 듣고 얼마나 부풀었던지, 사랑은 제가 하늘로 떠오르는 애드벌룬인 줄 알았었다. 하지만 지나친 행복 뒤에는 늘 불행이 따르는 것인지, 설레는 데이트를 끝내고 동네 으쓱한 골목에서 숨이 멎을 듯한 첫 키스를 했다. 지금 생각해 보면 키스인지 뽀뽀인지……. 하여간 같잖은 것이지만, 그래도 그때는 나름대로 짜릿한 러브였다.

"사랑아, 사랑해."

어린것들이 무슨 사랑의 깊이를 알겠냐 하겠지만 그때는 '이게 사랑이구나. 나, 저 오빠한테 시집갈 거야' 했었다. 바로…… 그 순간이 닥치기 전까지는. 키스 후 돌아서던 그 오빠. 아쉬움이 남는지 고개를 틀어 다시 손을 흔들었다. 물론 사랑도 손을 들어 저도 미련이 남는다는 답을 했다. 오빠는 아쉬움을 접듯 흔들던 손을 제 바지 주머니에 쑥 넣고 돌아서는데……. 헉! 가로등 아래 적나라하게 선을 드러내는 그 궁둥이!

두루뭉술. 불룩. 마치 궁둥이 안에 못난이 스펀지라도 쑤셔 박은 것처럼 흉측하고 투실투실한 게 경악 지경이었다.

'궁둥이가 왜 저래? 저게 인간의 궁둥이야? 아니, 저게 말로

만 들던 그 오리…… 오리 궁둥이? 그것도 무지 비례 안 맞고 무지 안 예쁜 오리……. 아니, 하체가 왜 저래? 궁둥이가 다리를 잘라 먹은 거 아냐? 바지에 손 넣고 가는 폼이 왜 저래? 저 오빠 다리가 저렇게 짧았나? 다리에 궁둥이가 태반이잖아. 아, 증말, 증말 이건 아니잖아!'

그 이후, 사랑은 그 오빠의 원수 덩어리 같은 궁둥이가 끊임없이 신경 쓰였다. 그리고 며칠도 못 가 다시 한 키스는…… 설레기는커녕 얼른 끝나기만을 바랐고, 입술이 붙들려 있는 중에도 끝없이 뒤뚱거리며 걷는 오리가 생각나 속이 거북해질 정도였다. 그래도 그동안 들인 공이 아깝고, 그렇다고 이제 와 남 주기도 억울하고 해서, 어찌 어찌 다시 한 번 애틋함을 북돋는 노력을 해볼 요량으로 그렇게 지내다 시간이 흘러갔다.

그러던 어느 날 이별의 결정적 계기가 발생하는데, 바로 친구 커플과 함께 간 수영장에서였다. 오빠가 하필이면 수영복을 쫄팬티, 그것도 딱 달라붙어 적나라한 관능팬티를 입고 나타난 것이다. 울룩불룩 드러난 궁둥이, 그것을 보고 충격을 받은 사랑은 결국 남 주기 참말로 아까운 킹카와의 첫사랑을 접어야 했다. 그때 사랑의 실망이란, 이루 말로 다 할 수 없었다. 그 킹카에게 꽂히기 위해 들인 정성과 시간이 억울해 밤새 울며불며 결심한 그것이 바로! '나 다시는 남자 궁둥이를 안 볼 거야. 나 시집을 가서도 신랑 궁둥이도 결코 안 볼 거야. 잉…… 잉……' 이었다.

그때 '땡' 하고 사랑에게 현실로 돌아오라는 엘리베이터 도착음이 들렸다. 사랑은 가린 얼굴 사이로 방향을 잡기 위해 제 눈 위에 있던 손가락을 더블유를 그리며 슬쩍 벌렸다.

"아, 없네."

엘리베이터 버튼 앞에 서 있던 무관이 없어졌다.

"분명히 우측에 섰었는데, 어디로 간 것이지?"

쓱 눈을 돌리며 열린 엘리베이터 안으로 들어서는데……. 덜퍼덕, 살짝 층진 엘리베이터 턱을 보지 못한 사랑은 그냥 앞으로 슬라이딩해 들어갔다.

"아야!"

우스꽝스런 모습으로 꼬꾸라지며 엘리베이터 안으로 깊숙이 튀어 들어오는 사랑을 보면서, 인정머리없는 최무관은 같잖다는 듯 코웃음을 쳤다.

"뭡니까?"

'우씨, 뭐긴 뭐야? 넘어진 거지!'

정말 아팠다. 맨살의 무릎이 까진 건지, 화끈하면서 욱신거렸다. 이 상황에서는 분명히 쥐구멍에 들 만큼 창피해 벌떡 일어나 아무 일도 없었다는 듯 초연해야 하는데, 얼마나 아프면 아직 일어나지도 못하겠는가.

'아무리 지가 잘난 건축사라도 넘어져서 다친 사람을 비웃는 비인간적인 처사는 용서할 수 없어!'

욱하는 심정으로 사랑이 내숭을 집어치우고 도끼눈을 엘리베

이터 버튼을 누르기 위해 돌아서 있는 무관을 향해 휙 돌리는데,

들어왔다!

옆으로 삐딱하게 서서 고개만 힐끗 돌린 채 사랑을 향해 같잖다는 듯 거만하게 코웃음 치는, 여전히 바지 주머니에 손 넣고 있는 무관의 긴 다리가.

보았다!

그 긴 다리 끝에 완벽한 라인의 환상적인 힙 선을.

사랑은 눈을 꾹 감았다.

'아닐 거야. 저렇게 완벽한 라인의 남자는 여태 본 적이 없어.'

아픈 것도 까맣게 잊어버리고 벌떡 일어난 사랑은, 양복바지 사이로 감싸인 무관의 궁둥이를 염치 불구하고 헤쳐 보았다.

꿀꺽!

'정말, 믿을 수 없어. 이건 예술이야!'

"어딜 그렇게 봅니까?"

무관은 바지에서 손을 쑥 빼고 양복상의를 탁탁 잡아당겨 관능적인 엉덩이를 사랑의 눈앞에서 가려 버렸다.

'아, 이걸 운명이라 해야 하나? 거부할 수 없는 운명. 돈 많은 '건축사'에 힙까지 퍼펙트 한…… 운명! 싸가지만 좀 어찌하면 금상첨화겠지만 그래도 그런대로 귀엽잖아. 쿡.'

엘리베이터 벽을 이상형이나 만난 듯 잡고 벙긋거리는 사랑

을 무관은 한심하게 쳐다보았다.

'혹시 엘리베이터 타는 걸 좋아하는 거야? 애도 아니고 거참, 희한한 취미군.'

일층에 도착한 무관은 사랑이야 따라오든 말든 엘리베이터가 도착하자마자 찬바람을 일으키며 엘리베이터에서 내렸다. 그리곤 차에 올라탄 무관은 사랑이 옆 자리에 앉자마자 가차없이 차를 출발시켰다.

무관이야 그러든지 말든지 아까부터 쉬지 않고 콩콩거리는 사랑의 가슴은 진정 기미를 보이지 않았고, 인정머리없는 무관의 운전하는 옆모습이 엄청나게 샤프해 보였다.

"제가 운전을 하면 좋았을 텐데…… 죄송합니다."

예의상 마음에도 없는 말을 하는 사랑을 여지없이 쏘는 무관이었다.

"학교 졸업하고 그렇게 오래 놀고먹으면서, 그 흔한 운전면허증 하나 없습니까."

'뭔 '증' 얘기만 나오면 흔하다냐? 그게 얼마나 따기 힘든데.'

"제가 운동신경이 둔해서……."

"운전이 운동입니까? 운동신경 운운하게."

이 정도 들으면 아무리 '건축사 사모님' 되고 싶은 사랑이라도, '욱' 해서 한마디 할 만도 한데, 속 비운 사랑은 욱한 말은커녕 한결 더 다소곳한 목소리로 '그것도 참 그러네요. 호호' 거리는 것이었다.

늘 남자들 앞에서는 귀한 대접만 받던 전사랑인데…… . 이런 허접한 취급에도, 건축사 사모님과 평생 못 만날 줄 알았던 어여쁜 궁둥이의 주인공, 두 마리 토끼를 한꺼번에 잡기 위해 무던히 애쓰는 모습이 눈물겨웠다.

"건축사님, 무슨 음식 좋아하세요?"

상대야 뭐라 하든 끄떡도 하지 않는 사랑, 눈웃음을 살살치며 얼음 녹이기 작전에 들어갔다.

"아무거나 다 먹습니다."

"그래도 특별히 뭐…… ."

"없습니다."

"그럼 취미는요? 영화나…… ."

"안 봅니다."

"그럼 스포츠는…… ."

"전사랑 씨."

"네?"

"나, 운전할 때 말 거는 것 좋아하지 않습니다."

"아, 그러세요. 그럼 음악이라도…… ."

"전사랑 씨."

"예?"

"조용히 좀 가죠. 시끄럽게 음악은 무슨."

사랑의 웃음 치던 눈가가 뻣뻣해졌다.

"하하…… 예."

어설프게 웃으면서, 사랑은 무관에게 돌려진 제 고개를 시트에 내려야 했다. 아무리 낯 두꺼운 사랑이라도 대놓고 시끄럽다는 데는 더 이상 어쩔 도리가 없었다.

출발하고 한 십 분쯤 지났을까? 조금 전과는 판이하게 조용한 옆 자리를 힐끗 돌아본 무관은 기가 막혔다.

첫 출근 날, 그것도 하늘같은 사장의 옆 자리면 보통의 여직원, 아니, 남직원이라도 바짝 긴장하는 게 일반적인 반응일 텐데. 이 여자 전사랑은 볼 것, 못 볼 것, 별의별 것 다 보여줘 마음 편한 오래된 연인의 차를 탄 여자인 양 살랑살랑 고개까지 흔들며 조는 것이 아닌가.

'아니, 무슨 여자가 이렇게 무방비로 남자 앞에서 숙면을 취할 수 있지? 아주 곯아떨어졌군, 곯아떨어졌어. 나 원 참.'

그렇게 한 시간 반을 달려 현장에 도착한 차가 울퉁불퉁 자갈

바닥에 임시주차장에 주차를 할 때까지도 사랑은 일어날 줄을
몰랐다.

"전사랑 씨."

"음……."

"이봐요, 전사랑 씨."

"냐……."

겨울을 녹이는 뜨끈한 히터 바람도 시베리아 벌판의 살을 에
는 칼바람으로 만들고, 독보적인 싸늘함은 천지의 모든 생물을
긴장시키는 천하의 최무관인데. 감히, 그 앞에서 천하태평 숙면
을 취하다니.

"전사랑!"

꽤 큰 목소리였는데도 여전히 곯아떨어진 사랑의 모습에, 무
관은 자존심에 상처를 받고 머리끝까지 화가 차 올랐다.

"이런, 무경우한 일을 봤……!"

처음에는 귀에다 냅다 소리를 쳐 눈물 쏙 나게 창피를 줄 참
이었는데, 보조석 창유리에 머리를 바짝 붙이고 잠에 떨어져 있
던 사랑이 갑자기 왼쪽으로 고개를 휙 돌리는 바람에, 소리를
치려고 사랑의 귀에 얼굴을 갖다 대던 무관은 화들짝 놀랐다.
남녀지간에 사고 난다는 반경 5cm 안에 사랑의 얼굴이 들어왔기
때문이다.

"허…… 험."

사랑의 얼굴을 얼른 치우든지 제 고개를 운전석으로 원상복

귀 시키든지 해야 하는데, 어찌 한번 꽂힌 시선이 꼼짝 않고 사랑에게 들러붙는 것인지?

살포시 눈을 감은 사랑은 마치 아기 같았다. 뽀얀 피부에 잡티 하나 없는 얼굴이 꽤나 예뻤다. 긴 속눈썹을 내려뜨리고 새근새근 내쉬는 숨 아래 입술이 잡히고, 마침 도톰한 입술이 오물거렸다.

갑자기 그 오물거리는 입술이 쭉 클로즈업되기 시작했다. 아니, 저 입술이 왜 눈앞으로 당겨지지?

도대체 무슨 조화인지? 최신형 디지털 카메라에 탑재된 고성능 줌 기능처럼 좌악 당겨지는 사랑의 입술에 가슴이 철렁해진 무관은 제가 더 놀라 버럭 소리쳤다.

"전사랑 씨, 내 차가 댁네 안방입니까!"

벌떡!

"안방요? 우리 집 안방에는 전지전능하신 장선녀 여사께서 계신……."

잠결인 사랑의 귀에는 무관의 말 중 '안방'만 꽂혔는지, 헛소리를 중얼거렸다. 그런 사랑을 노려보던 무관은 차를 열고 나가 '꽝' 소리 나게 차 문을 닫아버렸다.

"아, 저 인간이 왜 저러는 거야? 제 입으로 시끄럽다고 하고선. 조용히 잔 것도 죄야? 다 좋은데 성격은 증말, 증말 지랄이야."

그리 욕을 하고 무관을 뒤따라 차에서 내렸지만, 사랑은 앞서

가는 무관을 쫓아가며 겉으로는 여전히 방긋거렸다.

"건축사님 먼저 들어가세요. 저는 요 앞 가게 잠깐 다녀올게
요."

'아니, 이 여자가 지금 무슨 소풍 온 줄 아는 거야? 업무 시간
에 가게라니, 상식이 되는 소리를 해야지!'

"안 됩니다!"

눈에 힘을 주고 차갑게 쏘아보았다. 하지만 사랑은 그런 무관
을 본척만척하고 이미 저만치 달려가고 있었다.

"하, 정말 저 여자는 어째 내 앞에서 주눅 한번 안 드는 거
야?"

무관은 예측불허 황당무계한 사랑이 갈수록 거슬렸다.

그들이 도착한 현장은 고급 전원주택단지 신축공사장이었다.
현장 상황은 전기배선 공정이 끝난 지붕을 목수들이 OSB합판
으로 덮고 있는 중이었다. 무관은 주변 정리가 잘되고 있는지
훑어본 다음, 지시할 사항을 메모하고 탕탕 타카핀 쏘는 소리와
콤프레셔가 돌아가는 일층으로 들어섰다.

후다다닥—

또 그 소리. 무관이 현장에 발만 들여놓으면 항상 나는 '의심
스런' 소리였다. 소리 나는 쪽으로 예리한 시선을 던지던 무관
은 잇새로 중얼거렸다.

"저 소리의 정체를 내 언젠간 밝힐 거야."

"나오셨습니까?"

사무실에서 파견 나간 이 대리가 무관을 보고 쫓아와 깍듯이 인사를 했다.

"예. 그런데 내가 현장에 나올 때마다 들리는 저 긴박한 소리의 정체를 이 대리는 압니까?"

"그…… 그, 그게……. 저, 저도 잘 모르겠습니다."

무관이 보기에는 이 대리가 무언가 아는 것 같은데, 본인은 더듬더듬 모른다고 하니 '아는 대로 대라'고 고문을 할 수도 없는 일이라 '내 스스로 알아내, 관련자들의 주리를 틀어주지' 다짐했다.

일층 하자를 샅샅이 뒤지던 무관은, 이층으로 이어진 구십도 경사의 임시 사다리를 능숙하게 타고 올라갔다.

"이 대리, 지붕 마감 공정은 차질없이 해야 합니다. 그런데 지붕 시공자들은 어디 갔습니까?"

무관의 질문에 이 대리의 얼굴에 긴장의 빛이 역력해졌다.

"그…… 그게 작업자가 들어오는 중에 사정이 생겨서 내일 온다고……."

"뭐요? 목조 집에 지붕 마감을 미룬다고! 그게 수험생에게 고사 날짜 미루고, 법조인이 범법 행위를 하는 것만큼 말 안 되는 일이라고 몇 번을 말했습니까!"

무관은 오늘따라 유난히 더 난리였다. 그를 당해내야 하는 이 대리는 진땀이 뻘뻘 났다.

"죄송합니다. 작업자 부인이 임신 중인데 예정일이 멀었는데도 아이가 나오려고 해서 갑자기 병원에 실려갔다고……."

침묵하는 무관을 차마 보지 못하고 이 대리는 더듬더듬 말을 이었다.

"일기예보에도 흐리지만 비는 안 온다고……."

차라리 호통이라도 칠 것이지, 묵묵부답인 무관에게 더 이상 변명을 거두고 이 대리는 고개를 떨어뜨렸다.

"죄송합니다, 건축사님."

"지붕도 중요하지만, 제 자식 첫울음 듣는 것도 생애 한 번밖에 없는 일이니 중요하죠. 목수들한테 부탁해서 방수 시트라도 먼저 씌우세요."

"아, 예."

또 붙들려 주구장창 기본교육을 받을 줄 알았던 이 대리는 천만다행이라는 한숨을 내쉬었다.

아무리 지독한 무관이라도 약해져 버리는 것이 딱 두 가지 있었다. 첫째는 제 어머니인 이옥분 여사와 둘째는 아이, 즉 베이비였다. 저를 낳고서 더 이상 아이를 갖지 못하게 된 어머니가, 남의 집 아이라도 늘 귀하게 여기는 것을 보며 자란 때문인지 무관도 아이를 소중히 여겼다.

어찌 됐든 이 대리는 운이 좋았다. 그 작업자의 병원에 실려 간 아내가 임신한 아내가 아니고 그냥 아내였다면, 당장이라도 불러오라고 불호령을 내렸을 테고, 결국 못 불러온 이 대리는 지붕 시공자를 탓하며 시공자 대신 지붕에 올라가 마감을 해야 했을 것이다.

"내일은 꼭 나와서, 야간작업을 해서라도 끝까지 마감하고 가라고 하십시오."

"예, 알겠습니다."

"이제 내려가 옆 건물도 봅시다."

"예, 건축사님."

구십도 경사 사다리를 완만한 경사의 계단 내려오듯 앞을 보고 툭툭 내려오는 무관의 시야에 이상한 광경이 잡혔다.

칼밥을 먹는 현장 작업자들이 점심시간이 시작되었는데도 밥 먹으러 갈 생각은 않고 한 자리로 모이고 있었다. 거기다 함바(공사장의 임시 식당)로 가던 옆 건물의 작업자들까지 하나둘 동일한 자리로 모여드는 것이었다.

"무슨 일이지?"

"그러게 말입니다?"

뒤따르던 이 대리도 의아해하면서 모여든 사람들 사이를 열어 무관이 볼 수 있도록 길을 터주었다.

"안녕하세요, 아저씨들. 저는 신입사원 전사랑이에요."

"하도 이뻐서 미스코리안 줄 알았구면."

"감사합니다."

"사랑이? 익중 형님 딸, 사랑이 맞지?"

"어머, 안녕하셨어요."

"인테리어 공부한다더니, 이리도 좋은 데 취직해 부렀네. 오메, 이쁜 것이 공부도 잘했나 벼.”

“잘한 건 아니고 그냥 졸업은 했어요. 호호.”

몇 년 전까지 전익중 목수 밑에서 중 목수로 있던 조씨 아저씨였다.

“전씨 형님 딸이잖아.”

“정말, 전 목수 딸이여? 어찌 이리 이쁜 딸을 뒀어.”

“그러게 말이야, 자식 농사 잘 지었구먼. 아들은 천재라고 소문이 자자하던데. 딸내미도 이리 좋은 데 취직하고, 저렇게 미스코리아 뺨치게 이뻐서 그 형님 고생해도 보람이 있네, 보람이 있어.”

여기저기서 터져 나오는 예쁘다는 찬사에 연신 ‘감사합니다’를 방긋방긋 외치던 사랑은 건물 기초를 잡은 시멘트 바닥 위에서 마치 자기가 미스코리아 진에라도 뽑힌 것처럼, 둘러싼 작업자들을 향해 행진하듯 일일이 손을 흔들고 고개를 숙였다.

무관은 기가 막혔다. 따끔하게 한소리 하려고 나서려다 무관은 생각을 바꾸었다.

‘내가 저 여자한테 휘둘릴 게 뭐야? 평소대로 무시하면 그만인 것을.’

끊임없이 괴상한 행동을 하는 사랑을 무시하기로 결심한 무관이 옆 건물로 발길을 돌리려 할 때였다.

“막걸리 한 병씩 가져가셔서 반주하세요.”

“아이고, 막걸리를 다 사 왔어? 그런데 괜찮을라나 모르겠네.

여기 현장이 좀 엄해서."

"딱 한 잔씩들만 하세요. 막걸리 한 잔이 어디 술인가요."

"그려, 그려."

'뭐? 저! 저 여자가 도대체 뭐라는 거야!'

환호하는 이들 사이를 휘젓고 들어간 무관은 사랑의 손에 들린 막걸리 병을 거칠게 빼앗아 들었다.

"내 현장에서 음주가 가당키나 한 줄 압니까!"

화가 끝까지 올라, 엄청난 양을 내쏘는 무관의 얼음 레이저 빔에 주변은 순식간에 얼어붙었다. 사랑의 앞에서 헤벌쭉 해 있던 현장의 아저씨들, 박수 치던 손과 벌어진 입 그대로. 무관의 뒤를 따르던 이 대리 역시 발 옮기려고 다리를 든 상태 그대로. 파지지직 얼음마왕의 주술에 걸려 급랭된 억울한 엑스트라들처럼 사람들은 각각의 자리에서 급랭으로 얼어붙어 버렸다.

"반주로 막걸리 한잔하는 것도 음주인가요?"

와르르르—

정말 아무것도 모른다는 선량한 눈망울로, 대노한 얼음마왕의 살벌한 눈을 반들반들 직시하는 사랑의 간 큰 행동에, 얼어 있던 사람들 얼음막을 스스로 깨고 줄행랑칠 포즈를 취하는데…….

이게 무슨 일인가? 평소 찔러도 피 한 방울 나올 것 같지 않던 최무관 건축사님 시퍼렇게 들떠 더듬거리는 것이 아닌가?

"이…… 이, 그…… 그걸 지금 말이라고 합니까? 당장 따라

와요!"

덥석—

"어마야."

움켜잡은 사랑의 손목을 사정없이 끌고 나가는 무관이었다. 사단이 났다고 이를 어쩌냐고 불안해 안절부절못하는 현장의 아저씨들과는 달리 끌려 나가는 당사자 전사랑은 신방 들어가는 새색시마냥 수줍게 벙긋거렸다.

건물 밖 차가 주차된 곳까지 끌려간 사랑은 잡힌 손목에서 느껴지는 무관의 열기에 가슴이 두근거렸다.

"전사랑 씨, 정신이 있는 겁니까, 없는 겁니까?"

첫 마디부터 대놓고 싸가지없건만 사랑은 무관이 그러든지 말든지 아직 잡힌 제 손만 신경 쓰이고 화끈거리고 실없이 웃음이 났다.

"공사 현장이라는 게 어떤 상황에서 어떤 일이 돌출할지 모르는데 작업자들에게 술을 먹여요?"

감히 저를 비웃는 것도 아니고, 헤실헤실 웃는 사랑의 모양에 부아가 오를 대로 오른 무관은 냅다 소리쳤다.

"전사랑 씨, 내 말 듣고 있습니까!"

"네?"

동그랗게 뜨는 눈은 '뭔 말 하셨어요?'라고 말하고 있었다.

냉정하기 그지없는 최무관 냉정에 빠작 금이 가기 시작했다.

"전사랑 씨, 해고입니다."

무관의 계획대로면 사랑의 입에서 나와야 할 '해고'가 무관 제 입에서 튀어나왔다. 무관은 제가 한 말을 번복하게 만든 사랑을 땅에 묻고 싶은 심정이었다.

"네?"

"오늘부로 해고니, 내일부터 출근하지 마세요."

"안 돼! 안 돼요. 제가 잘못했어요. 제발 저를 불쌍히 여기시고 은혜를 베풀어주신다면 앞으로는 열심히 인간답게 살게요."

사랑은 해고라는 무관의 말에 저도 모르게 장선녀 여사 앞에서나 내보이는 비굴 모드로 자동 돌입했다.

해고됐다고 모든 사람이 사랑처럼 이렇게 죽으라고 사정하진 않을 것이다. 너무도 자연스런 비굴 모드에, 그 까닭, 즉 장선녀 여사에게 길들여진 그것을 알길 없는 무관, 또 다른 황당함으로 울먹이는 사랑을 내려다보았다.

"저는 정말, 결코, 네버! 막걸리 한 잔이 술이 될 수 있다는 것을 몰랐어요. 하늘에 땅에 맹세코 몰랐어요. 우리 아버지 친구분들은요, 소주 대병(1.8리터)을 병째 드셔도 끄떡도 않고 지붕을 날아다니시거든요. 한 잔 들어가야 못질도 잘된다고…… 훌쩍…… 그래서 막걸리 한 잔은 그냥 혈액순환제 정도로……."

"그런 구태의연한 방식이 사고를 부르는 겁니다. 나는 그런 거 딱 질색인 사람입니다."

"네, 네, 건축사님. 제 사고방식 좀 많이 구태의연해요. 그러니까 건축사님이 저 좀 사람 만들어주세요. 네? 네?"

비굴도 이런 비굴도 없을 것이다. 게다가 연기력도 탁월했다. 맨발의 성냥팔이 소녀 뺨칠 정도의 짠한 표정에 눈물까지 글썽거렸다. 저런 경우 백이면 백 다 넘어오게 되어 있었다. 특히 사랑의 밥인 남자들은.

"여기가 군댑니까, 전사랑 씨 사람 만들게? 사람 되고 싶으면 군대를 가세요."

뭐 이런 인정머리없는 인간이 다 있나. 온몸을 불사르는 철저 비굴에도 불구하고 최무관에게는 씨도 안 먹히는 모양이었다.

"내 말 끝났습니다."

"안 돼요!"

사랑은 돌아서는 무관의 팔에 무작정 매달렸다.

"이러시면 안 돼요!"

딴 살림 차리러 나가는 바람난 서방한테 매달리듯 죽기살기로 매달리는 사랑에게서,

"왜 이럽니까!"

불시에 팔을 낚인 무관. 그 팔을 빼기 위해 확 당기려 하는데, 물커덩!

토실토실, 말랑말랑, 짜릿한 사랑의 젖가슴이 무관의 팔꿈치에 철썩 달라붙었다.

"어허! 이씨, 이씨, 이, 이······."

인정머리없어 피도 안 통하게 생긴 무관의 볼이 불그스름해지는 것 같았다.

‘어, 잘못 본 건가?’

그러고 보니 매몰차게 빼던 팔 동작도 어느새 멈추어져 있었다.

“건축사님?”

“무…… 무슨 여자가…….”

무관은 팔에 붙어 있던 사랑을 확 밀어젖혔다. 그러고는 밀린 사랑이 주춤거리는 것을 보고도 잡아주기는커녕 아주 꼬꾸라져 처박히는 것을 바라는 사람마냥 바짝 약이 올라 사랑을 노려보았다.

‘설마, 그거 부딪쳤다고 저러는 건 아니겠지. 설마, 설마?’

금방이라도 사랑을 향해 맹독을 쏠듯 곤두세우던 무관이 갑자기 휙 돌아섰다.

“저, 잘할게요. 정말 잘할 수 있어요!”

짧은 뒷머리가 날리게 성큼성큼 달아나는 무관의 뒤에다 냅다 소리치는 전사랑은 역시 의지 강한 한국인이었다.

함바에서 밥을 먹는다면 사랑과 부딪칠 것 같아 무관은 동네 식당으로 향했다. 하필이면 밥그릇으로 나온 그릇이 뽀얗고 둥그런 사기그릇이라 잊으려 했던 조금 전의 기분 나쁜 감각을 되살아나게 만들었다.

“젠장.”

제법 둥실했다. 마른 체형에도 가슴이 불거져 있기에 두툼한 패드가 들어간 브라, 즉 뽕 브라인 줄 알았는데 무관의 예상은 완전히 빗나갔다. 팔에 척 달라붙어 비비적거리던 사랑의 가슴은 순수 100% 오리지널이었다. 무관은 뜨끔했다. 달라붙는 푹신함에 순간 찌릿했다. 그 말랑한 감촉이 제 팔을 더 비비고 확 삼켜주길 바람과 동시에 그런 생각을 한 자신에게 놀라 확 팔을 뺐다.

'왜 이래, 최무관? 너답지 않게.'

미쳐도 곱게 미친 게 아니었다. 저런 푼수데기 같은 여자한테 찌릿했다는 것 자체가 무관의 자존심을 아작냈다.

"노인네가 뭐 저런 여잘 붙여줘 가지고!"

홧김에 아버지 최무정 회장 욕도 해보고, 어서 먹어주길 바라며 봉곳이 오른 하얀 쌀밥이 든 죄 없는 밥그릇을 확 밀어버리기도 했다.

처음부터 거슬리더니 하는 짓마다 신경을 벅벅 긁는 짓만 골라하는 사랑이 패주고 싶을 정도로 얄미웠다. 도톰한 입술도, 물컹거리는 젖가슴도 무관의 성질을 북돋았다.

"음!"

무관은 정말이지 그런 사랑이 마음에 안 들었다. 왜 그렇게 마음에 안 드는지 여느 때, 여느 여자들에게처럼 시종일관 무관심하면 될 텐데, 어째서 전사랑의 행동은 모든 것이 거슬리고 신경이 가는 것인지 알다가도 모를 일이었다. 하여간 최씨 가문 삼대 불변. 첫째가 최무관의 싸늘함, 둘째가 최무관의 무관심한 여자관계, 셋째가 최무관의 마인드컨트롤인데, 전사랑을 만난 지 24시간도 안 돼서 삼대 불변이 여지없이 무너지고 있었다.

사실, 무관이 사랑을 현장에 데리고 온 것에는 다른 속셈이 있었다.

"더 이상 못 다니겠습니다. 죄송합니다."

바로 이 말을, 사랑의 입에서 듣기 위해서였다. 비록 좀 치사한 방법을 써서라도.

최무관의 그 좋은 머리로 스스로도 치사하다 생각하는 간교한 꾀는 바로, 일명 '신입사원 현장 돌려 자진 퇴사 받아내기' 였다.

하지만 사랑을 쫓아내기도 전에 무관, 제가 먼저 화병으로 확 쓰러질 지경이었다.

슬그머니 함바에 숨어들어 함박웃음과 함께 밥 한 그릇을 얻어먹고 사랑은 전투 태세에 돌입했다.

"흥. 해고, 웃기는 소리 하네."

사랑은 어제 새로 산 무릎 아래 스커트 안에 함바집 아줌마에게 빌린 고무줄 몸뻬를 껴입고 앞 막힌 슬리퍼까지 신은 후 노란 고무줄로 긴 머리를 질끈 동여매며 비장한 눈빛을 번들거렸다.

"들여놓을 때는 맘대로 들여놨어도, 내보낼 때는 함부로 못 내보내는 법이지."

그 차림으로 도대체 뭘 하려 하나 궁금증이 생기기도 전에 사랑은 비호와 맞먹을 동작으로 현장으로 돌격하고 있었다.

사랑에게는 지금 회사에서 쫓겨나는 게 문제가 아니었다. 다시 백수로 돌아간다면 물론 장선녀 여사의 묵직한 주먹이 사랑을 그만두지 않겠지만 지금 사랑에게 장선녀 여사의 주먹이 문제가 아니었다.

'사' 자 사모님 아니면 눈에 차지도 않던 사랑에게 '사' 자 사모님과 그렇게 그리던 운명의 궁둥이와 가슴까지 떨리게 한 남자를 모두 득할 수 있는 절호의 기회인데. 어찌 전사랑이 그 기회를 위해 수단과 방법을 가리겠는가.

"최무관, 나가란다고 내가 나가냐? 사람 잘못 봤스."

사랑은 어쩌든지 무관의 옆에 붙어 있어야 했다. 몸이 멀어지면 마음도 멀어진다고 했는데 아직 가까이 가보지도 못하고 멀어질 수는 없었다.

"아자자자자!"

씩씩하게 걸어, 다시 공사판에 도착한 사랑의 몰골을 보고 모두들 눈이 휘둥그레졌지만, 열받은 독사 같은 무관의 살기에 다들 찍소리도 못했다.

이상한 몸뻬를 입고 나타난 사랑이 현장의 잡부들과 비계(높은 곳에서 공사를 할 수 있도록 임시로 설치한 가설물) 연결 철물을 나르는 것을 보고도, 무관은 모른 척 무시하고 이 대리의 보고에만 귀를 기울였다.

‘또 희한한 행동을 하는군. 하지만 저 여자가 내 앞에서 어떤 해괴한 행동을 해도 난 이제 저 여자 일에 상관 안 할 거다.’

무관이 그런 생각을 하기가 무섭게 들려오는 소리!

“엄마야! 나 살려! 내…… 내 허리!”

사랑의 찢어지는 비명 소리에 무관은 허겁지겁 사랑을 향해 뛰었다. 그런데 막상 사랑 앞에 도착한 무관은 다시 화가 나 얼굴이 시퍼렇게 달아올랐다. 흙바닥에 쪼그리고 앉은 사랑이 겨우 손가락 서너 마디나 될까 말까 하는, 애들도 한 손에 들고 다닐 만한 조그만 원형철물 한 개만 달랑 든 채 고개를 푹 숙이고 있었기 때문이다.

마음 같아선 현장이 떠나가라 소리치고 싶었지만, 더 이상 사랑에게 관심을 보이지 않기로 결심한 무관은 화를 잇새로 참으며 비아냥거렸다.

“뭡니까? 쇼합니까?”

꼼짝 않고 무릎에 고개를 묻은 사랑의 묵묵부답에 격앙된 무관은 조금 전보다 더 큰 소리로 쏘아붙였다.

“또 무슨 이상한 짓인지, 거치적대니까 어서 일어나요!”

무관이 떠들든 말든 쪼그린 자세 그대로 까딱하지 않는 사랑에게, 상관 않겠다던 무관은 또 이성을 잃어버렸다.

“내 말이 이제 말 같지 않습니까!”

우악스럽게 나간 무관의 손이 웅크리고 앉은 사랑의 팔을 확 끌어당겼다.

"아야!"

획 고개가 들린 사랑의 눈에는 고통이 일렁이고 뽀야니 고운 뺨에는 눈물이 범벅이었다. 순간! 무관의 가슴은 철렁하고 내려 앉았다.

얼마나 고통스러운지 떨지도 못하는 사랑을 병원으로 옮기기 위해 무관은 사랑의 어깨를 잡았다.

"전사랑 씨, 어서 일어나요. 병원 갑시다."

"아, 아파! 너무, 아파요."

아파도 병원에는 데리고 가야 했기에 무관은 사랑의 잡은 어깨를 조심스럽게 일으켰다.

"악! 아, 아, 아파, 나, 나, 나 죽…… 어, 아파 죽겠어!"

일으키기 바쁘게 허옇게 들뜬 사랑의 얼굴은 사색이 되더니 더 죽는다고 소리쳤고, 무관은 시집도 안 간 사랑의 허리가 크게 잘못된 것은 아닌지 걱정되기 시작했다.

무관은 이 대리와 함께 사랑을 신주단지 모시듯 차에 싣고 병원으로 향했다.

"아파요, 죽겠어요. 엉엉. 죽을 것 같아요. 허리가 부러졌나봐요. 나, 죽어. 어어엉."

닭똥 같은 눈물을 뚝뚝 떨어뜨리며 죽어가는 소리를 내는 모양으로 보았을 때는 분명 뼈가 부러져도 열두 번은 더 부러진 신음인데, 정작 병원에서는 뼈에는 아무런 이상이 없고 그냥 근육이 조금 경직되었단다. 그런데도 불구하고 어찌 된 일인지 물리치료를 받고 나오는 사랑은 중환자마냥 휠체어에 앉아 여전히 죽어가는 표정이었다.

"이 정도 근육경직으로 저렇게 큰 통증을 호소하시는 분은 제 의사 생활 삼십 년 동안 처음입니다."

걸어도 괜찮다는데 아파서 절대 못 걷는다고 버티는 사랑의 행동에 의사는 난감한 모양이었다.

"저도 간호사 생활 십 년 동안 처음이에요."

옆에 있던 간호사도 의사를 동조했다.

"전사랑 씨, 정말 못 걷겠어요?"

무관 또한 의심스럽게 물었다.

"한 발짝도 못 걷겠어요."

하고는 사랑은 또 죽을상을 쓰며 고개를 폭 떨어뜨렸다.

무관은 '엄살 아니야? 유난히 통증을 강하게 느끼는 특이체질 맞는 거야?' 하고 한 치 앞, 손만 뻗으면 바로 닿을 것 같은 사랑의 어깨를 확 잡아 흔들어주고 싶었다. 하지만 아프다는 사람에게 야멸치게 굴 수는 없어 부글부글 끓어오르는 화를 꾹 참고 사랑 앞에 등을 보이고 앉았다.

"못 일어나겠으면, 차로 가는 동안만 나한테 업혀요."

"굳이 이렇게까지 안 하셔도 되는데."

말은 그렇게 하면서도 기다렸다는 듯 덥석 등에 오르는 건 또 무언지. 하여간 귀찮고 귀찮고 귀찮은 여자였다.

등을 내밀고 업히라는 무관의 말에 사랑은 로또 당첨된 것보다 더 횡재한 기분이 들었다. 혹시라도 마음이 바뀌어 안 업어준다고 할까 봐, 사랑은 얼른 무관의 등에 올라탔다. 사랑의 가슴에 무관의 등이 닿았다. 그 등이 얼마나 넓고 듬직하던지, 사랑은 어느새 무관에게 품에서 보호 받는 무관의 여자가 된 기분이 들었다. 이런 싸늘하고 메마른 남자가 포근히 감싸주면 어떤 기분이 들까? 깊이 사랑이라도 해준다면…… 상상만으로도 얼굴이 화끈거리고 감동 충만이었다.

사랑은 감동의 여운을 더 느끼고 싶어 살그머니 무관의 어깨에 고개를 내렸다. 남자다운 체취가 풍겨졌다. 아이러니하게도 가슴 떨리면서도 믿음직스럽고, 자극적이면서도 편안한 느낌이었다. 사랑은 무관의 마음을 사로잡듯 무관의 어깨를 틀어잡고 넓은 등에서 절대 떨어지지 않겠다는 듯 찰싹 달라붙었다.

'최무관은 내 거! 찜!'

무관을 사로잡고 싶다는 사랑이 마음이 결국 손가락에 혀끝

의 침을 묻혀 무관의 양복상의를 꾹 누르는 만행도 서슴지 않고
했다.

사랑은 차가 있는 데까지 동안 무관에게 껌같이 달라붙어 행
복한 순간을 만끽했다. 하지만 차에 도착하자마자 거머리 떼듯
내려놓는 무관으로 현실로 돌아와야 했다. 그래도 좋았다. 금단
의 열매가 더 탐스러운 것처럼 쌀쌀맞은 무관이 사랑은 더 자극
적이었다.

"집까지 바래다줄 테니 사고 치지 말고 얌전히 있어요."

무관의 말은 무뚝뚝했지만 차를 출발하는 동작은 사랑을 배
려하듯 조심스러웠다.

"이, 이게 뭔 일이고?"

라고 남 앞이라 예의상 말은 하지만, 차가워 보여도 훤칠하니
잘생긴 청년의 등에 업혀 들어오는 사랑의 속셈에 의심의 눈초
리를 보내는 장선녀 여사였다.

"엄마, 인사드려. 우리 건축사님이셔. 최무관 건축사님."

제 신랑이나 되는 듯 뿌듯하게 소개하는 사랑의 말에 무관을
잘난 청년으로만 생각했던 장선녀 여사 눈이 휘둥그레졌다.

"참말이가?"

"안녕하십니까. 최무관입니다."

사랑을 업고 있는데도 불구하고 무관은 장선녀 여사를 향해
깍듯이 고개를 숙였고, 장선녀 여사는 그런 무관에게 그녀의 희

망이자 전씨 집안 최고의 수재, 전대왕에게나 보냄직한 애정 충만의 시선을 무관에게 흩뿌렸다.

"아이고, 저야 늘 안녕하지요. 누추하지만 어이, 어이 들어오이소."

"예."

여전히 사랑을 업은 채 신을 벗고 들어오는 무관이라는 귀한 손의 방문에 들뜬 장선녀 여사는 사랑의 존재를 까맣게 잊어버린 듯했다.

"이를 어짜꼬, 오늘따라 청소를 안 했는데. 식사는 마 했는지? 아이고, 이랄 게 아이라 저녁 준비라도……."

"아닙니다, 다시 현장에 가봐야 해서요. 감사히 먹은 것으로 생각하겠습니다."

"아이고, 우째 이래 말도 똑떨어지게 이쁘게 하노."

전대왕에게 보냄직한 애정 충만의 시선인 줄 알았는데, 지금 무관을 향한 장선녀 여사의 눈길은 애정이 흘러넘쳐 주체를 못하는 모양, 그것이었다.

"아참, 내 정신 좀 봐라, 회장님하고 사모님은 안녕하시지요?"

"예, 염려해 주신 덕분에 두 분 다 건강히 잘 지내십니다."

"아이고, 내 덕분은 무슨. 이래 잘난 아들을 두셨으니 건강들 하실 수밖에 없겠구마요."

벙긋거리는 입을 손으로 가렸는데도 장선녀 여사, 귀에 입이 걸리다 보니 그 속이 훤히 들여다보일 정도였다.

"그게 건축사님 다섯 살 땐가? 사랑이 아버지가 회장님 사모님이 불쌍한 아기들 거두는 집 지을 때, 그때 처음 뵙고 내가 이래 잘나게 클 줄 알았다 아입니꺼."

"아, 예. 감사합니다. 그리고 말씀 낮추십시오, 그리고 전사랑 씨 좀……."

등에 붙어 시간이 갈수록 더 밀착해 오는, 무관이 의식하지 않을 수 없는 존재인 사랑을 정작 그 어머니는 잊은 듯했다.

"무신 말씀을요, 그래도 그라믄 안 되지요, 사랑이 회사 사장님인데. 그라고 그때는 마, 쪼만한 고추를 달랑달랑거리면서 그 큰 집을 온천지 쓸고 다니시드마, 이래 잘나게 커가지고 건축사까지 되뿌고 사모님은 얼마나 좋으시겠노."

사랑을 업은 채 어정쩡한 자세로 선 무관은 얼굴이 확 달아오르는 것을 느꼈다.

'아니, 도대체 무슨 말씀을 하시는 거야.'

"그래 갖고마……."

"말씀 중에 죄송하지만 전사랑 씨가 좀 다쳤습니다. 방에 눕혀야겠는데요."

"아, 그래요?"

장선녀 여사, 그때서야 무관의 등에 업힌 사랑이 눈에 들어왔다. 그녀는 무관의 등에 껌처럼 들러붙어 있는 딸을 의심 가득한 요사스런 눈초리로 들여다보았다. 그런 장선녀 여사의 예리한 눈을 슬금슬금 피하는 사랑은 마치 죄지은 놈 같다.

"이노무 가시나, 빨리 니 발로 못 가나?"

사랑의 꾀병, 아니 오바를 눈치 챈 장선녀 여사는, 사랑의 귀에만 들리게 나직하게 말하고 선녀는 치뜬 눈에 힘을 꽉 줬다.

"엄마, 제발…… 한 번만."

사랑은 어머니 장선녀 여사가 제가 오바하는 사실을 발설해, 무관에게 사실을 들킬까 봐 전전긍긍하며 장선녀 여사에게 불쌍한 눈을 겨우 올리고 손바닥을 비비며 애원했다. 그런 사랑을 어찌 처단을 내릴지 잠시 망설이던 장선녀 여사는 '가시나가 뭔 지랄을 할라 카는지는 모르겠지만 이번 한 번만 넘어가 준다'는 메시지를 담아 사랑을 향해 눈에 힘을 꽉 주다가, 애정 철철 넘치는 눈길로 변신해 무관을 향했다.

"이쪽으로 오이소."

일단은 사랑의 잔머리에 잠시 동조를 해주기로 한 모양이었다.

"사랑이는 마, 아무 따나 저 침대에 던져 뿌시고."

"엄마!"

귀한 대접 못 받는 게 하루 이틀도 아닌데 무관 앞이라 반항하는 사랑을 무시하고 주방으로 향하던 장선녀 여사는, 절대 장선녀 여사에게는 나올 것 같지 않던 나긋나긋한 본새로 덧붙였다.

"내가 마, 시원한 얼음 동동 띄워놀 테이께 시원한 거 드시러

어서 오이소."

장선녀 여사가 주방으로 모습을 감추고 나서도 떨어지지 않는 사랑을 향해 무관은 쥐어짜듯 말했다.

"전사랑 씨, 이제 내 목 좀 놓죠."

"어머, 내가 아직도 업혀 있었네."

하면서도 느릿느릿 죽은 게 발 놀리듯 하는 사랑을 무관은 제 등에 느꼈던 열기를 없애기라도 하듯 침대에 훌렁 던지듯 내려놓았다.

"감사합니다."

무관은 재빨리 평소의 산뜻한 기분으로 돌아오기 위해 뒤도 돌아보지 않은 채 사랑의 방에서 나가려 했다.

"조심해서 가세요. 그리고 내일 뵙겠습니다."

'아니, 저 여자, 그 몸으로 출근을 하겠다는 거야?'

무관은 올라오는 화를 누르며 퉁명스럽게 대답했다.

"며칠 쉬세요."

"아닙니다. 내일 뵙겠습니다."

"쉬라니까."

"아닙니다. 내일 뵙겠습니다."

"그럼 맘대로 하십시오."

쾅!

남의 집 방문을 인정머리없이 닫고 나가는 무관의 차가 떠나는 것을 제 방 창문에 매달려 확인하던 사랑은 무관의 차가 골

목 끝으로 완전히 사라지는 것을 보고 후다닥 거실로 뛰어나왔
다.

"엄마."

"와?"

"저, 그게⋯⋯."

"아프다는 가시나가 궁디에 불붙은 망아지 맹키로 그리 날뛰
는 가시나가 어디 있드노?"

사랑은 그때서야 제가 아프다는 게 기억이 났지만 지금 그게
중요한 게 아니었다.

"그거 진짜야? 아까 엄마가 한 말 말이야, 그거 진짜야?"

"무신 말?"

"아까 그! 자, 작다고 한 거⋯⋯."

"뭐라꼬?"

"아까 엄마가 건축사님 다섯 살 때 그⋯⋯ 그게 작았다며."

"작긴 뭐가 작아. 다섯 살 묵은 알라 꼬추가 학교 다니는 아들
만큼 굵다래가꼬 놀랬구마."

사랑은 저도 모르게 화끈해지는 볼을 잡고 냅다 소리쳤다.

"엄마, 그만 해!"

"저 가시나가 지가 묻고는 소리는 와 지르노?"

"하여간 아줌마들은 엉큼해."

"저게 뭐라 카쌌노? 그리고 니 무신 짓 꾸민다꼬 꾀병 짓이
고?"

“몰라!”

뛰어나온 속도만큼 쏜살같이 달려가더니 제 방문을 확 걸어 잠그는 사랑을 향해 쯧쯧 혀를 차다가 무관이 나간 현관을 돌아보았다.

“참말로 잘 컸네. 우리 대왕이도 저래 커주면 좋겠구마. 사모님은 진짜로 좋겠다.”

장선녀 여사는 정중히 인사를 하고 나간 잘 자란 무관을 생각하고는 혀를 차느라 벌렸던 두툼한 입술에 흡족한 반원을 그렸다.

더 있다가 저녁까지 먹고 가라고 붙드는 사랑의 어머니를 어렵게 거절하고 집 밖으로 나온 무관은 어쩐지 찜찜한 기분이었다. 쉬라는데도 부득 출근을 하겠다고 고집을 부리는 사랑에게 ‘네 맘대로 하세요’ 하는 기분으로 허락을 하기는 했지만 무언가에 속은 듯 시원치가 않았다.

“도대체, 왜 이렇게 찜찜한 거야?”

차에 올라타 막 시동을 거는 순간, 무관의 뇌리에 섬광처럼 퍼뜩 그것이 떠올랐다.

“아, 해고했잖아!”

잊어버렸다. 정신없이 호들갑을 떠는 사랑 때문에 해고했다는 사실을 까맣게 잊고 있었다. 최무관 생애에 자신의 결정을 금세 잊어버리고 이렇게 얼렁뚱땅 번복하는 일이 생기다니. 무관은 하늘이 노래지는 것 같았다. 잔머리든 굵은 머리든 아버지 최무정 회장의 어머니 이옥분 여사를 빌미로 벌이는 치사한 협박 말고는 누구에게 당해본 적이 한 번도 없는 최무관이 아닌가.

'서, 설마, 머리 나쁜 푼수데기의 잔머리에 내가 당한 건 아니겠지?'

무관은 생각을 털어내듯 머리를 흔들었다.

"우, 우연이겠지. 아닐 거야."

무관은 머리 좋은 제가, 머리 나쁜 사랑에게 당했다는 사실을 무시했다. 인정하지 않았다. 절대 부정했다. 그래도 당한 건 당한 건데. 그 사실이 어디 가는 것도 아니고.

"앞으로도 내보낼 기회는 얼마든지 있을 거야."

과연 그럴까? 더 지켜봐야 할 일이지만 그리 호락호락할 것 같지는 않아 보이는데.

그곳을 떠나면 사랑의 잔꾀에 넘어간 사건이 없어지기라도 하듯 무관은 얼른 차를 출발시켰다.

"그나저나, 오늘 스케줄이 엉망이 돼버렸잖아."

지금 현장으로 내려간다 해도 도착하면 현장이 마무리될 시간이라 무관은 집으로 길을 잡았다.

집에 도착한 무관은 현관부터 심상치 않은 낌새를 느꼈다. 익숙한 열기, 풀풀 날리는 닭털들, 지금 거실에서 무슨 일이 일어나고 있는지, 보지 않아도 비디오, 아니, DVD였다.

“아, 정말 또 시작이시네.”

그렇잖아도 최 회장에게 불만이 많은 무관이었다. 호시탐탐 진로를 방해하는 것도 모자라 이제는 귀찮은 여자까지 덤으로 제 인생에 끼워놓은 최 회장의 애정 행각을 무관은 여느 때처럼 슬쩍 눈감아주거나 모르는 척 이층으로 올라가 줄 기분이 전혀 아니었다.

무관은 마다하는 이옥분 여사의 입술에 뽀뽀를 하려는 최무정 회장의 옆으로 다가가 냅다 소리쳤다.

“저, 다녀왔습니다!”

“에구머니!”

무관의 등장에 놀란 건 가까이 앉은 최 회장이 아니라 그 옆에 있던 이 여사였다. 이 여사는 허둥지둥 최 회장에게 잡힌 손을 빼며 한 발 물러났고, 그런 아내를 아쉬운 듯 놓아주던 최 회장은 갑자기 나타난 무관을 오히려 타박했다.

“이놈아, 인기척이라도 하지.”

“제발 지나친 애정 표현은 두 분만 계신 곳에서 하시죠.”

그런 무관을 사춘기에 막 접어들어 어쭙잖게 반항하는 놈 보듯 눈 하나 끄떡 않고 바라보는 최 회장과는 상반되게 고운 볼 발갛게 물들인 이 여사는 민망해 몸 둘 바를 몰라 했으나 무관은 정말 사춘기가 시작된 십대 소년처럼 멈추지 않았다.

“시도 때도 없는 두 분의 애정 표현에 제가 얼마나 닭살이 돋는 줄 아십니까?”

한층 더 싸늘해져 더 강한 냉기를 발산하는 아들이, 이내 성난 황소마냥 식식거리다가 제 방이 있는 이층으로 휙 올라가는 것을 보고, 아들에게 절대 지기 싫어하는 최무정 회장은 무관의 뒤통수에 대고 냅다 소리쳤다.

"아니, 이놈이 오늘 못 먹을 걸 먹었더냐? 네놈이 뭘 알아? 네놈이 사랑을 알더냐?"

"내가 회장님 때문에 못살아요. 자식 보기도 부끄럽고……. 이제 무관이 얼굴을 어찌 본데요."

"저놈이 한두 번 본 것도 아닌데, 뭘 그리 부끄러워하나?"

최 회장은 다시 슬금슬금 옥분의 손을 잡으려는데 붉어진 볼로 옥분은 주방으로 내빼 버리고 최 회장은 산통 깬 아들이 얄미워 더 큰 소리를 냈다.

"네놈처럼 싸늘한 놈은 내 평생 처음 본다, 이놈아. 그거는 뭐하러 달고 다녀. 행세도 못하고 달고 다닐 거면, 무겁게 들고 다니지 말고 떼버려."

막상 그렇게 말은 했지만, 은근히 걱정이 되는 최 회장이었다.

'가만, 그러고 보니 저놈 동정은 풀었나? 저리 싸늘한 놈이 동정이나 풀었을까? 저놈 혹시 고추도 얼어붙은 거 아니야? 허허, 큰일났네. 저놈 대에서 최씨 집안 씨가 마르는 게 아니야? 조상님들을 어찌 뵌다. 어허, 참……'

이층 방으로 올라온 무관은 치밀어 오르는 화를 누르기 위해 차가운 물줄기 아래 섰다.

"노인네 유치하게 사랑은 무슨……. 사랑이 들어간 건 감정이든 사람이든 모두 귀찮기만 하지."

아버지가 얘기하는 사랑과는 다른 의미의, 무관에게는 더없이 귀찮기만 한 생글거리는 사랑의 얼굴이 떠올랐다. 그러자 조금 전까지도 시원하다 느꼈던 냉수가 갑자기 미지근해지고 사랑이 붙었던 등짝이 데인 듯 화끈거렸다.

"오늘따라 냉수까지 왜 이 모양으로 나오는 거야!"

찬물에 샤워라도 해야겠다 싶어 욕실로 들어온 무관은 또다시 애꿎은 샤워기에다 대고 신경질을 부렸다.

"올해 여름은 지독히도 덥겠군, 초여름도 안 됐는데 이렇게 더운 걸 보면. 정말 귀찮아."

지금 그 더위가 찬물로 씻어낼 그 더위가 아닌데, 백날 씻어낸다 해도 결국에는 시원한 줄 모를 텐데.

해고 사건 다음날부터 얼렁뚱땅 밀고 들어온 사랑의 최무관 건축사 사무소 생활이 보름이 지나가고 있었다.

오늘은 출근하자마자 다시 돌아 나와 덜덜거리는 시외버스에 몸을 실어야 했다. 대전 현장에 내려가 있는 오일스테인 샘플이, 서울 사무실에서도 급히 필요하게 되어서 경기도 광주에 있는 거래처에 다녀오겠다고 사랑이 자청을 해서였다. 어차피 가장 막내에, 사무실을 비워도 지장을 받지 않는 사람이 사랑이니, 심부름이 떨어지는 것은 당연한 일인데 굳이 제 스스로 청해 가겠다고 하는 것도 어찌 보면 우스운 일일 수도 있지만 사랑은 달리 생각했다.

지금은 비록 청소나 잔심부름, 선배들이 기피하는 파일이나 자료 정리에 하루를 보내는 일이 태반이지만, 사랑에게는 언젠가는 제가 그린 도면이 아름다운 집으로 탄생되리라는 야무진 희망이 존재했다. 그러다 보니 다른 이에게는 심부름일 뿐인 거래처 심부름도, 사랑에게는 '거래처 사전탐사 및 확보'라는 나름의 목적이 있었다.

"아가씨, 여기서 내리면 자재 전시장인데."

룸미러를 통해 사랑에게 정차를 알려준 버스 아저씨는 사랑이 버스에서 내리는지 확인하려고 운전석 룸미러를 향해 쭉 고개를 늘였다.

"예, 감사합니다. 안전운전하세요, 아저씨."

"그래, 그래. 예쁜 아가씨가 싹싹도 하네."

버스에 내려 몇 안 되는 행인에게 목적지를 묻기도 전에 '우드스타일'의 대문짝만한 간판이 사랑의 시야에 들어왔다.

"우와! 정말 크네."

최대 규모의 건축주택 자재업체 중 하나답게 창고를 함께 갖춘 '우드스타일'의 울타리는 한 바퀴 돌려면 레이스를 해야 할 것 같았다. 자재 상차를 하는 대형트럭을 지나, 사무실이라고 적힌 이층 건물로 들어간 사랑은 오 주임을 찾았다. 며칠 전 오 주임이 사무실을 방문했을 때 사랑이 직접 음료를 대접한 적이 있어 안면이 있었다. 다른 직원의 부름을 받은 오 주임이 벗겨지기 시작한 엉성한 머리를 날리면서 사무실 입구에선 사랑을 향해 뛰듯 나왔다.

"어서 오세요, 여기 시골까지 오느라 고생 많았지요? 직접 갖다 드려야 하는데 저도 현장 납품 갔다가 지금 막 들어왔지 뭐예요."

서둘러 나오느라 흐트러진 몇 가닥 안 되는 머리를 매만지면서 미안한 기색을 하는 오 주임에게 사랑은 싱긋 웃었다.

"덕분에 봄나들이하고 좋았는데요."

"그렇게 말해줘서 고마워요. 조금 이르긴 하지만 사내식당에서 식사하고 갈래요?"

"아니요. 밥 대신 자재 구경 좀 하면 안 될까요?"

오 주임은 눈이 휘둥그레졌다. 건축회사 수 년차, 숙달된 직원에게서나 들을 만한 소리를 건축사 사무소 신입사원에게서 들으니 오 주임이 놀라는 것도 무리가 아니었다.

"사랑 씨라고 했죠?"

"예, 전사랑이에요."

"제가 자재만 십일 년째인데요. 여자 분, 그것도 갓 입사한 파릇파릇한 분이 자재창고 보겠다는 경우는 처음이에요."

"그럼 제가 실례를 한 거예요?"

"아니, 아니에요. 전혀 실례되지 않았어요. 저도 자재를 알아야 좋은 설계를 하고 좋은 설계와 자재가 부실을 막는다고 생각하니까, 사랑 씨가 자재를 보고 싶어하는 건 당연한 거지만 처음 설계를 하시는 분들은 현장이나 자재보다는 도면에 치중하는 게 일반적이다 보니 잠깐 놀란 것뿐이에요. 제가 자재 창고는 안내해 드릴 테니까 이쪽으로 오세요."

"고맙습니다."

갖가지 건축자재들이 즐비한 건물 안으로 씩씩하게 걸어가는 사랑의 의욕에, 오 주임은 저도 모르게 웃고 말았다.

"보기보다 당찬 아가씨네. 제대로 일 좀 하겠는데."

삼백 평이 넘는 대형 창고 안은, 아버지 현장에서 자주 보았던 목구조재부터 단열재인 인슐레이션, 외부 사이딩, 다양한 도어에 수많은 종류의 철물들 하물며 신주 경첩까지 없는 게 없는 보물창고였다. 그중에 사랑의 시선을 오래 잡은 것은 완성품으로 나오는 수십 종류의 시스템 창호들이었다. 지붕에 시공해 가장 까다롭다는 리모컨을 이용해 개폐가 되는 천창과 AD나 House Beautiful 등의 하우스인테리어 잡지에서 보고 반해, '내 집을 짓게 된다면 이 창은 꼭 넣을 거야'라고 결심했던 돌출형의 베이창의 실물을 볼 수 있어 여간 기쁜 게 아니었다.

흥미를 감추지 못하고 질문 세례를 퍼붓는 사랑이 서울로 올라가기 위해 자재창고를 나오자 오 주임은 오일스테인 샘플이 담긴 봉투와 함께 자재의 규격과 용도와 시공 방법이 기입된 두툼한 자재 카탈로그를 내놓았다.

"이 책자 서점에서도 못 구하는 귀한 책이에요. 사랑 씨 정열에 감복해서 제가 선물로 드리는 거니까, 이거 참고해서 좋은 설계하세요."

"어, 안 이러셔도 되는데. 정말, 엄청 감사합니다!"

봉투를 챙겨든 사랑은 오 주임을 뒤로하고 버스에 올랐다. 사랑은 서울로 돌아오는 버스 안에서 오 주임이 준 책자를 열어보고 눈이 휘둥그레졌다. 대학 다닐 때 과제를 위해 열어보았던 이론만 빼곡한 주택 시공서보다 훨씬 더 현실적인 내용이었다. 기초 작업부터 시작해 각 공정마다 들어가는 자재와 시공방법을 사진과 그림으로 풀어냈고, 목구조 주택 한 채가 지어지기까지 그 과정과 자재가 책 안에 모두 들어가 있었다. 서울에 도착해 버스에서 내려선 사랑은 뿌듯함에 가슴이 설레었던 지난 보름 동안 선배들의 목조주택 시공 도면들을 보면서 '왜, 천장이 있는 일층 벽체는 늘 2.4m 높이지?' 라는 의문을 가졌었는데 오늘 사랑 스스로가 그 질문의 해답을 찾았기 때문이다. '우드스타일' 오 주임이 준 책에 기입되어 있는 주자재를 이루는 OSB 합판의 높이 2.4m, 그것이 바로 해답이었다. 선배들에게는 아무것도 아닐 수 있는 그 작은 발견이 사랑에게는 크나큰 희망이고 행복이었다.

"오늘은 하나를 알았지만 내일은 또 다른 하나를 알 수 있겠지."

그리고 모레도, 글피도, 그 다음날도 사랑은 하나씩 하나씩 새로운 사실을 터득하며 소원하던 저만의 설계를 할 수 있을 것이다. 사무실로 들어가는 사랑의 발길은 무거운 누에를 벗은 나비가 푸른 하늘을 나는 것처럼 희망찼다.

무관은 강원도에 신축할 별장 건으로 건축주인 오 회장을 만나기 위해 CU그룹 본사에 들렀다가 회사로 돌아오는 길이었다. 회사 앞 신호등에서 주차장을 지척에 두고 대기하고 있을 때였다. 무심코 룸미러를 보던 무관의 시야에 활기차게 회사 건물로 들어서는 사랑이 잡혔다. 잔 꽃무늬가 들어간 무릎 아래 스커트에 핑크색 카디건을 입은 사랑은 인공의 향기가 조금도 가미되지 않은 싱그러운 야생의 봄꽃 같았다. 살랑 나부끼듯 부는 바람이 사랑의 긴 머리를 넘기고, 투명한 피부에 해맑은 미소를 고스란히 드러내 놓자 주변을 지나던 행인들이 그런 사랑을 다시 돌아보며 감탄을 하는 듯했다.

빵―

뒤차의 경적 소리에 정신을 차린 무관은 신호등이 진행으로 바뀐 것을 알고 브레이크 페달에서 발을 떼었다. 전사랑이 회사로 들어가는 것을 본 것이 무슨 대단한 일이라고, 신호 바뀐 줄도 모르고 넋을 놓고 있었다니……. 무관은 미간을 찌푸렸다. 전사랑을 만나기 전까지는, 제게 일어날 것이라 상상도 하지 않았던 이상야릇한 감정에 또다시 불쾌해졌기 때문이다.

사무실로 돌아온 사랑은 '우드스타일'에서 받아온 샘플을 혜옥에게 건넸다.

"사랑 씨, 수고 많았어. 거기 한번 갔다 오려면 큰일인데 말이야."

"재미있던데요."

심심하기 짝이 없는 그 길을 재미있다고 하는 사랑을 이해불가의 사차원 소녀 보듯 하는 혜옥을 지나친 사랑은 제자리로 가는 대신 도면을 출력 중인 윤 선배 곁으로 다가갔다.

"제가 도와드릴게요."

"어, 사랑 씨 왔네. 그렇잖아도 사랑 씨가 간절히 아쉬웠는데, 나는 내일까지 새 도면 끝내려면 오늘도 내일이나 돼야 퇴근하게 생겼어."

"이건 제가 해드릴 테니까 선배님은 도면 작업하세요."

"그럼 사랑 씨가 공유파일에서 퇴촌 C타입 도면 뽑아서 건축사님 책상 위에 올려놔 줄래?"

"네, 걱정 마시고 일 보세요."

"땡큐."

사랑은 책상 컴퓨터를 켜고 열심히 파일을 찾아 열었다. 퇴촌 C타입 캐드 파일을 실행했지만 막상 플롯을 하니 말간 종이만 출력되었다. 분명 학교 다닐 때도 출력해 본 경험이 있었는데 지금은 머릿속이 플롯을 실패한 말간 종이처럼 텅 비어버렸다.

그래도 선배들에게 도움을 요청할 수는 없었다. 아무리 낯 두꺼운 사랑이라도 도면 하나 뽑아내지 못한다면 엄청나게 부끄러운 일이기 때문이었다. 유난히 삭제 명령만 잘 실행하는 제 머리를 두드리며 초난감 상황에서 플롯 화면을 열었다 닫았다 하고 있을 때였다.

"플롯 설정 값에서 스케일을 주든지, 출력화면에 채워 뽑으려면 스케일 상관없이 그 아래 윈도우 클릭하면 되잖습니까."

뒤에서 들리는 나직한 목소리. 사랑에게만 들리듯 목소리를 낮춘 주인공은 바로 무관이었다. 언제부터 용변 마려운 강아지마냥 끙끙거리는 사랑을 보고 있었던 건지.

"용지 설정도 똑바로 하세요."

무관은 아무 일도 없었다는 듯 사랑을 스쳐 제 방으로 쓱 들어가 버렸다.

'오늘 아침부터 계속 재수 좋은 날이야! 저 남자도 평소 같으면 탄지 걸고도 남았을 텐데, 도리어 날 구제해 주고 가잖아? 이제야 내 진면목을 발견한 거야? 전사랑, 일도 사랑도 희망 전선으로 들어선 것 같아, 아싸!'

무관의 도움으로 무사히 출력된 기본도면을 스테이플러로 곱게 찍어 품에 꼭 안은 사랑은 무관의 방문을 두드렸다.

"들어오세요."

사랑은 문을 조금 열고 그 사이로 얼굴을 쏙 내밀었다. 책상 위에 앉아 무언가에 몰두하고 있는 무관의 모습이 보였다. 사랑은 살그머니 방으로 들어갔다.

"도면은 탁자에 놓고 나가세요, 검토하고 수정사항 알려주겠
어요."

무관은 도면을 들고 들어온 사람이 윤 선배라고 생각한 모양
이었다. 사랑은 무관을 열중하게 만든 대상이 궁금해 죽을 지경
이었지만 '방해엄금' 같은 분위기에 용솟음치는 호기심을 꾹꾹
누르고, 처음에는 그냥 탁자에 도면을 놓고 방을 나오려 했다.
하지만 조심스럽게 다가간 사랑의 시야에 와이셔츠 소매를 두
번 접어 올려 드러난 무관의 남자답게 그을린 건강한 팔뚝이 잡
혔다. 손에 쥔 무언가를 시원스럽게 움직일 때마다 손등에 불끈
솟은 힘줄이 노출된 팔을 타고 올라가 꿈틀거리는 모습이, 그렇
잖아도 무관만 보면 콩닥거리는 사랑의 심장을 강타했다.

몇 달 전 친구들과의 술자리에서, '남자의 팔뚝이 얼마나 섹
시한데' 말하던 미선이 계집애에게 '미친년! 그래 봤자 팔뚝이
지!' 하며 코웃음 치며 핀잔을 주었었는데 바로 지금 무관의 팔
을 보고 느껴지는 것이 미선이 말한 그 섹시인 모양이다.

건강한 무관의 손끝, 펜을 감싼 손가락은 길고 섬세했다.
A5용지를 마킹 펜으로 물들이는 모습이 배치도를 스케치하는
건축가가 아니라 집을 모티브로 한 폭의 아름다운 수채화를
그려내는 화가 같아 보였다. 비록 건축법만 나오면 정신없이
졸았던 사랑이었지만 드로잉이나 마킹은 타의 추종을 불허했
었다. 그런 사랑이 보기에도 무관의 마킹 실력은 경지에 오른

예술이었다.

“거기 놓고…….”

시선을 든 무관과 훔쳐보던 사랑의 시선이 거침없이 부딪쳤다. 몰입 상태 그대로 고개를 든 무관의 시선은 강렬했고, 순간! 사랑의 찌르르 사랑의 머리가 곤두서고 콩닥거리던 가슴은 데인 듯 뜨거워졌다.

“뭐, 뭐, 뭡니까?”

화들짝 놀라 마킹한 배치도를 팔로 가리는 무관의 모습이, 개울에서 미역 감는 숫처녀를 엉큼한 나그네가 훔쳐보자 젖은 젖가슴을 가리는 모양이라, 무관의 걷어 올려진 ‘맨팔’을 불순하게 훔쳐보았던 찔린 구석이 있는 사랑은 가슴 한쪽이 뜨끔해졌다.

“도면 가지고 왔는데요.”

“거, 거기 놓고 나가라는데, 전사랑 씨도 귀 어둡습니까?”

“죄송해요. 놓고 갈게요.”

사랑은 아직 들고 있던 도면을 탁자에 내려놓고 노려보는 무관의 눈길을 피해 서둘러 나가려다 말고 갑자기 돌아섰다.

“건축사님.”

“뭡니까?”

“놓고 가라시니까 놓고는 가는데요.”

“그런데요, 무슨 사설이 그렇게 깁니까?”

“저 아무것도 안 봤어요. 건축사님이 예쁘게 마킹하시는 거 말고는 암것도 안 봤다고요. 그, 그러니까 제가 뭐 다른 거라도 봤을까 봐 의심하지 마세요."

도둑놈이 제 발 저리다고 '도대체 무슨 말을 하는 거야?' 하는 표정인 무관이 보이지도 않는 모양인지. 사랑이 자진해서 제가 무관의 다른 것 '벗은 팔뚝'을 보았다고 이렇게 티를 내니, 조금 전까지 사랑이 바라보는 통에 야릇한 당혹감에 휩싸였던 무관은 이제 그 무언가가 무엇인지 정말 의심스런 눈길로 사랑을 뚫어져라 바라보았다.

"그, 그런, 제가 무슨 불한당이나 되는 듯한 그런 눈빛을 하시면 정말 저 기분 나쁘거든요."

"전사랑 씨."

"네."

"지금 의심하지 말라고 박박 우기는 게 더 의심스러운 거 압니까? 강한 부정은 강한 긍정이라는 거 모르진 않겠죠?"

"제, 제가 언제 강한 부정을 했다고. 아무튼 전 절대 아무것도 안 봤으니까 그렇게 아세요."

허둥거리며 무관의 방을 나온 사랑은 긴장이 풀리자 갑자기 피식피식 웃음이 나기 시작했다. 메말라, 찔러도 피 한 방울 안 나올 것 같은 무관의 꼭꼭 감춰진 풍부한 감성을 혼자만 살짝 엿본 듯해 알 수 없는 쾌감에 휩싸였기 때문이다. 훔쳐보다 무안당한 것은 그새 잊어버렸는지.

'무관 씨는 정말 예쁜 매력 덩어리. 거기다 섹시하기는 어찌

그리도 섹시한지.'

입을 막고 쿡쿡거리는 사랑은 눈에 콩깍지가 홀랑 씐, 사랑의 눈먼 여자의 전형이었다. 저런, 저런, 제 매력에 무관이 폭 빠져 건져 달라 할 거라고 호언장담하던 전사랑은 어디 가고, 무관의 매력에 폭 빠진 전사랑만 존재하는지.

다음날, 사랑은 대전 현장에 보낼 서류를 보내려고 터미널로 갔다. 대전행 버스에 서류봉투를 실어 보내고 현장에 파견 나가 있는 직원에게 버스 도착 시간과 차 번호를 알려준 후 사무실로 향했다. 사랑이 유리문을 밀고 막 들어서는데 혜옥이 탕비실로 급히 들어가고 있었다.

"언니?"

사랑은 저보다 세 살 많은 혜옥의 나이를 알고부터는 둘만 있을 때는 혜옥에게 언니라 불렀다.

"응, 사랑 씨. 잘 갔다 왔어?"

"네, 차 마시게요?"

"아니, 건축사님 방에 손님이 오셨거든. 시원한 것 좀 내드리려고."

건축사님 방! 귀가 번쩍 뜨인 사랑은 혜옥의 손에서, 주스 잔이 든 쟁반을 갈취하듯 낚아챘다.

“엄마야, 사랑 씨 쏟아지는 줄 알고 깜짝 놀랐잖아.”

“언니! 이런 건 나한테 시키시라니까!”

호시탐탐 무관을 노리는 사랑에게는 무관과 관련된 일은 무엇이든 중요했다. 어떤 순간에 어떻게 기회로 연결될지 모를 일이니까, 사랑의 러브레이더는 항상 무관을 표적으로 강력전파를 방사하고 있었다.

“응, 알았어. 하지만! 오늘 이건 내가 갖다 드려야 돼.”

평소에는 잘만 시키던 혜옥이 오늘은 웬일로 쟁반에 연연하는 건지, 사랑은 강한 의심이 일기 시작해 더 죽기살기로 쟁반을 사수했다. 사랑의 손에 든 쟁반을 다시 뺏으려는 혜옥의 다급한 손, 그 손길을 피해 쟁반 위에서 춤을 추는 주스를 한 방울도 흘리지 않고 싹싹 피하는 사랑의 완벽한 동작은 최고경지의 무림고수였다. 이 정도면 포기할 만도 한데, 혜옥이 얼굴까지 시뻘겋게 붉히면서 사랑에게서 쟁반을 다시 빼앗으려는 모습이 정말 ‘딴 마음’이 있는 사람처럼 보였다.

‘어, 이러면 안 되는데. 이 언니 정말, 나의 무관을 흠모하는 것 아니야? 그럼 안 되지!’

“사랑 씨, 전사랑. 야, 사랑아!”

“미안하지만 언니, 이건 내가 갖다줘야 하거든요.”

싸늘하지만 사랑스럽게 그지없는 무관을 사수해야 하는 전사랑! 혜옥에게 반격의 기회도 주지 않고 획 돌아서서는 냅다 달리기 시작했다. 무관이 기다리는 방으로.

그 시간, 무관의 방에는 고등학교 동창 박건우가 찾아와 있었다. 근처에서 일을 보고 점심이나 같이 하자고 온 것이다.

박건우, 그 녀석은 유일하게 무관과 대적할 만한 그런 놈이었다. 고등학교 때는 주거니 받거니 일이 등을 다퉜고, 대학도 우리나라 최고의 명문대를 같이 들어가 무관은 건축을, 건우는 법을 전공했다. 둘은 친구이며 선의의 경쟁자였으며, 여학생들에게는 선망의 대상이었다. 다만 다른 게 있다면, 무관은 싸늘한 성격에 여자에게도 무관심했지만, 건우는 자신의 매력을 십분 발휘해 끊임없이 염문을 뿌리고 다녔다는 것이 완전히 상반된 점이었다.

한마디로 요약하자면, '박건우' 그는 여자를 사귈 때도, 여자와 헤어질 때도 정말 '친절한 카사노바'였다.

똑똑—

노크 소리와 동시에 문이 확 젖혀졌다.

보통 지각있는 사람이라면, 문을 두드리고 일이 초 후에 열거나 들어오란 대답이 있고 나서 열 텐데, 앞에 두 가지 '지각있는 경우'를 싹 무시하고 왈칵 경망스럽게 열리는 제 방문을 무관은 못마땅한 표정을 짓고 노려보았다. 하지만 그의 시야에 들어온 건, 얌전하게 쟁반을 들고 들어오는 박혜옥이 아니라 귀신에 쫓기듯 허겁지겁 튀어 들어오는, 천하의 최무관을 성가시고 짜증나고 거슬리게 하는 전사랑이었다.

"뭡니까?"

"언니가, 아니, 박혜옥 씨가 바쁘신 것 같아서 한가한 제가 시원한 음료 가지고 왔습니다, 건축사님."

전사랑 최대의 장점인 순수미소를 얼음마왕 최무관에게 휙 뒤집어씌웠지만 정작 그 표적의 대상인 무관은 고개를 돌려 무시해 버리고, 무관의 앞에 마주 앉아 사랑이 들어올 때부터 여색에 탁월한 눈썰미로 예의 주시, 집중관찰하던 건우가 그 유혹의 미소를 홀딱 뒤집어써 버렸다.

"가지고 왔으면 어서 놓고 나가세요."

"예, 건축사님."

오늘 너무 많은 일을 해내느라 기를 몽땅 소진해 버렸는지, 어찌 사랑의 손안에 들린 주스 잔이 위태위태했다.

'손님께 먼저 드리는 게 예의지?'

철퍼덕—

"엄마야!"

또 사고쳤다. 손님의 엄청나게 비싸 보이는, 백오십 수 이상에만 보인다는 번지르르 광택 나는 양복바지에다가 주스를 확 엎어버렸다.

"어떡해…… 어떡해. 죄송합니다, 죄송합니다."

허겁지겁 테이블에 놓인 각 휴지를 빼 들고 손님 앞에 쪼그리고 앉은 사랑은 열심히 젖은 건우의 바지를 닦았다.

"죄송합니다, 죄송합니다."

“아닙니다, 그럴 수도 있죠.”

부드러운 목소리의 손님은 ‘참 인간성도 좋은가 보다’ 라는 생각으로 사랑이 고개를 드는데,

“정 미안하시면 식사나 같이 할까요?”

해맑은 미소의 미남 손님이 저를 따사롭게 내려다보며 상황에 맞지 않는 멘트를 날리는 것이 아닌가.

“어…… 저…….”

귀티 흐르고 잘생긴 손님의 급작스런 작업멘트에 당황한 사랑은 멍하니 손님을 마주 보고 있었다.

“어떻게 하는 일마다 늘 그렇습니까? 도대체 제대로 하는 일이 뭡니까? 그렇고 있지 말고 어서 나가요!”

“왜 그래, 최무관? 당사자인 내가 괜찮다는데. 저 친구 말은 신경 쓰지 마세요. 저런, 예쁜 눈가에 이슬이 맺히려고 하네.”

“죄, 죄송합니다.”

“신경 쓰지 말아요. 오전에 일을 봐서 이후 스케줄이 없으니까. 하지만 식사는 잊으면 안 돼요.”

건우는 명함첩에서 명함을 꺼내 아직도 제 바지에 머물고 있는 사랑의 손에 척하고 올렸다.

“전화번호와 이름만 있다고 이상한 놈 취급은 마세요. 직업이 직업이니 만큼 회사나 직책을 넣으면 악용하는 사람들이 많아서요. 저는 서울지검 검사 박건우라고 합니다. 제 소개를 했으니, 아름다운 숙녀 분의 이름을 물어도 실례는 아니겠죠?”

절대 싸움 한 번 안 했을 것 같은 이 곱상한 남자가 서울지검 검사란다. 검사…… 사…… 사!

사랑의 눈이 휘둥그레졌다.

'어떻게 된 것이야? 갑자기 한꺼번에 쌍 '사' 자가 내 앞에 대기하는 거지?'

"전사랑 씨, 안 나갈 거면 본인이 어지럽힌 거 뒤치다꺼리나 하세요. 야, 박 검사 일어나."

"사랑 씨구나. 사랑 씨 오늘은 안 되겠고 전화할게요."

"박건우, 안 나오고 뭐 하냐!"

서로 색은 극 대비를 이루지만, 아무튼 잘난 두 남자의 나가는 뒷모습에 사랑은 여전히 어정쩡한 자세를 유지한 채 갑자기 떨어진 금덩어리에 맞아 얼떨떨해진 듯한 시선을 잘난 그들에게서 떼지 못했다.

'**하**는 꼴이라니!'

사랑의 손이 건우의 다리에 닿는 순간, 무관의 혈압은 급상승했다.

'여자가 하는 짓이라고는 만날 사고나 치고! 그것도 모자라 모르는 남자 다리를 덥석덥석 잘도 잡아요.'

"야, 최무관. 너, 밥이랑 원수졌어? 아까부터 왜 그렇게 쑤셔 대?"

건우의 말에, 무관은 정말 원수를 응징하듯 처참히 짓이긴 초토화된 제 밥그릇의 밥풀들로 시선을 떨어뜨렸다.

"그나저나 무관아, 네 사무실에서 본 아까 그 아가씨, 사랑 씨 말이야.”

“뭐!”

섬뜩한 숟가락으로 밥풀들을 응징하던 눈초리 그대로 고개를 획 드는 무관에게 놀란 건우는 얼떨결에 젓가락을 놓쳐 버렸다.

“이, 이 자식이! 오늘 왜 그래? 네 사무소에 일거리 없어? 일 없으면, 내가 우리 아버지한테 부탁해서 굵직한 설계 물어다 주리?”

건우가 젓가락을 떨어뜨린 걸 본 음식점 직원이 재빨리 젓가락을 다시 챙겨주고 새로 받은 젓가락을 다시 놀리는 건우의 동작이 한 마리 학처럼 우아했다.

무관은 오늘따라 그런 건우의 모습이 영 탐탁지 않았다.

“남자 자식이 허여멀건해 가지고.”

“뭐?”

싸늘하긴 해도 인격적 모독발언은 하지 않는 무관인데, 오늘은 이상도 했다. 평소 건우가 가장 싫어하는 말, 그의 최대 콤플렉스 ‘남자가 하얗다’ 는 말을 스스럼없이 내뱉고는, 뭐 낀 놈이 성낸다고 도리어 제가 피해자인 것마냥 눈을 부라리면서 건우를 원수 보듯 하니 말이다.

“정말 왜 그래, 최무관?”

“내가 우리 아버지 놔두고 왜 네 아버님께 설계를 부탁하겠냐?”

“아참, 아버님. 최 회장님, 최 회장님이 네 아버님이지. 그런데 네놈이 웬일이냐? 최 회장님께 부탁하는 건 죽어도 싫다는 놈이."

"걱정 마라. 오더 많아 죽을 지경이니까."

사실, 무관은 저보다 먼저 검사가 된 친구를 속으로 엄청스레 부러워했다. 무관과 달리 건우는 꼭 검사를 하고 싶었던 게 아닌 것도 속이 쓰린 부분이었다. 건우가 법조인의 길을 선택했던 건 우선, 특별히 하고 싶은 일이 없었다는 것과 대대로 국회의원을 지낸 집안에서 차후 정치계 입문을 고려할 때 법조인이 좋지 않겠느냐는 권유 정도가 이유라면 이유였다.

그러다 보니, 아버지 최 회장의 방해 공작으로 제 진로에 발목이 잡힌 무관의 입장에서는, 건우가 아무리 친한 친구라도 때로는 뒤통수를 한 대 후려치고 싶을 때가 많았다.

거기다 오늘, 검사라는 건우의 소개에, 그 큰 눈이 쏟아질듯 부릅뜨던 사랑의 얼굴이 확 클로즈업되니!

알 수 없는 화가 불끈 치밀었다.

"마음에 안 들어!"

"뭐? 이 자식이, 내가 뭘 잘못했기에 그래?"

"묻지 말고 밥이나 먹어라."

삭막한 분위기 속에 얹힐 것 같던 눈칫밥을 먹고 식당을 나온 건우는 주차장으로 향해 가면서 약간 누그러진 듯한 무관에게 은근슬쩍 정보를 캐려 했다.

"무관아?"

“왜?”

“그…… 사랑 씨 말이야.”

한 번 찍은 여자에 대해 절대불패를 자랑하는 박건우. 새로 찍은 사랑에 대해 궁금한 건 당연하겠지만, 그래도 성질난 무관의 또다시 살벌해지는 눈초리 좀 살필 것이지, 끝까지 목적달성을 하려 했다.

“저, 사무실 들어가면 말이야. 휴대폰 번호 좀 알려줘라.”

그냥 두었어도 가라앉을까 말까 할 무관의 부아를 건우가 작정하고 건드리고 나섰다.

“이 자식아! 네가 여자가 없어서 남의 사무실 직원까지 넘봐?”

“여자야 많지. 하지만 그런 순수미인은 흔치 않지.”

“순수미인? 하, 푼수데기가 무슨! 순수미인이 다 얼어 죽었는가 보지?”

“너, 이상하다?”

그래도 제가 검사라고 예리한 눈길로 무관의 표정 변화를 속속들이 파헤치던 건우가 기함할 소리를 던졌다.

“너, 혹시 전사랑 씨한테 관심있냐?”

“뭐야! 이 자식이 내가 그런 귀찮은 여자를…….”

“그렇게 너 좋다고 쫓아다니던 그 아깝고 아까운 여자들을 무관심으로 일관해 싸늘하게 얼렸던 놈이 최무관 아니야? 그런데 지금 널 봐. 전사랑 씨의 ‘사랑’ 자만 나와도 발끈하잖아.”

“내가 언제! 말 같지 않은 소리 말고! 가라, 가! 그리고 너, 내가 분명히 경고하는데, 내 직원하고 사건 만들지 마라.”

‘직원은 사생활 없냐? 너야말로 직원 사생활에 오지랖 떨지 마라’ 하고 싶었지만 지금 무관을 더 건드렸다가는 정말 ‘사건’이 일어날 것 같아 건우는 입을 다물었다.

✳

월회의가 있는 날이면 현장에 나가 있던 직원들도 그날만큼은 모두 복귀를 하고, 회의가 끝나면 거한 회식이 따르는 것이 정코스라고 했다.

“회식이 있으면 술이 있을 테고, 아무리 싸늘한 우리 무관 씨라도 쭈욱 술 한잔 들어가면 조금은 녹녹해지지 않을까? 호호호.”

쭉 빠진 다리가 허벅지까지 쑥 나오고, 탱글탱글한 엉덩이 굴곡이 잘 드러나는 짧고 착 달라붙은 타이트 미니스커트에, 그냥 보면 프릴이 많이 달린 여성스런 블라우스지만 마음먹고 조금만 움직여 주면 봉곳한 가슴 선이 아슬아슬, 뭇 머슴아들 눈 튀어나오게 만드는 모양으로 출근을 하는 사랑을 보고,

“이노무 가시나, 오늘 또 나이트 가나! 니 오늘 또 안 들어오면, 내한테 아주 맞아 죽을 줄 알아라이!”

선녀는 눈을 희번덕거리며 육중한 체구로 동네 골목까지 쫓

아나왔고, 사랑은 죽기살기로 달아나기 시작했다.

"가시나야, 거 안 서나!"

"엄마! 내가 동네 창피해서 못살아. 밖에까지 나와서 이렇게 광고를 해야겠어?!"

"이노무 가시나야, 창피? 창피 같은 소리 하고 앉았네! 창피 한 줄 아는 가시나가, 술만 처묵으면 해가 중천이 돼야 건들거리고 들어오나!"

"오늘은 그럴 일 없을 거니까 걱정 마. 오늘은 회식이란 말이야!"

선녀의 사정 반경에서 완전히 벗어난 사랑은 소리쳤지만, 맞아 죽더라도 집에 안 들어올 일이 생겼으면 좋겠다는 검은 속내가 한쪽 구석에서 빼꼼히 고개를 내밀었다.

출근하는 북새통 지하철 안에서도 틈바구니마다 남정네들이 사랑을 향해 뜨거운 시선을 뿌렸고, 지하철에서 회사로 오는 대로변에서도 무수한 총각들의 홀린 시선은 물론이며, 또 지각해서 곧 잘리게 생겼는지 죽기살기로 뛰어가는 아저씨들의 발목까지 꽉 붙들어 맬 정도로 오늘 사랑의 매력은 철철 흘러넘치고 있었다.

출근한 사무실에서도 찬사는 끊이질 않았다.

"우와! 사랑 씨, 오늘 유난히 더 환상이다!"

"그러게. 그동안 청순 롱스커트에 가려져 사랑 씨 스타일 이렇게까지 판타스틱한 줄 몰랐네."

“나는 사랑 씨 들어오는 순간, 쌍코피 터지는 줄 알았어!”

남직원은 물론, 여직원들까지 한 마디씩 걸쳤다.

‘호호호, 내가 한스타일 하징.’

“쑥스러워요. 그만들 하세요.”

무관의 방으로 청소하러 들어가던 사랑은 칸 영화제에서 여우주연상을 받은 여배우처럼 한 손은 수줍은 척 입을 막고, 다른 한 손에는 걸레를 든 채 그들을 향해 내저었다.

생전 제 방 청소 한 번 않던 사랑이 무관의 책상은 날아가는 파리가 앉아도 미끄러질 정도로 닦아댔다. 아주 번쩍번쩍 광이 다 났다. 제가 갈라 버렸다 이제는 다시 멀끔해진, 책상 유리도 훔치고 또 훔쳤다.

덜컥―

문이 열리고 무표정한, 하지만 사랑의 눈에는 샤프하기 그지없는 무관이 모습을 드러냈다.

“건축사님, 출근하셨어요? 좋은 아침입니다~”

사랑은 오늘은 무관이 제게 넘어와 주길 바라는 마음으로, 들어오는 무관을 향해 순수미소를 흩뿌렸다.

무관이 출근을 해서 방문을 여니, 오늘도 언제나처럼 제 책상을 닦고 있는 사랑이 있었다. 화사한 미소로, 아니, 실없이 헤죽거리며 인사를 했고, 아침부터 웃는 얼굴에 침을 뱉을 수 없지 않느냐는 생각으로 무관도 마지못해 짧게 대답했다.

“예.”

그런데 이 여자, 오늘은 다른 날보다 과하게 화려한 것 같았다. 평소에 목까지 올라왔던 블라우스 첫 단추가 오늘은 과하게 아래로 내려간 것 같기도 하고, 한 듯 안 한 듯하던 화장도 진해 보였다. 무관은 그런 사랑을 대놓고 훑어보고 싶었다. 하지만 사랑을 훑어 내리는 대신 그 옆 옷걸이를 잡아먹을 듯 노려보았다. 누가 제 눈앞에서 벌거벗고 쇼를 한다 해도 그냥 지나칠 자신이 사랑 앞에서는 이상하게 냉정을 유지할 수 없는 것에 화가 났다. 자신을 끊임없이 자극하는 사랑에게 철저히 무관심하리라 스스로에게 주문을 하며 무관은 여전히 노려보는 옷걸이에 양복상의를 벗어 걸었다.

"건축사님, 책상 다 닦았으니까 앉으셔도 돼요."

사랑은 책상 옆 협탁을 정리하기 위해 허리를 숙였고, 무관은 책상에 앉으려고 막 돌아섰다. 그런데 허리를 숙인 사랑이 무관을 향해 고개를 돌려 방긋거렸고 순간! 무관의 시야에 사랑의 착 달라붙은 도발적인 엉덩이와 짧은 스커트 아래 훤히 드러난 허벅다리가 긴 머리 찰랑, 유혹의 미소 아래, 깊이 파인 블라우스 가슴 골짜기까지 함께 쫘악 빨려 들어왔다.

헉!

수년 전, 전기배선을 잘못 건드려 감전되었을 때보다 훨씬 더 강한 전류가 온몸을 후비고 들어왔다.

찌릿!

머리카락이 곤두서고 온몸이 뻣뻣해지더니,

벌떡!

바지 속에서 이상 징후가 일어나는 것이 아닌가!

"뭡니까!"

당황한 무관이 냅다 소리를 질러 버렸다.

그런 폭발적인 무관의 급격탄두는 강한 담력과 끈질긴 맷집을 자랑하는 사랑이라지만 펄쩍 뛰게 만들었다.

"엄마, 깜짝이야!"

"이, 이 사람이! 여기가 어디라고 생각합니까?"

"그…… 그거야, 건축사님 방이요."

"당장! 가서 옷 갈아입고 오세요."

"예?"

"직장을 뭐라 생각합니까! 도대체 옷 꼴 하고는. 당장 갈아입고 온다!"

"그…… 그래도 어떻게 가…… 갈아입고 와요. 이미 출근했는데……."

무시무시한 눈으로 다가오는 무관이 장선녀 여사의 사정없는 폭행보다 백배는 더한 공포로 다가왔다. 오금이 저리다는 게 이런 것인가? 슬금슬금 뒷걸음치던 사랑은 급기야 덜덜 떨며 말을 더듬거렸다.

"가…… 가, 갈게요! 가, 가, 갔다 오면 되잖아요."

후다다닥—

'아, 진짜 성질 개떡 같은 인간이야. 아무리 사장이라도 그렇지, 내가 발가벗고 온 것도 아닌데 어떻게 지 맘에 안 든다고 저렇게 죽일 것처럼 눈을 부릅뜨냐. 아씨, 내가 왜 저 승질 더러운 인간한테 꽂혀 가지고…….'

무관의 방에서 뛰어나온 사랑이 허겁지겁 지갑을 챙겨 다시 급하게 나가자 혜옥이 사랑을 불러 세웠다.

"사랑 씨, 어디 가?"

"저…… 일! 일 보러…… 다녀오겠습니다."

후다다닥 도망가듯 뛰어나가는 사랑의 뒤로 혜옥의 의문이 뒤따랐다.

"그런데…… 전사랑 씨가 일 볼 게 뭐가 있지?"

일 보러 갔다 온다던 사랑이 잠시 후, 화려 찬란한 옷을 벗어 던지고 평소 차림인 무릎 아래 스커트와 얌전한 카디건으로 바꿔 입고 침울하게 나타났다. 영문을 모르는 직원들 무슨 일이냐고 한 마디씩 물었지만, 차마 진실을 발설할 수 없었던 사랑은 머리에 꽃 단 광녀처럼 헤실헤실 웃음으로 상황을 대충 수습했다.

'칫, 지한테 예쁘게 보이려고 새벽에 일어나 차려입고 온 건데.'

지금 사랑은 생애처음으로 '의기소침'을 경험하고 있었다. 장선녀 여사의 모진 고문에도 몇 분만 지나면 금세 오뚝이처럼 일어나 비록 다시 맞아 쓰러지는 일이 있더라도 악착같이 목표 달성하는 사랑인데, 철저한 얼음 갑옷, 메말라 비틀어진 장작

같은 무관을 상대로는 자꾸 의욕이 상실되고 어깨가 슬금슬금
내려갔다.

　오후 네 시가 가까워 오자, 현장의 직원들이 하나둘 복귀를
하고, 두 시간에 걸친 회의도 끝이 났다.
　모두 예약해 놓은 식당으로 이동해 떠들썩하게 식사를 했지
만 사랑은 묻는 말에만 대답하고 조용히 밥을 먹었다.
　"오늘 왜 그래? 사랑 씨답지 않다."
　식사를 하면서 술잔이 채워질 무렵 소주병 하나를 들고 혜옥
이 다가왔다.
　"아무것도 아니에요."
　"그래? 하긴, 말 안 하는 분위기가 사랑 씨한테 더 잘 어울리
기는 해."
　'아니, 이 언니가 사람 염장 지르러 왔나?'
　"술이나 한 잔 받아. 사랑 씨, 술 마실 줄 알지?"
　'술 마실 줄 아냐, 라니? 소주 다섯 병에 입가심으로 맥주 세
병인 나에게!'
　"주세요."
　홀짝—
　사랑은 소주잔에 든 술을 단번에 입 안에 떨어 넣었다.
　어째 위태위태했다. 영 거슬렸다. 여기저기서 주는 술잔을 사
양 않고 모두 받아먹는 사랑에게 무관은 저도 모르게 계속 시선

이 갔다.

"저러다 취하려고!"

술잔이 오가면서부터 무관의 옆에 붙어 앉아서 했던 말 또 하고, 했던 말 또 하던 박 부장이 깜짝 놀라 벌떡! 취기로 벌게진 고개를 들었다.

"예? 죄, 죄송합니다. 제, 제가 좀 취했지요?"

"아, 아닙니다. 드시던 것 계속 드세요."

'헤죽거리는 꼴이라니!'

박 부장이 따라놓은 술잔을 한입에 털어 넣던 무관은 알싸함을 느꼈다. 아버지 최무정 회장의 일상적인 음주합방 후의 탄생인지는 몰라도, 무관도 술이라면 누구 못지않은 인물이었다. 술생술사, 사람 여럿 폐인 만드는 건축과에서도 위장병 한 번 없이 멀쩡하게 선배들을 처리했고, 어미아비도 못 알아본다는 현장 낮술에도 술이라면 도인 수준의 현장 아저씨들이 모두 자빠질 때까지 끄떡도 않던 무관이, 주는 술잔 마다 않고 넙죽넙죽 받아 홀짝홀짝 입속에 털어 넣는 사랑에게 신경을 곤두세우느라 컨디션이 영 제 페이스가 아니었다.

"2차 갑시다."

"예!"

이 정도면 총무부의 혜옥에게 회식비 처리를 지시하고 일어났던 것이 지금까지의 무관이었는데, 소주 두어 병은 마신 듯 헤죽거리는 사랑 옆에 진을 치는 남자 직원들이 신경 쓰여 '간다' 소리 않고 버티고 있었다.

"건축사님도 같이 가세요."

예의상 권하는 직원의 말에 옳다구나 대답하는 무관이었다.

"그럼, 그럴까요."

순간, 분위기가 싸늘해지고 무관에게 같이 가자고 '예의상' 권한 직원은 다른 직원들이 내쏘는 죽음의 화살을 모질게 맞아야 했다.

2차에서 맥주를 왕창 마신 그들은 3차 노래방을 거쳐 다시 4차 소주방으로 몰려갔다. 2차는 직원들도 무관의 눈치를 보느라 정신일도했지만, 3차에 이르게 되자 몇몇 사람을 제외하고는 술이 술을 마시는 비몽사몽의 처지가 되었고, 마지막 4차에는 멀쩡히 걸었던 몇몇 사람도 맛이 가기 일보 직전이었다.

"전사랑 씨, 이제 그만 마시고 집에 가죠?"

누가 들을세라 사랑의 뒤에서 나직이 속삭이는 무관이었다.

'웃기고 있네. 이제는 술 먹는 거 갖고도 시비네? 내가 젤로 멀쩡하구만. 이제는 술값도 아까븐가 보네. 내 오늘은 죽기로 퍼마셔야지!'

사랑은 무관의 말을 못 들은 척하고, 아예 사이다 컵에다 가득 술을 따르기 시작했다.

'아니, 저…… 저 여자가!'

살짝살짝 취기가 오르던 무관은 사랑의 하는 양에 참지 못하고, 사랑이 마시려고 따라놓은 사이다 컵의 소주를 제가 벌컥벌컥, 그것도 원샷으로 마셔 버렸다.

탁!

테이블이 흔들리게 사이다 잔을 내려놓는 무관에게서 주변 1㎞ 반경의 모든 생물의 뼛속까지 오그라들게 만드는 싸늘한 냉기가 쫘악 뿜어져 나왔다.

심상치 않는 무관의 분위기를 눈치 챈, 아직은 상태 양호한 몇 명의 직원들이 취해 널브러진 동료들을 챙기며 도망갈 길을 가늠했다.

"거, 건축사님, 저, 저희는 먼저 가보겠습니다. 전사랑 씨, 전사랑 씨도 어서 일어나."

오기가 뿜어져 나와 술 취한 척하고 한바탕 뒤집고 싶었지만, 후회할 내일을 생각하며 사랑은 도 닦는 심정으로 자리에서 일어났다. 그런데 참느라 다리에 너무 힘을 줬나? 그만 테이블에 걸려 살짝 휘청거렸다.

"이것 봐, 이것 봐. 이것 봐! 취했잖습니까, 전사랑 씨!"

"그게 아니라……."

"또, 또! 변명한다! 먼저들 가세요. 전사랑 씨는 많이 취한 것 같으니까, 내가 데려다 줄 테니."

"아…… 예."

'전사랑 씨가 우리 중 가장 안 취했는데.'

아직 정신이 남아 있는 직원들의 한결같은 생각이었지만, 험악한 무관의 분위기에 감히 토를 달 상상도 하지 않은 채 취한 동료들을 끼고는 슬금슬금 도망을 쳤다.

"저 안 취했거든요. 저도 갈 테니까 건축사님도 안녕히 들어가세요."

나름대로 정중히 고개를 숙였지만, 거기까지! 사랑은 무관의 대답을 듣지 않고 휙 돌아 소주방을 나왔다.

"나한테도 약간의 자존심이라는 게 있거든요. 오늘의 한계는 여기까지! 흥."

유혹할 절호의 찬스였지만, 아무리 비위 좋은 사랑이라도 이런 분위기에서는 도저히 유혹 모드가 살 것 같지 않아 과감하게 둘만의 시간을 버리고 나온 것이다.

"엄마야!"

분명히 인사를 하고 돌아서 나왔는데, 사랑은 어느새 무관에게 팔이 잡힌 채 질질 끌려가고 있었다.

"젊은 아가씨가 겁도 없이 말이야, 이 늦은 시간에 술은 잔뜩 취해 가지고, 혼자 어딜 가겠다는 거야!"

"남이사, 어디를 가든 말든 건축사님이 무슨 상관이세요. 그리고 저 안 취했거든요. 멀쩡하거든요."

"될 말을 하라고! 휘청거리고 제대로 걷지도 못하잖아!"

"놔요, 놓으라고요. 엄마야!"

버둥버둥 질질 끌려가던 사랑이, 갑자기 서버린 무관의 딱딱한 몸에 꽝 부딪혀, 모든 거부의 동작들이 일순 멈춰져 버렸다.

"한 번만 더 조잘거리면 입을 확 막아버릴 테니까, 알아서 해!"

서슬 퍼런 눈에, 순간 기가 죽은 사랑은 입을 다물었고, 무관은 그런 사랑을 끌고 다시 성큼성큼 내걷기 시작했다.

'그런데 이분이 왜 이러시지? 입을 확 막아버린다고? 가만? 가만? 혹시 나를 땅에 다 확 묻으러 가나? 설마…… 설마? 성질이 더러워도 내가 아무리 꼴 보기 싫어도 멀쩡한 양반이 살인은 안 하겠지? 아니겠지? 어떻게!'

"방 하나 주십시오."

'이건 또 무슨 소리야?'

방 하나 달라는 무관의 말에 퍼뜩 정신을 차린 사랑이 서 있는 곳은, 인근에서 가장 가까운 호텔이었다. 눈이 왕방울만큼 커지는 사랑을 향해 최무관 멋대가리없이 한마디 잊지 않는다.

"걱정 마. 털끝 하나 건드릴 생각 없으니까. 술 깨면 각자 가던 길 가자고."

휙 돌아서는 최무관을 따라 어정쩡 엘리베이터에 올라탄 사랑은 묘한 기분에 휩싸였다.

'도대체 뭐야? 내가 지금 좋아해야 하는 거야, 싫어해야 하는 거야? 아, 정말 종잡을 수가 없는 인간이네. 분명 저 인간이 날 싫어하는데, 어째 이 코스는……. 싫어하는 여자 데리고 가는 코스가 아니잖아?'

사랑은 슬쩍 옆에선 무관을 훔쳐봤다. 범상치 않은 무관의 눈

빚은 사랑을 나누기 전초전의 야릇한 남자가 아니었다. 마
치…… 꼭 살아 돌아와야 하는 마지막 전투에 나가는 비장한 군
인, 그 모습이었다.

엘리베이터가 도착하고 사랑은 아까보다 더 묘한 기분으로 자르르 시선을 내렸는데 한 대 맞으면 〈축 사망〉 팡파르가 곧바로 터져 나올 것 같은, 불끈 만 무관의 주먹이 들어왔다.

'서…… 설마, 내가 마음에 안 든다고, 저 주먹으로 콱! 하는 건…… 아니겠지? 설마, 설마 아닐 거야.'

"안 내리고 뭐 합니까!"

"아…… 예!"

'맞아 죽을 때 맞아 죽더라도 코스의 끝은 봐야지. 음, 그래야지. 그래도 일단은 장 여사한테 더 늦는다는 전화 한 통은 넣어 주고. 새벽에 들어가 장 여사한테까지 봉변당하면 오늘 내 이

상태로는 확! 목을! 아니, 발을 매달지 몰라.'

엘리베이터를 내리면서 휴대폰을 찾기 위해 가방을 더듬거리던 사랑, 아차차! 아까 소주방에서 진동으로 돌려놓으려고 꺼내놓고는 테이블에 두고 온 게 기억났다.

"저…… 건축사님, 제가 급한 일이 있어서요. 잠.깐.만. 갔다 오면 안 될까요?"

덜덜덜, 겁에 움츠려 공포로 쥐어짜듯 말을 꺼내는 사랑의 모습에 무관은 얼굴이 확 달아올랐다. 제가 마치 아리땁고 약해 빠진 여자들만 골라 연쇄 추행하는, 어이 잡아 거세를 해야 마땅할 추잡스런 추행범처럼 느껴졌다.

'이! 이 여자가, 사람을 어떻게 보고!'

부글부글 분노가 끓어올라, 뚜껑이 열릴락 말락 달그락거렸다. 그도 그럴 것이, 제가 여자들에게 얼마나 막강한 영향력을 미치는지는 기저귀 찰 때부터 제 앞에서 쓰러지는 아주머니, 누나들을 보며 최무관 스스로도 익히 잘 알고 있었다. 한데 이 여자 전사랑은 황송한 줄도 모르고, 다른 여자들은 좋아 죽을 이 상황을 죽지 못해 따라온 걸로도 부족해, 이제는 감히 잔머리까지 써가며—그것도 '잠깐만 갔다 온다' 는—세 살짜리 어린애도 안 속을 같잖은 소리로 달아나려 하니 잘난 최무관이 어떻게 열받지 않겠는가.

"전사랑 씨, 누굴 바보로 압니까!"

무관은 더 험악스럽게 눈을 부라렸다.

"그리고 지금 날 의심하는 겁니까!"

"그…… 그게 아니라, 정말로 잠깐만 갔다 온다고요. 정말이에요. 정말이라니까요!"

정말 금방 다녀올 사랑인데, 지금 무관의 눈에는 애절하게 사정하는 모습이 달아나려고 발악하는 여자로 보여질 뿐이었다.

'이씨, 이 여자 뭐야! 날 왜 이렇게 화나게 하는 거야? 나하고 있는 게 그렇게 싫은 거야?'

"제…… 제가 정말! 정말! 갔다가 꼭 올 거거든요. 꼭 올 거니까 저 좀 보내주세요. 제발요."

눈물까지 글썽이며 사정하는 사랑의 모습에,

'이씨! 이씨! 이렇게 죽기로 사정할 정도로 내가 싫은 거야?!'

우르르— 쾅!

폭발했다. 끓어오른 무관의 자존심이 드디어 폭발해 호텔 복도에 울려 퍼졌다.

"야, 전사랑! 너, 그렇게 눈 높냐! 이…… 푼수 같은 게!"

"엄마야!"

엄마를 찾는 사랑을 무관은 달랑 들었다. 초강력 자석에 끌리듯 쭈욱 방으로 빨려 들어가 사랑을 확 내려놓으려는데, 어? 사랑에게서 풍기는 소주 냄새에서 어찌하여 알코올은 쏘옥 빼고 달콤한 살 내음만이 동동 떠 콧속을 살랑살랑 자극하는 건지? 슬금슬금 올라오는 취기와 더불어 급성장하는 그것 때문에 무관 스스로도 놀라 펄쩍 뛰었다.

‘내…… 내가 왜 이러는 거야! 취했나? 취했으면 죽어야지 왜 살아? 어, 그러고 보니까 아직도 내가 이 여자를 들고 있네. 지금 내가 뭐 하고 있는 거야!’

무관은 제가 하는 짓에 화들짝해 사랑을 버리듯 카펫 바닥에 내려놔 버렸다.

“어마야.”

무관은 호들갑 떨며 휘청거리는 사랑을 외면하고 획 고개를 돌리는데, 어째 어찔하다. 사이다 컵 가득 든 소주, 그 마지막 잔의 파동이 이제야 출렁출렁 몰려오는 것 같다.

“어? 어?”

다시, 어찔어찔, 이번에는 파동이 거친 파도가 되어 덮칠 듯 몰려왔다.

‘진짜 내가 오늘 왜 이러는 거지? 최무관, 정신 차려!’

“그게요, 취직했다고 얼마 전에 바꾼 최신 모델에다가 엄마 카드 할부로 사서 제가 갚아야 하거든요. 얼른 갔다 올 테니까, 조금만 기다리세요. 어디 가시지 말고 기다리세요. 절대 가시면 안 돼요. 꼼짝 말고 여기서 꼭 기다리세요. 꼭이요. 꼭! 꼭! 꼭!”

‘저 여자가 뭐라고 조잘거리는 거야? 그런데 내 몸이 왜 이렇게 천근만근 늘어지지? 어, 어, 저게 또 도망가네. 잠깐, 잠깐, 저 여자가 도망을 가든 말든 내가 무슨 상관이야? 아냐! 아니지. 감히 내게서 도망을 쳐? 죽었어!’

아직 에어컨을 켜지 않는, 이제 유월을 벗어나 끈끈한 여름

공기에 가까운 실내 공기와 사이다 잔 가득 찬 원샷의 소주는 독한 무관을 망각의 세계로 보내고 있었다.

"전사랑! 자꾸…… 도망가면…… 홍낭당."

남자의 욕망도 옹졸한 질투도 아니었다. 취해 버린 지금의 무관은 오로지 도망가는 적을 잡으려는 히틀러 정신이 똘똘 뭉쳐진 독종 독일병정이었다.

"잡아라!"

사랑의 팔목을 잡는다는 게 그만 카디건을 쭉 당겨 버렸다.

찌익—

"엄마야, 내 옷!"

'어, 저 여자가 왜 옷을 벗고…… 제법 볼록하네.'

"너! 나 유혹해?"

비록 스텝이 비정상적이긴 했지만 뜨거운 열기를 발산하며 다가오는 무관의 모습에 사랑의 심장은 죽을 날 기다리는 도마 위의 생선마냥 펄떡거렸다.

척!

몰아세운 무관에 의해 벽에 부딪힌 사랑은, 곧 이어서 붙여오는 튼튼한 팔에 온전히 갇혀졌다.

"엄마야……."

슈욱, 당겨져 왔다. 가뭇가뭇 수염이 오르기 시작한, 잡티 하나 없는 무관의 얼굴이!

철렁! 펄떡거리던 심장이 그 순간 작동을 멈췄다.

'키…… 키스하려고 하나? 키스…… 읍!'

차가운 안경알이 볼에 닿는다고 느끼기 무섭게 입술이 삼켜졌다. 입술이 닿으면서 끼쳤던 술 냄새는 곧 강한 남자의 체취에 희석돼 버렸고, 짜릿한 감각이 사랑의 세포 하나하나를 곤두세웠다.

사랑의 아랫입술이 무관의 혀에 주룩 쓸렸다. 입술의 미세주름을 훑고 나가는 끈끈하고 집요한 움직임에 화끈 달아오른 사랑의 입술이 벌어졌다. 입술을 음미하던 무관의 혀가 사랑의 입 안으로 쑤욱 밀고 들어와 허공에 길 잃은 촉촉한 붉은 살을 낚아채 틀어쥐고 쭉 당겼다.

'이런 관능적인 키스도 존재했던 거야? 그럼, 그동안 내가 했던 건 도대체 뭐야? 뽀뽀야?'

콩닥대는 가슴과 후들거리는 다리를 지탱하지 못했던 이유도 있지만, 이 놀라운 키스를 더 경험해 보고 싶은 생각이 커진 사랑은 무관의 늠름한 목에 팔을 감고 있는 힘껏 매달렸다.

입술을 떼는 무관에 실망한 사랑이 한숨을 내쉬는 입으로, 고개 위치를 반대로 바꾼 무관이 이번엔 더 거세게 침범했다. 입 안 여린 살을 중심으로 휙 휘돌던 무관의 혀가 사랑의 혀를 쓱 애태우다, 확 당겨 제 입속으로 꿀꺽 삼켰다.

음! 너무나 강렬한 느낌이었다. 사랑의 작은 혀를 옴짝달싹도 못하게 가두고 혀뿌리를 덥석 물고는 조곤조곤, 때로는 휙 거칠게, 빠짐없이 탐해 나갔다.

그 농밀하고 뜨거운 감각에, 사랑은 세상이 휙휙 돌아가는 것 같았다. 똑바로 서 있을 수도 없을 만큼 정신이 혼미해져 갔다. 알고 보니 냉정한 줄 알았던 최무관은, 키스에 통달한 바로 에로티즘의 달.인.이었다.

다시 입술을 뗀 무관은 젖은 사랑의 입가를 잔 키스로 지분지분 더 넓게 적셔갔다. 욕심 많은 놈이 다른 놈 못 먹게 제 것에 침 발라 찜하듯이…….

"하."

다시 떨어진 무관의 입술이 대기하고 있는 사랑의 목마른 기다림에도 바로 내려오지 않아, 어찌 된 일인가 싶어 사랑은 꼭 감았던 눈을 사르르 뜨고 무관에서 시선을 고정했다.

"사랑아."

완벽한 섹시미를 발산하며 사랑을 금방이라도 태워 버릴 듯 이글이글 불화살의 시위를 쫘악 당긴, 싸늘하고 멋대가리없는 무관이라고는 절대 믿을 수 없는 에로틱한 음률에 사랑의 심장이 난타당했다.

"너……."

능수능란 짜릿한 입꼬리를 슬쩍 말아 올린 모습이 어찌도 섹시한지, 사랑의 가슴이 다 타 오그라들 것 같았다.

"맛있다."

'엄마야, 나 자빠져!'

장선녀 여사가 패 죽인다 해도, 최신형 휴대폰이 새 주인을 만나 그 할부금을 몽땅 대신 낸다 해도, 사랑은 절대 이 분위기를 깰 수 없었다.

'무관 씨, 우리 오늘 일 내는 거예요. 있는 거, 없는 거, 아니, 만들어서라도 내가 아낌없이 줄 테니 사양 말아요.'

무관이 덮쳐 오면 적극적으로 일을 벌릴 생각으로 펄떡거리는 심장을 부여잡고 때를 기다리는데…… 어찌 된 일인지 2단계가 오래도 걸렸다.

"사랑아."

짜릿한 무관의 목소리에 기대만빵한 눈빛을 한 채 시선을 드는데, 어? 이상하다! 입꼬리 착 올린 불멸의 섹시미소는 다음 단계를 기대하게 만드는데, 어째서 빌리진을 외치던 마이클 잭슨처럼 일명 문워크라는 백스텝을 밟는지?

뒷걸음을 치던 무관이, 침대가 다리에 걸리자 매트리스 위에 털썩 앉았다. 그리고는 슬금슬금 엉덩이 걸음으로 긴 다리가 침대 위로 쑥 올라가도록 뒷걸음치더니, '후끈' 의미심장 야릇한 미소를 던지는 것이 아닌가.

'어떻게 이해해야 하는 거야? 나 보고 덮쳐 달라는 뜻인가? 어쩌지? 처음부터 내가? 아이참, 부끄러운데……. 취향 한번 별스럽네.'

널따란 침대 한가운데서 팔로 허리를 세워 버티며, 마릴린 먼로도 울고 갈 요염 자태로 사랑을 향해 손짓하는 무관을 향해 망설이는 척, 하지만 이내 못 이기는 척 슬쩍슬쩍 침대에 올라탄 사랑은 무릎에 세우고 빠른 속도로 직진했다.

어느새 무관의 위로 올라탄 모양이 된 사랑, 그런 사랑을 야들야들한 먹이를 한입에 꿀꺽하고 싶은 울프의 눈빛으로 이글이글 뜨겁게 응시하는 무관. 들러붙은 두 청춘남녀의 입술이 닿을까 말까, 뜨거운 김이 확확, 초절정 흥분 상태로 오늘의 결과를 믿어 의심치 않던 그 순간,

풀썩—

"어, 왜…… 왜 그래요?"

허리를 지탱하던 무관의 팔이 푹 꺾이고 널따란 어깨가 내려가는가 싶더니 쿡 맥없이 이불에 고개를 박는 것이 아닌가.

"아……."

사랑은 제 앞에 닥친 황당한 상황에 야릇한 자세를 풀지도 못한 채 입만 벌리고 있었다.

"맛있는 것……."

그런 사랑의 사정을 아는지, 모르는지, 꿈속에서도 그놈의 맛타령을 하며 보드라운 이불에 옆얼굴을 쓱쓱 문지르며 잠을 청하는 것이 아닌가.

"나, 맛없어도 좋아! 맛없어도 좋으니까, 눈떠! 눈을 뜨란 말이야!"

헛물켠 사랑의 허무함이 폭스의 울부짖음이 되어 야밤을 울리건만, 그 소리가 숙면에 취한 무관에게는 '어이 자라' 토닥이는 자장가였다.

숨만 붙어 있지 않다면 죽었다 해도 믿을 만큼, 똑 떨어져 자는 무관에게 이불을 덮어주고 그 미끈한 볼에 뽀뽀까지 한 사랑은, 잠시 후면 장선녀 여사의 굵직한 주먹에 맞아 제 눈이 밤탱이가 될 것인데도 불구하고 히죽거리며 새벽이슬을 맞고 집으로 돌아왔다.

거실 문을 따고 살금살금 들어오는데, 거실에 코 고는 소리가 들리지 않는 걸 보니 다행히 장선녀 여사는 안방에서 취침 중이신가 보다. 잽싸게 방으로 들어간 사랑은 클렌징오일로 대충 얼굴을 닦고 이불로 쏙 들어갔다.

"찜찜해도 참아야지, 괜히 씻는다고 화장실 들락거렸다가 엄마한테 걸리면 죽음이니까."

이불에 누워 잠을 청하는데, 왜 잠은 안 오고 무관의 입술이 다가오는지.

"어머, 망측해."

사랑은 마음에도 없는 소리를 하면서, 부자 지갑 주운 거지마냥 밤새 히죽거렸다.

사랑의 인생의 해뜰 날을 암시하듯 쨍하고 아침이 떠올랐다. 밤새 못 다 채운 수면에도 불구하고 믿을 수 없을 만큼 활기차고 피부 또한 탱탱했다.

벅찬 기대를 품고 출근한 사랑이, 오늘따라 유난히 무관의 방 청소에 공을 들였다. 그런 사랑 앞에 드디어 출근한 무관이 들어왔다.

평소 하던 '건축사님, 출근하셨어요? 좋은 아침입니다' 라는 인사 대신, 조금 더 많이 친근하게 '오셨어요?' 라고 했다.

하지만 무관은 그런 사랑을 없는 사람 취급하며 제 책상 인터폰을 눌렀다.

"박 부장님, '우드스타일' 에서 들어온 견적서 가지고 좀 들어오십시오."

[예.]

박 부장이 쏜살같이 들어오는 바람에 사랑은 밀려나듯 무관의 방에서 나와야 했다. 바삐 처리해야 할 일인가 보다 생각하면서도 조금은 서운한 마음이 들었지만 앞으로 펼쳐질 핑크빛 미래에 대한 기대로 서운한 마음도 금세 씻어내 버렸다.

그 후로도, 눈이 마주칠라 치면 셀 수 없이 애교미소를 뿌렸지만 무관은 그런 사랑을 소 닭 보듯 했고, 사랑은 그런 무관을 무뚝뚝한 성격에 다른 사람들 있으니까 쑥스러워져 그러려니 했다.

그런데 퇴근 시간이 임박했는데도 무관에게 별다른 메시지가 없자, 사랑은 슬금슬금 의구심이 들기 시작했다.

"평창동 현장 들렀다가 바로 퇴근합니다. 시간들 되면 퇴근들 하세요."

혜옥에게 이렇게 말하고 무관이 성큼 사무실 밖으로 나가 버리는 것이 아닌가.

"이…… 이게, 무슨 일이야?"

"흥!"

성난 황소마냥, 과하게 거센 콧바람이 느껴져 돌아보자 또 혜옥이었다.

'그렇잖아도 황당무계한데, 저 언니까지 하루 종일 왜 저러는 거야? 그나저나 내일이 주말인데……. 설마, 연락하겠지? 연락, 연락? 전화! 맞다, 창피하니까 티는 못 내고 이따 전화하려나 보다!'

"그런데 내 휴대폰 번호는 알까?"

친절한 소주방 주인이 휴대폰을 회사까지 갖다주어 다시 찾은 휴대폰을 신주단지 모시듯 꼭 붙들고 있는 사랑을, 남편 빼앗은 원수 보듯 거하게 노려보던 혜옥이 찬바람을 휙 일으키며 가버렸다.

혜옥이 그러든지 말든지 사랑은 휴대폰이 무관이나 되는 양 애지중지 제 품에 보듬었다.

퇴근하는 지하철 안에서도, 집에 도착해 샤워를 하는 중에도, 저녁밥을 먹는 중에도, 하물며 화장실에서 용변을 볼 때도 귀한 휴대폰을 떼놓지 않았지만, 기다리는 무관의 전화는 올 생각을 않고 영양가 없는 자슥들의 놀러나오라는 전화뿐이었다.

"어떻게 된 거야? 설마 어젯밤 그 진한 키스를 입술이 잘못 스쳤다 잊으라 하진 않겠지? 아! 정말, 왜 이렇게 불안한 거야? 내가 먼저 전화하면 어떻게 생각할까?"

사랑에 빠지면 사람이 달라진다고 했던가? 이 소심하고 조급증 난 처자는 진정 전사랑이 맞는지?

"가시나가 새벽에 옷은 다 지뜯겨 갖고 들오더이, 비 맞은 미친년 맨치로 뭐라꼬 시부리노?"

"엄마! 정말, 비 맞은 미친년이 아니고, 비 맞은 중이거든. 잘 알고 써먹어!"

휙 성질을 내고 제 방으로 들어가는 간 부은 사랑을 보던 장선녀 여사는 어안이 벙벙해져 입을 다물지 못했다.

"비 맞은 중을 비 맞은 미친년이라 했다고, 그게 저래 목숨 내놓고 지랄할 정도로 성질나는 일이가?"

영문을 모르는 장 여사, 정말 비 맞은 중마냥 중얼거렸다.

아홉 시 일 분 전, 사랑의 인내에 한계에 이르렀다.

"사랑에 무슨 자존심이 있겠어!"

말은 이렇게 하면서도 먼저 전화해 주지 않는 무관의 무심함에 서운함을 느끼면서, 사랑은 직원 비상연락망에서 몰래 입력해 둔 무관의 단축번호를 눌렀다.

[띠리리— 띠리리—]

연결음이 왜 이렇게 긴지? 사랑의 가슴은 콩닥콩닥 방아질을 했다.

'나 이러다 심장병 걸리겠다. 그나저나 전화해서 뭐라고 하지?'

[최무관입니다.]

"흡."

과하게 단백한 무관의 음성이었지만 그 목소리가 이제는 싸늘하기는커녕 뜨겁게 들렸다.

[여보세요.]

"저…… 저……."

[전화를 거셨으면 말씀을 하셔야지, 계속 말 안 하면 전화 끊겠습니다.]

"저예요, 저! 사랑이요."

무거운 침묵에 사랑은 단축번호를 누른 손가락을 확 분지르고 싶은 심정이었다.

"혀…… 현장 잘 다녀오셨어요?"

무슨 말이라도 해야 했기에 사랑은 무작정 나오는 대로 지껄였다.

[그런데요. 현장은 잘 다녀왔는데, 전사랑 씨가 이 시간에 무슨 일입니까?]

철렁! 사랑은 심장이 떨어지는 것을 느꼈다. 이건 아닌데, 처음 시작하는 연인의 새콤달콤한 대화는 이런 게 아닌데…….

[전사랑 씨, 무슨 일이냐고 묻지 않습니까?]

사랑은 전화기를 확 닫아버리고 제가 무관에게 전화를 건 사실을 모두 삭제하고 싶었다. 하지만 지금 전화를 끊어버린다면, 혼자만의 감정에 휘둘린 제 처지가 더 한심해질 것 같아 어떡하든 버텨야 했다.

"그…… 그게 퇴근은 잘하셨나 궁금도 하고…… 어제도, 잘 들어가셨나 궁금도 하고……."

[퇴근도 잘했고, 어제도 잘 들어갔으니까 출근도 한 거고. 그게 궁금해서 전화했습니까?]

"예? 예."

[할 일 없습니까? 한가하면 제발 공부 좀 하세요. 도대체 도면 출력도 제대로 못하면서, 쓸데없이 장난전화는!]

달칵—

믿을 수 없었다. 무관은 타임머신을 과거에 맞춰놓고 어제 밤을 까맣게 잊어버린 채 그 이전으로 돌아가 있는 버린 것이었다. 어젯밤 일은 오직 사랑에게만 존재하는 기억이었다.

"마…… 말도 안 돼! 어, 어떻게 이럴 수 있어. 어떻게……!"

콩닥콩닥 즐거운 리듬을 타던 심장도 바짝바짝 냉각되기 시작했다. 부풀어 오르던 희망의 풍선도 대못에 푹 찔려 펑 터져버렸다.

사랑의 시작이라 들떴던, 사랑을 비웃기라도 하듯 고였던 눈물이 주룩 볼을 타고 흘러내렸다.

"이노무 가시나는 아직도 디비지 자나? 대왕이 니는 가 가지고 니 누나 좀 깨바(깨워) 온나."

"예."

식탁에 수저를 놓던 대왕이, 남은 수저를 내려놓고 사랑의 방을 노크했다.

"누나, 누나."

문을 열어 빼꼼히 들여다보던 대왕은 이불을 뒤집어쓰고 누운 사랑을 향해 외쳤다.

"밥 먹어."

타고난 식탐녀, 사랑이 자다가도 벌떡 일어나는 단어가 '먹어’인데 어찌 된 일인지 침대에서 꼼짝도 하지 않았다.

대왕은 조금 더 큰 목소리로 다시 한 번 외쳤다.

“누나, 밥 먹어. 밥 다 차렸어. 밥! 밥 먹으라고.”

동네 사람이 다 듣고도 남을 정도로 큰 소리로 외친 대왕은 제 눈을 비볐다. 믿을 수 없게도, 사랑이 이부자락 하나 바스락거리지 않고 죽은 듯 누워 있었기 때문이다.

놀란 대왕이 허겁지겁 주방으로 뛰어갔다.

“엄마, 클났어.”

“뭐가 클났노?”

“누, 누나가 이상해!”

찌개냄비를 식탁에 내려놓던 선녀가 주방장갑을 벗고 주방을 나왔다.

“무슨 일이여?”

마침 안방에서 거실로 나오던 익중이 황급히 주방에서 나오는 선녀를 향해 물었다.

“사랑이가 이상하다 그래 갖고요.”

“사랑이가?”

그렇게 거실에 모인 식구들이 우르르 사랑의 방으로 몰려갔다. 장선녀 여사 투실한 손이 사랑의 여름이불을 잡아챘고 얄팍한 홑이불은 종이짝처럼 휘릭 날아갔다. 이 정도쯤 되면 ‘왜 이래!’ 하며 발딱 일어나 잠시 동안이나마 길길이 반항해야 평소의 전사랑일 텐데, 두 팔로 얼굴을 가린 채 꼼짝하지 않고 누워 있는 사랑은, 대왕의 말처럼 이상해도 아주 이상했다.

"야야, 니 와 이라노?"

혹시, 무슨 목적을 감춘, 사랑의 엄살이 아닐까? 장 여사는 잠시 의심을 했으나 송장처럼 뻣뻣하게 누운 딸을 모습에, 저건 연기가 아니라는 것을 확신했다.

"사랑아! 니, 어디 아픈 거가? 어디가, 어디가 아픈데? 손 좀 치아봐라."

사랑의 얼굴 위에 올려진 팔을 휙 거두던 장선녀 여사, 덩치에 안 맞게 수선을 떨기 시작했다.

"아이구야, 아이구야! 야, 야 눈탱이가 와 이라노? 야가 어디서 벌침 맞았나? 아니, 아니, 야밤에 싸돌아댕기다가 깡패들한테 터졌나? 이게 어찌 된 거고! 야야, 사랑아. 니 와 이라노?"

밤사이 확대 수술을 받은 것마냥 빵빵하게 부풀어 오른 딸의 눈두덩이를 보자 매사 신중한 전 목수까지 놀라 외쳤다.

"왜 그려? 이게 무슨 일이여?"

제 누나의 흉측한 모습에 '흡' 숨만 겨우 들이쉬던 대왕은 혹여 제게 불똥이 튈까 나서지도, 그렇다고 외면하지도 못하는 어정쩡한 모양으로 애꿎은 안경테만 만지고 또 만졌다.

"사랑아, 정신 차려라! 여보, 119 불러야 되는 거 아이라요?"

"그, 글씨 말여."

“엄마, 내가 119 부를까?”

가족들의 호들갑에 초강력 접착제를 ‘호호’ 입김 불어서 잘 달라붙게 말려서 ‘철썩’ 철떡같이 눌러놓은 것처럼 붙어 있던 사랑의 입술이 서서히 열렸다.

“절…… 그냥 놔두세요.”

정말, 듣기 거북할 정도로 쉰 목소리가 사랑의 입에서 흘러나왔다.

말을 하는 걸 보니 살아는 있구나. 느끼기 무섭게, 안심한 장선녀 여사, 바로 손바닥을 들어 사랑의 옆 궁둥이를 철썩! 후려쳤다.

“이노무 가시나가!”

이런 경우 서울 부인네들은, ‘우리 딸, 우리 사랑이 괜찮은 거니? 엄마가 얼마나 놀랐는지 몰라……’ 하며 친절하고 상냥하게 딸을 보듬고 안아줄 텐데, 경상도 아즈매, 그것도 성질 급한 장 여사의 애정 표현은 여느 때처럼 주먹이 앞섰다.

“사람을 놀라키고 지랄이고! 퍼떡 일라가 와 이라는지 말 못하나!”

다시 올라가는 장선녀 여사의 손을 전익중 목수가 잡았다.

“사랑이 엄마, 나 시장하네.”

생전 처음 보는 비련의 여주인공 같은 딸의 모습에, 선녀 못지않게 궁금한 전익중 목수였지만 오늘은 혼자 두는 것이 딸을 도와주는 일인 것 같아, 자신의 배는 될 법한 아내를 사랑의 방에서 밀고 나갔다.

"대왕이 너도 나와라."

"예, 아부지."

닫히는 문소리를 듣고 사랑은 몸을 틀어 모로 누었다.

눈앞에 아이보리 벽지가 들어왔다. 그 말간 벽지 위로 뜨겁게 안아오던 지난밤의 무관과 한층 더 싸늘해진 무관이 오버랩 되어 다가왔다.

"최무관, 이 나쁜 놈!"

얼음장 같은 무관의 면상에 확 손톱을 세웠다.

주룩, 죄 없는 벽지에 대각선으로 줄이 갔다.

"나쁜 놈……."

욱신거리는 것은, 벽지를 긁어댄 손톱 밑이어야 하는데, 가슴 한켠이 더 아리고 아팠다.

얼마 전 최신 가요로 바꾼 핸드폰 벨소리가 끊임없이 울려댔다. 밤새 훌쩍거리느라 뜬눈으로 밤을 새웠더니 깜빡 잠이 든 모양이었다. 사랑은 끊임없이 울리는 벨소리를 무시하고 베개에 고개를 묻었다. 받을 때까지 줄기차게 소리쳐 주겠다는 듯 가수의 목소리는 멈출 줄을 몰랐다.

"증말!"

신곡만 나오면 벨소리로 다운 받던 좋아하던 가수가 지금은 세상에서 제일 얄밉게 느껴졌고, 가창력의 목소리는 사랑의 처지를 비웃는 듯했다. 발끈 몸을 일으킨 사랑은 어젯밤 책상에 던져 둔 휴대폰을 낚아챘다.

토요일 오전부터 전화를 해대는 걸 보니, 쫓아다니는 얼빠진 놈 중 하나 아니면, 소개팅 건수 잡혔다는 미선이 전화겠지, 생각하고 배터리를 빼내려 했다. 하지만 액정에 떠 있는 번호는, 처음 보는 번호였다. 순간의 작은 갈등에 벨소리는 조금 더 이어졌고, 사랑은 배터리를 분리하려던 생각을 바꾸고 폴더를 열었다.

"네."

[여보세요?]

남자였다. 게다가 사랑이 알고 있던 남자들보다 산뜻한 목소리였다.

[여보세요? 전사랑 씨 휴대폰 아닙니까?]

"제가 전사랑인데요."

상큼한 과일 같은 남자의 목소리에 비해 대답하는 사랑의 목소리는 유통기한 지나 쉰내 진동하는 막걸리 같았다.

[어, 어디 아프세요? 미인은 잠꾸러기라고 아직 주무셨던 건가요?]

상큼한 목소리와는 상반된 버터냄새 솔솔 나는 멘트…… 어디서 많이 들어본 듯한데…….

[박건우입니다. 최무관 건축사 친구요. 잊어버린 건가요? 서운한데요.]

박건우라는 앞의 이름보다 최무관이라는 뒤의 이름이 사랑의
부푼 눈을 확 뜨이게 했다.

"아, 안녕하세요."

[너무 이른 시간에 전화한 건 아닌가요?]

사랑은 시간을 확인했다. 열한 시 십삼 분.

'이게 이른 시간이야?'

"아니에요. 그런데 제 전화번호는 어떻게 아시고……."

[사무실에 박혜옥 씨한테 살짝 물어봤지요. 하하.]

'박혜옥 씨라면…… 혜옥 언니! 그럼, 그 언니가 이 버터보이
를 좋아했던 거야?'

사랑은 이제야 이해가 갔다. 혜옥이 건우를 좋아하는데, 건우
는 사랑에게 작업을 걸려고 혜옥에게 사랑의 연락처를 물은 것
이고…… 그래서 어제 내내 혜옥이 과한 콧바람을 날리고 다녔
었나 보다.

이제 전후사정을 알았으니, 평소의 사랑이라면 편한 회사생
활을 위해 신속히 혜옥에게 전화를 넣어 오해를 풀고 다시 돈독
해지겠지만, 사랑 또한 사랑의 굴욕을 맛본 직후라 오해를 풀고
혜옥을 응원해 줄 여유가 없었다.

"그런데 제게 무슨 일이세요?"

[빚 받으려고요.]

"네?"

[식사요. 우리 밥 먹기로 했잖아요.]

"그냥 밥 먹어요 하면 될 것이지, 빚은 무슨……."

사랑은 휴대폰을 막고 중얼거렸다.

[사랑 씨, 뭐라고요? 뭐라고 하는지 하나도 못 들었어요.]

"아무 말도 안 했어요."

[아무튼 그래서 오늘 빚 받으려고요.]

능청스런 건우의 말에 사랑은 조금도 망설이지 않고 대답했다.

"빚은 갚아야지요. 하지만 제가 지금 나갈 수 없거든요."

평소의 사랑이라면 '얼씨구나' 해야 할 A급, 아니, A⁺급 상대였다. 하지만 지금 사랑은 평소의 전사랑이 아니었다. 뒤끝없는 사랑이지만 무관에게 받은 상처는 사랑에게 긴 뒤끝을 남겼고, 지금 사랑에게 박건우는 '사' 자 들어가는 특급 먹잇감이 아니라 나쁜 놈 최무관의 친구였다. 아무튼 그런 이유로 건우는 익숙하지 않은 거절이라는 매질을 당해야 했다.

"주스 쏟은 건 죄송하지만 그런 일로 밥을 먹어야 할 필요는 없을 것 같아요. 계좌번호 알려주시면 세탁비 보내 드릴게요."

사랑이 제가 생각해도 황당한 대답이 기름칠 잘된 건우의 말문을 꽉 틀어막았는지 상대방은 한동안 묵묵부답이었다.

"계좌번호 알려주시려고 다시 전화하시기 번거로우시면 문자로 찍어주시든지요."

야무진 마무리까지! 잘난 박건우를 폭탄 제거하듯 하는 지금 이 여자가 정말 전사랑이 맞는지.

[하하. 사랑 씨, 오해하셨나 본데 빚은 농담이었습니다. 뵙고 싶다는 뜻이었는데…….]

어색한 웃음 뒤에 곱상한 얼굴이 일그러질 걸 생각하자 사랑은 괜한 쾌감이 몰려왔다. 종로에서 뺨 맞고 한강에서 눈 흘긴다더니 사랑이 지금 건우에게 하는 행위가 바로 그것 아닌가. 또다시 독침을 가하기 위해 입을 열던 사랑은 건우의 다음 말에 제 말을 꿀꺽 삼켜야 했다.

[제가 실례했으면 사과하겠습니다. 저는 무관이에게 한소리 들을 걸 각오하고 사랑 씨께 오늘 파트너가 되어주십사 전화를 드린 건데, 오늘 친구들 모임이 있거든요. 사랑 씨 기분이 아닌 것 같으니 다음에 다시 연락드릴게…….]

사랑은 친구 모임이라는 말에 귀가 번쩍 뜨여 건우의 말을 끊고 되물었다.

"치, 친구 모임요? 거기에 건축사님도 오시나요?"

[예, 무관이도 메인 멤버예요.]

'최무관, 이 나쁜 놈! 나한테는 지난밤 일을 모른 척해놓고 친구들 모임에는 잘도 나가겠단 말이지! 죽었어!'

"저 빚 갚을게요. 빚은 빨리 청산하는 게 좋잖아요. 어디로 가면 되나요?"

돌변한 사랑의 반응에 어리둥절하던 건우는 어쨌든 다섯 시까지 집 근처로 데리러 오겠다며 위치를 메모하고 전화를 끊었다.

사랑은 휴대폰을 책상에 내려놓고 방문을 열었다. 다행히 거실은 조용했고 주방에도 인기척이 없었다. 사랑은 특유의 날쌘 발로 순식간에 주방에 도달해서 싱크대 서랍 문을 열고 비닐 팩을 한 장 꺼낸 후 냉동실 문을 당겼다. 위 칸의 얼음 통을 드는데 어쩐지 가뿐하다. 아니나 다를까, 얼음통 안은 얼음 한 알 없고 쓸데없는 성에만 무성했다.

"아, 정말 내가 안 얼리면 얼음 얼리는 사람이 없어요. 그나저나 이 부푼 눈은 찬물 세수로도 안 될 텐데 어쩌지?"

그때 냉동실 중간쯤에 삼겹살이 서로 부둥켜안고 얼어 있는 게 사랑의 눈에 들어왔다.

'저거라도 눈에 올려?'

돼지고기를 꺼내긴 했지만 냉장고 냄새가 밴 비계 덩어리를 차마 얼굴에 댈 자신이 없어 제자리에 넣으려던 사랑은 무관을 기억해 내고는 고기가 든 비닐봉지를 움켜쥐었다. 결국 냄새 나는 돼지 덩어리를 눈에 올린 사랑은 독한 마음을 먹고 건우와의 약속 시간 안에 본모습을 찾기 위해 붓기와 혈투를 벌였다.

네 시 사십오 분.

마지막 점검을 위해 사랑은 다시 한 번 거울 앞에 섰다. 붓기가 완전히 가라앉은 건 아니지만 마스카라를 진하게 바른 눈은 그럭저럭 봐줄 만했다. 그럼, 의상은? 최무관이 질색하며 갈아입고 오라던 그날 아침의 그 패션, 허벅지 내놓은 타이트한 미니스커트에 가슴 선이 아슬아슬하던 섹시한 블라우스! 바로 그거였다. 무관의 신경을 긁어놓을 수 있다면 사랑은 발악이라도 하고 싶은 심정이었다.

"최무관, 이 전사랑이 딱 오늘까지만 비굴할게. 오늘도 안 넘어오고 버틴다면…… 내 깨끗하게 포기한다. 정말 포기해!"

사랑의 굴욕이 여기서 멈출 것인지 알 수 없지만 그 각오만은 길이길이 남을 만큼 독해 보였다.

무관을 자극하기 위해 입고 나간 짧은 치마와 볼륨이 드러난 블라우스가 집 앞 큰길에 차를 대고 기다리고 있던 건우를 휘둥그레지게 한 모양이었다.

"사랑 씨를 청순미인으로 국한시키는 실수를 할 뻔했네요."

소프트 아이스크림같이 부드러운 음색의 건우가 부드러운 눈꼬리 안에 눈동자를 반들반들 빛내며 찬사를 해도 사랑은 그 말이 귀 밖으로 들렸다. 그도 그럴 것이 오뉴월에 한 서린 여인네의 심정으로 가슴에 서리가 내리고 있는 사랑에게는 최무관이라는 한(恨)의 대상 말고는 그 누구든 머리를 비집고 들어올 공간이 없었다.

"저기요, 건축사님 만나기로 한 약속 시간이 얼마나 남았나요?"

"모임이요? 무관이만 만나는 게 아닌데요. 아무튼 지금 가면 시간이 거의 맞아요."

"그럼 저…… 가다가 아이스크림 드실래요?"

전사랑, 이건 또 무슨 뜬금없는 소린지? 분명 사랑의 작은 뇌속엔 최무관과 사단을 내려는 생각뿐일 텐데 어째서 아이스크림 타령을 하는 건지?

그 이유는 지각하는 것 싫어하는 무관에게, 건우까지 덩달아 늦게 만들어 성질나게 만들 것이라는, 전사랑 나름의 최무관을 자극하려는 발상으로 참으로 눈물 나게 유치했다.

"사랑 씨, 아이스크림 먹고 싶어요? 가다 아이스크림 전문점에서 사드릴까요?"

"아니요. 고수부지 누에나루에 가면 레스토랑이 있어요."

"아, 거기 레스토랑이 있는 건 알아요."

"거기 일층에 간단한 스낵이 파는 거 아시죠. 거기서 제가 아이스크림 사드릴게요. 우리 강 보면서 아이스크림 먹어요."

"강 보면서…… 사랑 씨와 아이스크림 좋죠, 하하. 사랑 씨가 먹고 싶다면 모임에 늦더라도 가야죠."

사랑의 시커먼 속내를 알 길 없는 건우는 사랑이 제게 넘어오기 시작하는 거라 여기는 모양이다. 사랑과 함께 아이스크림을 먹기 위해서는 모임 따위 아예 안 가도 상관없다는 표정이었다.

지나가는 봄과 다가오는 여름의 중간 계절, 만개한 꽃잎들만큼 청춘남녀들에게도 가장 피어나는, 아름다워 잔인한 계절답게 한강도 연인들과 가족들로 가득했다. 선착장과 돌계단을 잇는 나무다리를 건너 일층은 카페테리아로 꾸며진 레스토랑 선착장 건물로 들어갔다. 카페테리아에서 아이스크림을 사든 그들은 만석이 된 야외테이블은 포기하고 강이 가장 가까이 보이는 선착장 끝에서 강바람을 맞으며 달콤한 아이스크림을 먹었다.

"여자가 설계하는 거 힘들지 않아요? 그것도 실무를 중요하게 생각해 현장으로 내보내는 무관이 밑에서."

"전 사실 아무것도 몰라요. 설계가 뭔지, 건축이 뭔지. 지방대 인테리어 학과를 나오긴 했는데 학교 다닐 때도 겨우 졸업만 할 정도였고, 변변히 내세울 만한 자격증도 없어요. 이제 겨우 캐드 명령어 외우느라 헤매고 있는데요."

솔직한 사랑의 대답에 건우는 놀란 기색을 감추지 못했다. 빈틈없고 완벽주의자인 무관이 직원을 뽑아도 까다롭다는 걸 잘 알고 있는 건우이기에 처음 사랑을 봤을 때 인재가 미모까지 갖춘 보기 드문 케이스인가 보다 여겼다.

"제 아버지가 목수세요. 건축사님의 아버님이신 최무중 회장님 공사에 목공을 오래하셨거든요. 제가 졸업을 하고도 이년을 넘게 빈둥거리니까 회장님께 아버지가 취업을 부탁하셨어요. 그래서 할 줄 아는 게 아무것도 없는 제가 특별채용된 거죠."

"그…… 그랬군요."

"제게 실망하신 얼굴이시네요. 저도 잘 알아요. 한심하죠? 사지 멀쩡해서 이 년을 넘게 집에서 빈둥거렸으니.”

건우가 실망한 것은 사실이나 사랑이 생각하는 것과는 조금 달랐다. 조금 더 알고 싶은 사랑이 자신과는 너무도 동떨어진 세상의 사람이라는 것, 가까워지더라도 관계의 선을 넘을 수 없다는 것이 건우를 김빠지게 했다.

“이제부터라도 아버지에게 딸이 뭔가 할 수 있다는 것을 보여 드릴 거예요. 정말 최선을 다할 거예요. 그래서 잘살게 되면 여행도 보내 드리고 좋은 것도 사드리고…… 말년엔 딸 덕에 호강한다는 말, 꼭 듣고 사시게 할 거예요.”

가까이 하기엔 너무 먼 당신이라 생각해서일까? 건우의 눈에 목수 아버지를 부끄러워하기는커녕 제가 최선을 다해 앞으로 아버지에게 효도하겠다는 다부진 각오의 사랑이 더 매력적으로 보이게 했다. 정작 사랑이 본인은 제가 열심히 일해 효도하겠다는 뜻이 아니라 최무관을 꼬드겨 부잣집에 시집가면 아버지를 호강시켜 주겠다는, 떡 줄 놈 생각도 않는, 헛물켜는 다짐이었지만 그 속을 알 리 없는 건우는 예쁘고 착하고 솔직하고 다부지기까지 한 사랑을 향해 콩닥콩닥 걷잡을 수 없이 가슴이 뛰기 시작했다. 다 먹은 아이스크림 통을 우그러뜨리며 야무진 각오로 한강을 바라보는 사랑의 옆모습을 매료된 듯 바라보는 건우는 오늘 제가 모임이 있다는 것을 까맣게 잊고 있었다.

‘생소한 느낌이야, 지금까지 겪었던 가식적이고 이기적이고

속물적인 여자들과 사랑 씨는 차원이 달라.'

속물이라면 사랑도 한속물 하거늘. 무관을 잡으려는 사랑의
발악 정성에 친절한 카사노바, 건우 씨 잡게 생겼다.

노가다 쉬는 날은 일요일이 아니다. 그럼 언제? 바로 비 오는 날!

곧 장마가 시작되는 관계로 무관은 어느 때보다 바쁜 주말을, 그것도 현장에서 보내고 있었다.

완벽 좋아하고 성격 까칠하고 차가워 빠진 무관이지만 제 현장은 확실히 챙기는 오너였다. 현장을 모르는 설계는, 그림, 그 것도 아무도 봐주지 않아 감상용도 되지 못하는, 아무짝에도 쓸 모없는 그림이라 생각하고, 아무리 좋은 설계도 현장에서 뒷받 침을 못해주면 그 또한 무용지물이라 여기는 주의라 항시 설계 도면을 들고 현장을 꼼꼼하게 체크했다.

무관의 바지 주머니에서 휴대폰이 진동했다.

〈허여멀건 놈.〉

건우 놈이었다. 사랑의 전화번호를 알려달라고 무관의 속을 벅벅 긁던 날부터 무관의 휴대폰에서는 박건우가 사라지고 그 자리를 허여멀건 놈이 차지하고 있었다.

"왜?"

무관의 퉁명함에도 건우는 대수롭지 않는 모양인지 사근사근하게 되물었다.

[오늘도 현장이니?]

"네놈처럼 팔자 좋은 놈이 아니라 오늘도 현장이다. 왜?"

[왜 그래? 오늘 작업자들이 실수라도 했어? 왜, 지난번 너 길길이 뛸 때처럼 배선 안 빼고 마감이라도 한 거니?]

"그런 일 없으니까, 용건만 말해."

[오늘 모임 있잖아.]

일 년에 네 번 같은 대학을 나온, 소위 로열패밀리로 불리는 소수의 잘난 인간들 모임이었다.

"나는 빼라, 내일 중요한 공정(工程)이 있어서 오늘 못 올라가니까."

[무슨 소리야, 최무관.]

현장 일도 일이었지만, 부모의 후광으로 거들먹거리고 사는 인간들이 태반인 그 모임에 무관을 염증을 느끼고 있었던 데다, 지난밤의 이상한 꿈부터 사랑의 전화까지, 머릿속이 뒤죽박죽 혼란스러운 무관은 모임에 참석할 기분이 아니었다.

[메인 멤버인 네가 안 온다면 어쩌겠다는 거야?]

"내가 좋아 메인 했냐? 네놈이 멋대로 시켰으니 네가 알아서 해."

[무관아, 그러지 말고 이번에만 나와.]

"내가 왜 그래야 하는데?"

[그런 말 안 해도, 너 냉정한 거 알거든. 하지만 무관아, 이번에는 꼭 나와야 해. 너 보려고 일부러 나오는 사람도 있고…….]

"한심한 인간도 있네. 날 봐서 뭘 어쩌자고."

[그렇게 인정머리없이 말하지 말고, 중간에 슬쩍 빠져나가더라도 참석 좀 해줘라.]

"이 자식이 오늘따라 왜 이렇게 귀찮게 굴어?"

[정…… 네가 못 나오겠다면…… 나도 안 가.]

"뭐?"

무관은 실소가 터져 나왔다. 건우야말로 그 모임의 꽃인데 어린애도 아니고 친구가 나가지 않겠다고 저도 가지 않겠다고 하니 웃기는 처사가 아닐 수 없었다. 가든지 말든지 맘대로 하라고 말하려던 무관은 잠시 생각에 잠겼다.

아무리 건우가 사정을 한다 해도 무관은 제 싫은 건 하지 않는 사람이다. 하지만 이틀 전부터 꾸기 시작한, 푼수데기 전사랑이 아닌 섹시하기 그지없는 전사랑이 출연해 제 혼을 빼놓는 악몽에 시달리는 판국인 무관에게는, 지금 홀아비 냄새 나는 현장 숙소에서 숨어 있을 게 아니었다. 당사자인 사랑을 만나야 했다. 만나서 혼란스럽기 그지없는 머릿속을 정리하는 것이 훨씬 더 현명한 방법일 것이다.

"이번만 간다."

무관은 사랑을 만나러 가는 길에 들러 칭얼거리는 건우의 입도 잠시 막아주기로 했다.

"하지만 딱 삼십 분이야, 그렇게 알아."

[무관아, 잘 생각했어! 네가 빠지면 내가 얼마나 울적하겠어?]

"사내자식이 계집애 같아가지고."

통화완료 버튼을 누른 무관은 휴대폰을 주머니에 집어넣고 차 키를 집어 들었다.

세 시간을 꼬박 운전해 모임 장소에 도착했지만, 어찌 된 일인지 나오라고 칭얼대던 건우는 보이지 않았다.

"이 자식이, 어떻게 된 거야?"

다시 한 번 넓은 실내를 둘러보던 무관의 시야에 익숙한 얼굴 하나가 들어왔다.

"저 여자, 오유진 아니야?"

그때서야 무관은 너를 보기 위해 일부러 나오는 사람이 있다고 꼭 나오라던 건우의 말이 기억났다.

"이 자식이!"

남자들 사이를 여왕벌처럼 둘러싸여 있는 별로 만나고 싶지 않았던 오유진에게서 등을 돌리며 무관은 휴대폰을 꺼냈다. 단축번호를 누르자 건우의 컬러링이 들려왔다. 그러나 컬러링 곡이 다 끝나가는 데도 건우의 목소리는 나오지 않았다.

"이 자식, 뭐야?"

무관은 다시 통화 버튼을 누르려던 손을 멈추고 양복상의 주머니에 휴대폰을 쑥 집어넣으며 클럽을 빠져나가려 했다.

"무관 선배?"

끈적끈적 농염한 흔치 않은 목소리. 돌아보는 무관의 눈에 마주치고 싶지 않았던 오유진이 들어왔다.

"왜, 그냥 가려고 했어요? 그래도 소위 골드멤버가 오자마자 가는 건 다른 사람들에게 예의가 아니지 않아요?"

"골드멤버? 하, 그 변치 않는 귀족 근성, 대단하다."

"아직도 그렇게 싸늘한 무관 선배야말로 정말 대단해요."

어두운 조명 아래 얽히는 시선, 하나는 얼음이고 하나는 불이었다.

국제변호사가 된 오유진은 CU그룹 총수와 그 시대의 뭇 남성들을 쓰러지게 만들었던 미스코리아 박선화 사이에서 태어난 CU그룹 영양, 대한민국 최고의 대학을 그것도 과 수석으로 들어올 정도의 뛰어난 머리와 미스코리아 어머니를 능가하는 완벽8등신과 완벽마스크, 그야말로 재색을 겸비했다는 말의 표본 같은 여자. 그런 오유진이 대학 시절 한때 최무관을 죽어라 쫓아다녔었다.

그때는 바야흐로 봄꽃들이 개화를 시작하는 춘삼월이 지나고 번식을 위한 가루를 마구 날리고 있던 신부의 계절 5월이었다.

수업을 모두 마친 유진이 같은 과 친구 해진과 법대 건물 계단을 막 내려오는데 과 선배 박건우가 그와는 상반된 느낌의 남자와 함께 법대 건물 쪽으로 다가오고 있었다. 우뚝한 콧날 위에 걸려진 안경도 남자의 범상치 않은 총기를 가리지 못했다. 꽃미남인 건우보다 더 시선을 잡는 남자는 차갑게 섹시한, 아이러니한 매력을 풍기고 있었다.

"저 사람, 법대에선 처음 보는데."

"누구? 아, 건우 선배와 같이 있는 차갑게 생긴 저 사람?"

"차갑다? 내 눈엔 섹시해 보이는데."

"네가 웬일이야? 남자에게 관심을 다 갖고."

"누군지 아는 거야?"

"공과대, 건축학과 2학년 최무관. 저 선배 너보다 더 유명해."

"무슨 소리야?"

"무정건설 유일한 후계자에 아마 학교도 전체 수석으로 들어왔다지? 하지만 저 선배가 더 유명해진 건 따로 있어."

"그게 뭔데?"

"너 정말 흥미있나 보다? 우리의 도도한 오유진도 최무관에게는……."

"사설 늘이지 말고 어서 말해!"

"알았어, 알았어. 성질내긴. 저 선배 여자를 돌같이 본다는 소문이야. 접근했다가 돌 된 사람이 한둘이 아니야. 너 입학하기 전까지 교내 퀸이었다는 치의학과 성정아 선배도 퇴짜맞고 돌이 돼 일주일 학교 안 왔다는 전설이 있다더라."

"그래? 그건 그 선배가 멍청해서 그렇겠지."

세상에는 마음먹어도 되지 않는 일이 있다는 것을 그때의 유진은 알지 못했다.

다음날, 유진은 건우를 찾았다.

오는 여자 마다하지 않고 가는 여자 잡지 않던 당시의 건우, 저를 찾아온 유진을 마다할 이유가 없었다.

"단도직입적으로 말할게요. 최무관 선배와 자리 좀 만들어주세요."

나르시즘에 폭 빠져 살던 건우는, 물론 제가 아니라 무관이라는 사실에 카사노바로서의 자존심에 순간 타격을 받긴 했지만, 그보다 오유진의 당돌한 자신감이 인정머리없는 무관에게 무참히 깨질 것을 생각하자 폭소가 터져 나왔다.

"뭐, 무관이와? ……우하하하하!"

"그만 웃으세요, 선배."

터져 나오는 웃음을 참지 못하고 배를 부둥켜안는 건우의 행동에 기분이 상한 유진은 얼굴을 굳혔다.

"내가 그렇게 웃긴 얘길 한 건가요?"

"아, 아니. 미안, 미안. 아하하하, 무관이와 자리를 만드는 건 좀 곤란해.”

“왜요, 왜 그렇죠?”

“그건, 내가 무관이에게 맞아 죽기 싫어서야. 하하하하, 미안, 자꾸 웃음이 나서.”

유진은 그런 건우를 노려봤다.

“그렇게 보지 마, 가자미눈 되겠다. 무관이에게 다가가고 싶으면 한 가지 방법밖에 없는데 네겐 불가능할 거야.”

“그게 뭐죠?”

“네가 여자가 아닌 것, 즉 남자면 가능하단 얘기지. 하하하.”

“뭐예요! 자리 만들어주기 싫음 관두세요. 내 스스로 할 테니.”

“그래? 그럼, 열심히 해봐. 난 수업 들어간다.”

돌아서면서도 웃으며 손을 흔드는 건우의 뒤통수를 유진은 후려쳐 주고 싶었다.

유진은 그 길로 공과대로 향했다. 정문에 가까운 법대와는 제법 떨어진 공과대는 힐을 신고 걸어가기에는 오르막길이 힘겨웠다. 십 분에 한 대씩 있는 셔틀버스를 타고 오는 건데 하고 후회해도 버스노선에서 벗어난 지름길을 걷고 있는 지금으로서는 더 걸어야 하는 수밖에 별도리가 없었다.

그렇지 않아도 큰 키와 화려한 외모로 늘 시선을 받건만 건우에게 무관을 소개받을 것을 예상해 오늘따라 더 치장한 유진은 공과대 건물을 들어서면서부터 계속 시선을 받고 있었다.

수업을 듣기 위해 강의실에 앉은 무관을 발견한 유진은 힘차게 다가갔다.

"최무관 선배님, 오유진이라고 하는데 잠깐 밖에서 얘기 좀 해요."

무관이 읽고 있던 책에서 고개를 들기에 유진은 저를 따라 나올 거라 생각하고, 따가운 시선들에도 불구하고 당당히 강의실 복도로 나갔다. 하지만 금방 나올 거라 예상한 무관은 유진이 강의실 앞문과 뒷문을 열 번 정도 왔다 갔다 할 때까지도 깜깜무소식이었다.

기다리다 못한 유진이 창을 통해 안을 보니 무관은 아까 그 자리에서 꼼짝 않고 보던 책에 고개를 내리고 있었다.

"뭐, 뭐야? 호, 혹시 못 들었나?"

유진은 다시 강의실로 들어갔다. 강의실 안의 무수한 시선들이 여전히 유진을 따랐지만, 모조리 무시하고 무관의 앞으로 다가가 아까보다 조금 더 목소리를 높였다.

"최무관 선배님, 저는 오유진이라고 하는데요. 잠깐 복도로 나와주세요."

최대한 빠르게, 최대한 또박또박, 그리고 최대한 정중하게 말하고 무관의 반응을 살폈다. 조금 전에는 고개라도 들더니 이제는 아예 고개도 들지 않았다.

'귀가 어두운가?'

유진은 조금 더 목청을 다듬어 더 큰 소리로 반복했다.

"최무관 선배님, 저는 오유진이라고 하는데요. 잠깐 복도로
나와주시겠어요?"

당사자인 무관은 들은 척도 않는데 강의실 여기저기에서 키
득거림이 들려왔다.

"오유진이라는 후배, 최무관 대답 들으려면 오늘 내 강의도
들어야겠는데."

강의를 하러 들어온 노교수의 한마디에 참고 있던 폭소가 터
져 나와 강의실은 웃음바다가 됐다. 그때서야 유진은 무관이 제
말을 아예 무시하고 있다는 것을 알았고, 믿을 수가 없어서 그
자리에서 뛰쳐나가고 싶었지만 이미 무너진 자존심, 그거라도
지키기 위해 허리를 꼿꼿이 세우고 강의실을 나왔다.

유진이 건물을 빠져나올 때까지도 웃음소리는 끊이지 않았
다.

"감히 날 웃음거리로 만들어? 최무관, 두고 봐!"

세상에 저를 마다할 남자는 단 한 명도 존재하지 않을 거라
생각했던 유진은 그대로 물러날 수가 없었다.

수차례의 무관에게 접근을 시도하다 수없이 무시당한 유진은
결국 집안에 도움을 청하는 지경까지 이르게 되지만, 무관의 어
머니를 만나고 온 유진의 어머니는 포기하라며 유진을 설득했
다.

시간이 흘러도 포기하지 않고 시시때때로 기회를 노리던 유
진은 살짝 흩뿌리기만 한 눈 같지도 않은 첫눈 오는 날 무관의

입대 소식을 듣게 되고, 결국 무관의 집 앞에 진을 치게 되었다.

"마지막 기회예요. 나, 영국으로 유학 간다고요."

무관을 발견하고 매달리던 유진의 협박이 유학이었다. 그리고 영국 유학 계획이 아주 없었던 것이 아니니 새빨간 거짓말은 아니었다. 물론 그때 갈 건 아니었지만.

"그래? 잘 가라."

그동안 무관에게 들은 몇 안 되는 대답이자 마지막 대답이 바로 '잘 가라'였다.

유진은 가슴속이 뜨거운 것을 삼킨 것처럼 화끈거렸다. 머리 끝까지 화가 치밀었다. 그래서 다짜고짜 무관의 입술에 제 입술을 짓눌렀다.

무관은 그런 유진을 밀어내지 않았다. 하지만 밀쳐 낸 모욕보다 더 심한 충격을 주었다. 목석과 입을 맞추었어도 이보다는 인간적이었을 것이다. 무관이 유진에게 보인 반응은 상대를 싸늘하게 얼리는 철저한 무반응, 무관심이었다.

무관에게 떨어지는 유진의 양 볼이 눈물로 얼룩졌다. 들썩들썩 간헐적인 흐느낌도 동반했다.

"내…… 내가…… 선배가 좋아서 지금까지 이런 줄 알아요? 서, 선배 너무 싫거든요. 자존심 때문에 오기로 그런 거예요!"

"그래? 듣던 중 반가운 소리군."

등을 돌린 무관은 유진을 없는 사람 취급하며 제 집으로 쑥 들어가 버렸고, 홀로 남은 유진은 어린아이처럼 엉엉 울면서 집으로 돌아와야 했다.

그리고 곧 무관은 입대를 하고, 무관의 입대 하루 전 유진은
정말 영국행 비행기에 몸을 싣게 되었다.

“**어,** 입구에서 뭐 하고 있는 거야?”

뭐가 그리 좋은지 나긋하기 그지없는 건우를 보기 위해 무관은 고개를 틀었다. 그런데 이게 무슨 조화인지? 건우 옆에는 몸의 절반 이상을 내보이는 그날의 그 옷을 입은 사랑이 자리하고 있는 것이 아닌가. 그렇지 않아도 지난밤 제가 사랑을 대상으로 야한 짓을 하는 악몽에 시달리다 속옷을 적신 무관의 몸이 바로 반응하며 욱신거렸다.

‘저것들이 뭐 하는 짓이야!’

그런 무관의 속을 알 수 없는 건우는 사랑의 드러난 팔에 손을 대고 이끌고 있었다.

"전사랑! 여기서 뭐 하는 거야!"

너무도 잘 어울리는 두 사람의 모습, 거기다 사랑의 맨살에 닿아 있는 건우의 손. 저도 모르게 튀어나간 무관의 손이 사랑을 난폭하게 제 품으로 끌어 당겼다.

"엄마야!"

"왜, 왜 이래, 최무관?"

냉정한 최무관의 음악 소리를 뚫는 외침에 이미 시선들은 입구에선 그들에게 모여들었고, 낯선 여인을 사이에 두고 두 남자에게서 흐르는 이상기류는 지켜보는 이들을 숨죽이게 했다.

"뭐야, 박건우! 내가 내 직원 건드리지 말라고 말했지!"

"너야말로 왜 그래? 사랑 씨는 사생활 없어? 아무리 상사라고 쉬는 날까지 터치하는 너야말로 뭐 하는 건지 모르겠다!"

여자를 돌같이 보는 무관과 늘 부드러운 건우가 그들의 트레이드마크까지 집어던지면서 대치하게 만드는 여자를, 유진은 눈여겨보기 시작했다.

싸구려 옷에 싸구려 구두. 유진의 눈에 잡힌 여자는 자신과 그리고 이 고급클럽과도 차원이 달라도 너무 다른 여자였다.

'뭐야? 뭐 저런 여자를 가지고! 옷 입은 꼴 하고는. 천박하게.'

큰 눈에 흰 얼굴, 그나마 여자다운 외모는 갖추고 있는 듯도 했다. 하지만 여자의 몸골은 완벽한 자신과는 비교될 수 없는, 그저 그런 여자라는 것을 한눈에 알 수 있었다.

‘별것도 아닌 걸 갖고 웃기는군.’

유진은 무관의 품에 여자가 안겨 있다는 자체에 화가 치밀면서도, 그 여자가 별 볼일 없어 보여 한편으로는 가소로웠다. 일단은 조금 더 이들의 관계를 주시할 필요가 있을 것 같다고 느낀 유진은, 이 어색한 상황을 정리하기 위해 자청하고 나섰다.

“건우 선배, 오랜만이에요. 이렇게 입구에 있지 말고 어서들 올라오세요.”

제 마누라 훔쳐 가려는 도둑놈 보듯 하는 무관의 눈을 마주 노려보던 건우는 그때서야 주변을 의식하고 몸을 움직였다.

“사랑 씨, 가요.”

어떻게 가냐고! 아직 무관의 탄탄한 팔이 저를 가로질러 있는데.

“저, 건축사님, 저 좀 놔주실래요?”

제 품에서 꼼지락거리는 사랑을 험한 눈으로 내려보던 무관이 조금씩 팔에 힘을 거뒀다. 그 틈을 이용해 철통같던 무관의 팔을 확 밀어젖히고 빠져나온 사랑은 재빨리 건우 곁으로 가 그 옆 자리에 앉았다.

‘저 인간 뭐야? 사석에서 하는 짓은 분명 관심 가는 여자한테나 하는 남자의 소유욕인데 다음날이면 싸늘해지니……. 혹시 저 인간의 좋은 머리가 연애 쪽으로는 돌아서면 바로 까먹는다는 꿩 머리 아냐?’

어느새 쫓아온 무관은 옆으로 나란히 앉은 건우와 사랑 사이를 비집고 들어갈 듯 두 사람 사이를 가늠했다. 눈치 빠른 사랑이 그런 무관을 약 올리듯 건우의 옆으로 더 바짝 당겨 앉자 잠시 눈에 불을 켜던 무관이 홀아비 외딸 감시하듯 맞은편 자리를 차고 앉아 두 사람 앞에 턱을 받치고 앉았다.

"입구에 나와 있더니…… 나 기다린 거니?"

분위기를 순화하기 위해 그래도 성질 좋은 건우가 먼저 손을 내밀었다.

"나오라고 칭얼거려 놓고 딴 짓 하느라 올 생각을 않는 너 같은 자식을 내가 왜 기다리겠어, 자식아."

아무리 성질 좋은 건우라지만 호감 갖는 여자 앞에서 '자식'이라며 막 대하는 무관의 모습에 가라앉히려던 화가 다시 치밀었다.

"가려거든 가지, 뭐 하러 다시 와 내 앞에 앉는 건데?"

"네놈 좋아 앞에 앉은 줄 알아? 너 같은 바람둥이 놈에게서 내 직원 지키려고 그런다, 왜!"

"뭐야? 내가 무슨 바람둥이……."

"그럼 네가 바람둥이가 아니면 내가 바람둥이야!"

"내가 바람둥이가 아니라 네가 목석인 거지!"

"뭐!"

덩치만 큰 두 남자의 유치한 대화를 즐기는 사랑 앞에 슈퍼모델 뺨치는, 아까 무관의 옆에서 저를 같잖다는 듯 바라보던 여자가 다가와 앉았다.

'저건 또 뭐야? 그리고 왜 저렇게 우리 무관 씨 옆을 딱 차고 앉는 건데?'

나름대로 멋을 부린다고 부렸으나 사랑의 동대문표 옷과는 비교도 안 될 정도로 몇 십 배는 더 값져 보이는 실크 원피스의 유진은 두 남자의 핵심인 사랑을 없는 사람 취급하며 화제를 바꾸려 했다.

"그러지 말고 추억을 더듬으며 우리, 대학 다닐 때 이야기나 해요."

유진은 저에 비해 별 볼일 없어 보이는 사랑에게 은근히 소외감을 주려고 국내 최고의 수재들만 다닌다는 대학 이야기를 꺼낸 것 같으나, 그 어느 때보다 유치해진 무관에게는 또 다른 꼬투리를 제공하는 꼴이 되었다.

"박건우 대학 시절 화려했지, 아마. 여자 홀리는 데는 도가 터서 벌써 고등학교 때부터 여자 경험이……."

"무, 무슨 소리 하는 거야!"

도를 넘어서는 무관의 말에 건우는 사랑의 눈치를 보며 무관을 향해 손을 내저었지만, 무관은 되레 멍석 깔아놓은 제자리마냥 더 큰소리였다.

"어린놈이 여자를 얼마나 잘 알던지……."

"내가 언제!"

"아하, 그럼 박건우가 아니라 내가 그랬나?"

"무관이 너 왜 이래? 여기 사랑 씨도 있는데. 농담이 지나치잖아.”

“농담? 무슨 농담? 내가 농담하는 거 봤어?”

무관이 농담을 하는 경우도 드물지만 이렇게 열 내며 말 많이 하는 것도 처음 보는 건우인지라 혹 사랑이 때문에 싸늘한 무관이 이성을 잃은 게 아닌가 슬금슬금 의심이 들기 시작해 옆에 앉은 아리따운 사랑을 돌아봤다.

어, 그런데 잘못 본 것인가? 선량한 눈빛의 사랑은 온데간데없이 사악한 기운을 담은 낯선 여인이 마치 이 상황을 즐기는 듯 입가에 비웃음까지 담고 있는 게 아닌가. 놀랍기도, 믿을 수도 없었기에 꽉! 눈을 감은 건우는 속으로 삼 초를 센 후 다시 눈을 떴다. 어? 그런데 아까의 현상은 순간의 착시였는지, 사랑은 다시 참하디참한 선한 눈을 한 채 제 옆에 앉아 있었다.

“여기 술 좀 주세요.”

초공격 상태의 무관, 제 눈을 헷갈리게 하는 사랑, 그 속에서 건우는 알코올로 목이라도 축여야 했다.

“건우 선배가 잘나다 보니 여자들이 좋아한 거지, 건우 선배가 바람둥이는 아니죠.”

어쭙잖게 건우를 두둔하는 유진의 말에 무관의 목소리가 한층 더 높아졌다.

“저 자식보고 바람둥이가 아니라고 하면 세상천지에 바람둥이인 남자 하나도 없겠다. 이탈리아의 카사노바도 성인(聖人)이라 칭해야 하고……”

“그만 하자, 무관아.”

“그래, 그만 해요, 무관 선배. 더 했다가는 건우 선배 옆에 계신 애인한테 과거사로 혼나시겠어요.”

건우와 옆에 앉은 여자, 그리고 무관과 자신. 이렇게 묶어볼 심사로 유진은 말을 꺼냈지만 ‘건우 선배 옆에 계신 애인’이라는 말은 무관의 심지 오른 심장에 불을 놓고 말았다.

“무슨! 누가 애인이라고!”

무시무시한 무관의 고함에 가져온 술을 세팅하려던 웨이터가 깜짝 놀라, 그만 쟁반째로 테이블에 놓아버렸다.

“죄, 죄송합니다. 세팅해 드리겠습니다.”

“아니, 괜찮습니다. 두고 가세요.”

달아나는 웨이터도, 얼어붙은 주변도 본체만체 않고, 쟁반 위의 술병을 들어 우두둑 돌려 뚜껑을 따 사십도 알코올을 스트레이트 잔에 넘치게 따르는 사람은 술을 주문한 목마른 건우가 아니라 불붙은 무관이었다.

거칠게 잔을 잡는 동작에 아슬아슬 출렁이던 잔 속의 술들이 유리잔 옆으로 주룩 넘쳐흘렀다. 손을 적시고 양복바지까지 얼룩이 번지는데도 상관 않고 확! 독한 양주를 한입에 털어 넣는 무관이 어찌 아슬아슬했다.

“무관 선배, 빈속 아니에요? 이렇게 급히 술을 드시면 속 버려요. 여기요, 여기 식사 좀 빨리 준비해 주세요.”

무관을 마치 오래 산 마누라가 제 남편 챙기듯 하는 유진의 모습이, 눈꼴 시린 사랑이었다. 마음 같으면 무관의 옆에서 확 뜯어내 저 안쪽 룸에다 격리시키고 싶었지만 사랑은 못 본 척 눈을 내리깔고 이를 뽀득뽀득 문질렀다.

'저게 어디서 안방마님 행세야! 이씨, 두고 봐!'

지금은 무관 옆에 깍두기로 붙은 저 여자가 문제가 아니었다. 우선 곤두선 무관을 더 자극하는 게 훨씬 더 중요한 일이니까.

대치 상태에서도 시간은 무르익는 법. 붙어 앉아 건우와 속닥거리는 사랑의 모습에, 무관은 점점 혈압이 상승한 데다 더운데 자꾸 달라붙는 유진 때문에 짜증까지 밀려왔다.

달라붙던 유진이 화장실에 다녀오겠다고 일어났다. 거기다 때마침 건우도 법대 동기들에게 끌리다시피 다른 테이블로 이동했다. 무관은 건우에게서 사랑을 떼놓을 그 기회를 놓치지 않았다.

"전사랑 씨, 일어납시다."

무관은 자세는 위압적이었다.

"건우 씨는요?"

"안 일어납니까!"

일어나지 않으면 절단날 것 같은 무관의 강압적이 재촉에 사랑은 얼떨결에 엉덩이를 들었다.

"이, 일어는 나겠는데요. 그래도 건우 씨한테 얘기는 하고 가야……."

눈에 힘을 꽉 주고 무시무시하게 희번덕거리는 무관의 기세에 슬금슬금 일어선 사랑은 뒤에서 위협을 당하는 인질 모양으로 뻣뻣하게 클럽을 빠져나왔다.

"택시 타고 당장 집에 들어가요."

"예?"

지금까지 무관이 보인 모습을 건우에게 질투를 느껴서라고 생각하고 성큼성큼 내걷는 무관을 따르면서도 은근한 기대를 품었던 사랑은 집에 들어가라는 무관의 말에 어리둥절해졌다.

"뭘 꾸물거리는 겁니까! 아직 건우에게 미련이 남아 이렇게 비비적거리는 겁니까?"

"그…… 그게 아니라…….."

"내 회사에 다니는 동안은 절대 건우와 교제할 수 없으니, 그렇게 알고 포기해요!"

"그런데요, 이유가 뭔데요?"

"그…… 그건…….."

'그건 내가 사랑 씨를 좋아하기 때문이지. 우리 사귑시다'. 진정 이런 꿈같은 이야기를 기대한 걸까?

"그건, 난 공과사가 분명한 사람이니까. 그러니 내 직원이 내 친구와 엮이는 걸 반대하는 거지. 그걸 몰라서 묻습니까?"

들떴던 사랑의 기대가 또다시 두둑 금이 갔다. 급속도로 그 회식날 밤의 악몽이 되살아나기 시작했다.

"그건, 건축사님도 마찬가지란 말씀이세요?"

"뭐가 말입니까?"

"건축사님도 직원과는 교제 안 하시냐고요."

"당연한 소리! 내가 그런 짓을 왜 합니까? 내가 미쳤습니까?"

'뭐, 뭐! 이…… 이 나쁜 놈!'

입 밖으로 울컥 쏟아져 나오려는 욕을 이를 물고 참던 사랑은 간신히 욕과 함께 숨을 삼켰다.

'전사랑, 오늘까지, 딱 오늘까지만 비굴하기로 했지?'

"회식하던 날 제게 키스하셨잖아요."

절대 묻지 않고 무덤까지 가져가려 했던 사랑의 치욕이었다.

"뭐! 무…… 무슨 말 같잖은…….'

"하셨잖아요! 정말, 정말 하나도 기억 안 나시는 거예요? 제가 어떻게 받아들여야 해요? 제가 조금이라도 좋아서 키스하신 거 아니에요?"

키스라니! 무관은 순간 충격을 받았다. 사랑을 대상으로 한 야릇한 몽정으로 생각했던 일이 현실이었다니! 무관은 도저히 믿을 수 없었다. 아니, 믿지 않으려 했다.

"내, 내가 미쳤습니까? 전사랑 씨! 저…… 전사랑 씨야말로 그날 술 취했잖아요! 술 취해서 꿈꾼 걸 나한테 뒤집어씌우는 거 아닙니까?"

혼란스런 마음을 숨기기 급급한 무관은 사실을 받아 인정할 수 없어 실수의 말을 뱉고 말았다.

사랑은 또다시 상처받았다. 전보다 더 큰 상처를. 차라리 실수였다고, 용서하라고 하는 말이 덜 자존심 상했을 것이다. 제

가 미쳤냐고 딱 잡아떼며 부인하는 무관은 사랑을 인간으로서
도, 여자로서도 구렁텅이로 떨어뜨렸다.

부들부들 사랑의 주먹이 떨리기 시작했다. 손바닥에 불이 나
게 한 대 후려치고 싶었다. 하지만 아직은 남자이기 전에 제가
다니는 직장의 고명하신 사장님이 아닌가. 바람을 가르고 올라
가려는 제 손을 붙드느라 사랑은 죽을힘을 다해야 했다.

"저 그날 멀쩡했거든요! 하나도 안 취했었어요. 제 주량이 얼
만데! 그날 먹은 술 열 배는 더 마실 수 있어요. 그것도 끄떡 안
하고요! 저야말로 없었던 걸 왜 지어내겠어요? 건축사님이 저
호텔로 데리고 가 꽉 잡고 키스했잖아요. 그것도 진하게!"

"마, 말도 안 되는 소리! 내가…… 내가 왜! 내가 사랑 씨 같은
여잘 왜!"

"저, 저 같은 여자라니요?"

"그…… 그게, 귀찮고 푼수에, 속물에, 무엇보다 사는 게 엉망
이지 않습니까! 자신이 노력해 사는 게 아니라 부모에게, 남편
에게 기생하려는……."

뽀얀 사랑의 낯이 흙빛으로 변하자 무관도 슬금슬금 입을 다
물었다.

심했다. 자신을 설레게 하는 남자에게 듣는 자신의 치부는 아
무리 비위 좋은 사랑이라 해도 심장을 후비며 커다란 구멍을 내
고도 남았다.

사랑도 너무나 잘 알고 있는 사실이다. 그래서 무관의 직언이

더 큰 회오리가 돼 사랑을 할퀴는지도 모르겠다.

사랑이 아무 생각 없이 사는 거 같아도 속내는 부모님께 늘 죄송했다. 때가 되면 고생하신 부모님 꼭 호강시켜 드리겠다는 의지도 강했다. 비록 어려서부터 비교되던 특출나게 머리 좋은 동생에 비해 한없이 부족하던 제 지능과 게으른 제 몸을 알았기에 애당초 학습 쪽은 포기를 하고 다른 방향, 즉 '돈 많은 남편 만나 부모님 편히 모셔야지' 하는 불순한 생각으로 방향을 구축하긴 했지만.

그렇지만 생각은 생각일 뿐. 사실 무관을 만나기 전에도 부잣집 도령들이 겉으로 본 사랑의 여자다움에 혹해 들이댄 적이 숱하였지만 한두 번의 만남으로 종을 쳤었다. 그 이유는 사랑이 늘 상대에게 동하지 않아서, 라는 놀라운 기록이 존재할 정도였다.

그런 사랑에게 무관은 달랐다. 싸늘한 시선, 독설에도 괜스레 가슴이 콩닥거렸다. 거기다 얼마 전 나눈 뜨거운 입맞춤은 사랑의 심장에 회오리바람을 몰고 왔다. 좋아하지 않는데 아무리 돈 많고 아무리 '사' 자라고 심장에 회오리바람을 일으킬 수 있겠는가.

상처받은 사랑은 제 눈가가 따끔거려 오는 것을 느꼈다. 가슴이 허탈하고 다리가 후들거렸다. 무관에게 더 이상 비참한 꼴을 보이고 싶지 않다는 마지막 자존심이 치올랐다.

길로 풀쩍 뛰어든 사랑은 달려오는 택시를 붙들었다.

"택시!"

"뭐 하는 겁니까? 전사랑 씨!"

도착한 택시의 뒷문을 휙 당기면서 사랑은 차 안으로 몸을 넣었다.

"전사랑!"

"아저씨, 출발해 주세요."

"총각이 저리 문짝을 잡고 있는데 나보고 어째 가자고 해요, 아가씨."

"최무관 건축사님, 저 같은 여자 상대하지 마시고 이거 놔요!"

"사랑 씨, 잠깐만……."

사랑은 저 앉은 쪽의 문을 확 열어젖혔다. 사랑이 내릴 줄 알고 뒤로 물러서는 무관을 확인한 사랑은 이내 쾅 문을 닫아버렸다.

"아저씨, 빨리 가주세요."

부웅 떠나는 택시를 잡으려는 무관을 느낄 수 있었다. '젠장!' 하는 거친 목소리도 들을 수 있었지만 차 오르는 눈물을 떨어뜨리지 않으려는 사랑은 돌아보지 않았다.

벌컥—

예고없이 열리는 문에 놀란 장 여사는 잠자리를 챙기던 손을 놓았다. 다짜고짜 안방 문을 열고 들어온 사람은 사랑이었다.

“놀라라!”

대여섯 살 먹은 어린애도 아니고 스물여섯이나 먹어서 부모님 방문을 덥석 열고 들어오는 철없는 딸을 평소처럼 윽박지르려다 침통한 딸을 보고 장 여사는 말끝을 흐렸다.

“이노무 가시나가 와 이라…….”

방바닥에 무릎을 꿇은 채 죄인마냥 고개를 떨어뜨린 사랑의 모습은 담력 강한 장 여사의 간을 철렁하게 만들 정도로 진지했다.

“사랑아, 니 또 무슨 일이고?”

아침까지 엉망으로 부었던 딸이 외출을 하기에 이제는 본색으로 돌아왔나 보다고 안심했던 장 여사였다. 그런데 외출해서 돌아온 딸은 아침보다 더 못한 모습이었다. 천지 모르고 헤헤거리며 다닌다고 핀잔은 주었어도 밖에 나가 친구들을 만나면 밝고 예쁜 딸을 자랑했는데. 생전 보지 못했던 딸의 어두운 모습에 장 여사는 다시 긴장했고, 잠자리에 막 들려던 아버지 전익중 목수도 딸이 심상치 않음을 느끼고 깔린 이불을 밀고 앉았다.

“아버지, 어머니, 제가 잘못했어요.”

한 마디 한 마디 짜내듯 뱉어내는 사랑의 고통이 장 여사에게도, 전 목수에게도 전해지는 듯했다.

“사랑이 너, 무슨 일 있는 겨?”

후두둑!

오래되어 희끗희끗해진 장판 위로 사랑의 눈물이 흩어졌다.

"사랑아!"

고개를 드는 사랑의 눈가에 다시 눈물이 고여들었다.

"아버지, 지난번에 보여주셨던 못 주머니……."

"그…… 그게 무슨 말이여?"

"아버지께서 제게 차라고 주신 못 주머니요."

"그…… 그걸 왜?"

"그 못 주머니 차겠습니다."

못 주머니로 위협해서라도 딸을 정신 차리게 하려 했던 익중은 막상 사랑이 그 주머니를 차겠다는 말에 놀라 입을 다물지 못했다. 아무것도 모르고 어리둥절해진 장 여사는 딸과 남편에게 번갈아 시선을 오가느라 바빴지만 눈물이 가셔진 사랑의 눈동자에는 그 어느 때보다 다부진 결심이 담겨 있었다.

드디어…… 섰다. 작열하는 태양 바로 턱 밑에.

가끔씩 했던 오싹한 상상, 신축 주택 지붕대보에 걸터앉아 머리 벗겨지게 뜨거운 태양을 고스란히 받으며 구슬땀 흘리는 저를. 하지만 그런 상상은 지금의 제 처지보다 그래도 나은 것이었다.

차라리 못 주머니를 매고 지붕을 타고 다닐 수만 있다면…… 그게 그리도 폼나는 것이라는 걸 사랑은 진정 몰랐다.

초짜 목수 전사랑, 오른쪽 옆구리 아래 묵직한 누런색 주머니를 달고 있기는 하다. 하지만 그 용도가 다른 목수, 진짜 목수들과 판이하게 다르다. 장도리가 들어가야 할 자리에는 집게가,

먹줄과 줄자가 들어가야 할 자리에는 합판으로 짠 임시창고 열쇠와 시동을 걸기 위해 최소 5회 이상은 손목을 꺾어야 하는 덜덜거리는 50CC 현장 스쿠터 열쇠가 버티고 있다. 그래도 명색이 못 주머니인데 못 들어갈 곳에 모양으로나마 못이 하나라도 있지 않을까? 하는 생각으로 그 속을 들여다본다면, 한마디로 '못' ……없다!

얄팍하고 조막만한 심부름 대비용 메모수첩 하나와 머리와 꼬리가 검고 몸통은 하얀, 저렴하기에 똥이 많아도 용서가 되는 모나미 볼펜 한 자루가 못 들어갈 자리에 떡하니 버티고 있다.

"야, 전사랑."

"예."

"타카 총알(타카핀) 좀 갖고 와."

"예이!"

사랑만 보면 못마땅한 양 눈살을 찌푸리는 김 목수의 지시에 눈 밖에 나지 않으려는 사랑은 재빨리 임시창고로 뛰었다.

한낮의 태양열로 뜨겁게 달구어진 조립식 컨테이너 창고는 그야말로 들어가면 바로 익어 나오는 성능 좋은 찜통이다.

"증말, 지랄맞게 덥네."

사랑은 벌겋게 익은 제 볼 아래로 주룩 흘러내리는 땀을 목장갑 낀 손등으로 쓱 닦아내며 중얼거렸다.

"타카핀, 타카핀…… 그게 여기 어디 있었는데……."

누런 박스들 사이에 하나를 뒤척이니 찾던 게 거기 있다.

“아, 여기 있네.”

박스 안에서 타카핀 두 곽을 꺼내 들고 사랑은 김씨가 기다리는 뼈대만 앙상한 건물로 쏜살같이 달렸다.

“김씨 아저씨, 여기요.”

김씨는 사랑이 건네는 종이 곽을 받아 들다 이내 한심하다는 듯 사랑을 흘기더니 제가 직접 창고로 향했다.

“아, 아저씨? 이거…… 타카핀이요.”

어정쩡하게 섰던 사랑은 김씨 뒤를 바짝 따르며 제가 들고 온 박스를 재차 내밀었다.

“어이! 그 앞에 적힌 거 안 보여? 422라고 적혀 있잖아. 그거는 석고보드용이라고 몇 번을 말했어! 합판에는 DT50 쓴다고 몇 번을! 어휴, 내가 말을 말아야지. 비켜!”

경비업체에 다니다 기술을 배우기 위해 작년부터 전익중 목수팀에 합류해서 힘쓰는 일이나 허드렛일을 도맡아 해오던 김씨였다. 자신 밑에 사람이 들어온다는 소리를 들었을 때는 이제 조금 일다운 일을 하게 되나 보다 좋아했는데 어머니 제사 치르느라 하루 쉬고 돌아와 보니 남자라 믿어 의심치 않았던 제 아랫사람이 여자! 그것도 야들야들해 현장에서는 아무짝에도 쓸모없을, 시원찮다고 호되게 뺑뺑이도 돌릴 수 없는 대목수의 딸이었던 것이다.

무슨 이 사회도 낙하산 인사가 있는지? 그렇잖아도 사랑만 보면 화딱지가 나는 김씨, 오늘도 짜증이 가시질 않았다.

"당최 할 줄 아는 게 뭐야! 힘을 못 쓰면 심부름이나 제대로 하든지. 오야지 딸만 아니면 정신 똑바로 차리라고 콱 쥐어박고 싶구만……."

뻘쭘하게 서 있다 밀쳐진 사랑의 귀에 정확하게 와 꽂히는 말 '할 줄 아는 게 뭐야!' 순간 그 말이 '도대체 제대로 하는 일이 뭡니까!' 로 바뀌고 김씨의 얼굴에 최무관과 겹쳐 보이는 것이다. 우씨!

"김씨 아저씨!"

"아이, 깜짝이야. 오…… 왜!"

질끈 눈을 감은 사랑이 심호흡을 깊게 한 다음 다시 눈을 떴다. 시퍼렇게 치올라 가던 눈이 어느새 내려앉고 입가는 소복한 미소까지 담았다.

"창고 가셨다가 헛걸음하실까 봐요, 하하. 타카핀, 그…… 50이요. 그거 없어요. 제가 얼른 스쿠터 타고 면에 나가서 사가지고 올게요."

"어, 그게 벌써 떨어졌나? 언제 떨어졌지? 이상하네, 분명 자재 신청할 때는 여유가 있었는데……."

자재관리가 제 몫인 김씨는 사랑이 앞에서 자신의 실수를 인정하고 싶지 않아 옹색한 변명이다.

"제가 총알같이 다녀오겠습니다."

사랑은 정말 총알같이 뛰어가 덜덜거리는 스쿠터를 몰고 면(面)으로 향했다.

한여름, 뜨거운 젊음을 확 불 지르는 해변의 초강력 태양 앞에서도 벌겋게 익어 허물을 벗은 적은 있으나 퇴색된 적이 단한 번도 없었던 전사랑 트레이드마크 중 하나인 뽀얀 피부, 결코 제 살아생전엔 밀크초콜릿은 될 수 없을 거라 호언했던 그 뽀사시했던 혈색이 현장생활 한 달 만에 누르죽죽 황 되었다. 자외선 이중 차단효과를 준다는 SPF50의 레포츠용 선크림도 늦은 8월, 그늘 하나 없는 지방 주택공사장의 살을 뚫는 태양 아래에서는 무용지물인가 보다. 자르르 윤기 흐르던 긴 머리도 공사판에서는 거치적거려 해, 면에 있는 아줌마 미장원에서 쑥떡 쳐내 버렸다. 한마디로 곱던 사랑이 최무관에게 충격 먹고 한 달 사이에 완전 촌년 되었다.

"아씨, 이번에는 면허 따야지. 이노무 딸딸이 가지고는 어디 한번 가려면 종일 걸려요, 종일. 이제야 겨우 도착했네."

오래되어 굴러가는 게 용한 스쿠터를 한쪽에 세워놓고 일대에서 유일하게 딱 한 곳 있는 철물점에 들어가려던 사랑의 눈에 건너편 다방 앞에 주차된 아버지, 전익중 목수의 봉고가 들어왔다.

"어, 아버지 차네. 손님 만나신다더니…… 다방에 계시나?"

그때 마침 다방 문이 열리고 아버지가 나오자 반가운 마음에 길을 건너가려던 사랑의 눈에 아버지를 뒤따르는 아버지보다 머리 하나는 더 큰 무관을 보고 그 자리에서 얼어붙어 버렸다.

그날 이후 처음이었다. 가슴이 또 미친 듯 콩닥거렸다. 나쁜 놈, 최무관이 여전히 멋있어 보였다.

사랑은 덜덜 떨리는 다리로 간신히 철물점으로 몸을 숨겼다. 그러나 몸은 숨겼지만 마음은 숨겨지지 않는지 사랑의 눈길은 주인의 의지를 비웃듯 차에 올라타는 무관을 쫓았다.

"사랑이 왔어? 네 아버지도 나오셨던데. 너, 왜 그러냐? 얘가 완전히 사색이 됐네."

다른 건 몰라도 인사성과 사교성 하나는 끝내주는 사랑. 그런 사랑에게 심부름 온 첫날부터 홀딱 빠진 철물점 아저씨는 다른 사람이 돼 바들바들 떨면서 밖만 내다보는 사랑의 모습에 놀라지 않을 수 없었다.

"사랑아, 왜 그래?"

"괘…… 괜찮아요."

무관의 모습이 완전히 차 안으로 사라지고 곧 시동이 걸린 차는 출발했다. 차가 멀어져 시선에서 벗어나기도 전에 사랑은 이미 무관을 태운 차를 볼 수 없었다. 뿌연 안개처럼 동공을 차 오르는 말간 이슬이 시야를 온통 가려 버렸기 때문이다.

한 달 전, 밤새 눈물의 사직서를 쓴 사랑은 다른 날보다 삼십 분 더 일찍 출근했다. 사무실은 텅 비어 있었고, 사랑은 깨끗이 걸레를 빨아 언제나처럼 무관의 방을 광나게 닦기 시작했다.

덜컥—

무관이 출근하기에는 이른 시간인지라 혜옥이라 생각한 사랑은 문 쪽을 향해 고개를 들었다.

그러나, 최무관이었다. 다른 날보다 까칠해 보이는 얼굴이 꼭 밤잠을 설친 사람 같았지만 타고난 냉기가 좌르륵 흐르는 문 앞에 버티고 서 있는 인간은 사랑의 사랑, 아니, 이제는 원수인 최무관이 확실했다.

"건축사님, 출근하셨습니까? 좋은 아침입니다."

여느 때처럼 깍듯한 인사였지만 중요한 그것은 빠져 있었다. 바로 향긋하고 유혹적인 미소.

사랑의 변화를 눈치 챘는지 늘 '네'로 짧게 대답하던 무관이 잠시 머뭇하다 말을 꺼냈다.

"전화했었는데, 꺼져 있더군요."

"그래요."

속으로는 이를 갈면서 겉으로는 아무렇지도 않게 대답하고 그 방을 나가기 위해 사랑은 걸레를 챙겼다.

"저, 전사랑 씨, 내가 어제……."

"청소 끝났으니 저는 그만 나가보겠습니다."

"전사랑 씨."

고집스럽게 외면하던 사랑은 더 들을 말 없다는 듯 서둘러 무관을 스쳤다.

"전사랑 씨! 나참."

다가온 무관이 스치는 사랑의 팔목을 잡았다.

"이거 놓으세요."

“전사랑 씨.”

“이거 놓으라고요!”

“아, 정말!”

곧 찍을 듯 치뜨는 사랑의 도끼눈에 마지못해 팔을 놓은 무관은 덧붙였다.

“퇴근하고 봅시다.”

그런 무관을 이번엔 사랑이 무시했다. 방을 나와 조용히, 하지만 꽉 밟아주듯 문을 닫는 것도 잊지 않았다.

하지만 사랑이 제자리에 앉기도 전에 꾹 눌러 닫았던 무관의 방문이 확 젖혀졌다.

“전사랑 씨, 이게 뭡니까!”

출근하자마자 무관의 책상 위에 올려놓은 하얀 봉투, 그 봉투가 무관의 손에서 비참하게 구겨져 있었다.

“보시는 바대로 사직서입니다.”

“내가 사직서를 몰라 이럽니까!”

“그만두기로 했습니다. 여기 최무관 건축사 사무소를요.”

“이…… 이…… 내가 어제는 말이 좀 심했지만, 그렇다고 이럴 필요까진 없잖습니까!”

성난 황소마냥 다가온 무관이 어느새 사랑 코앞에 섰다.

“건축사님은 틀린 말 한마디 안 하셨어요. 저요, 푼수에 속물에 사는 게 엉망인 인간이에요.”

“사랑 씨, 내가 심했다고…….”

"아니요, 하나도 안 심하셨어요. 거기에다 전 기생충이에요. 건축사님 말 하나도 틀린 것 없거든요."

"내가 언제 기생충이랬어? 그…… 그게 기생하려는 사고가 좋지 않다는 뜻으로……."

"어쨌거나 그게 그거지 뭐예요."

"아, 정말 심했다고 하는데 자꾸 따질 거요!"

"뭔가 착각하신 거 같은데요. 제가 이 '최무관 건축사 사무소'를 그만두려는 건 건축사님이 제게 기생충이라는 진실을 말씀하셔서가 아니라요, 박건우 검사님 때문이에요."

좋아하는 남자로부터 한 여자로서 치욕적인 거부에 이어, 주변에 기생해 살아가는 인간으로 보여졌다는 것이 사랑을 변하게 했다. 하지만 그래도 여자로서의 자존심 끄트머리는 잡고 싶었던 몸부림이, 거부당해 물러나는 것으로 보여지고 싶지 않아 사랑은 무관의 가장 친한 친구를 그 대상이라고 거짓말을 했다. 제가 간다고 조금도 아쉬워할 무관이 아니라는 것을 알고 있지만, 그래도 하찮은 여자로 기억되고 싶지는 않다는 미련한 바람이었다.

"그게 무슨 말입니까?"

"건축사님께서 말씀하셨잖아요."

"뭘!"

"이 회사에 다니는 동안은 절대 건우 씨와 교제할 수 없다면서요. 그래서 사표 쓴 거거든요."

화가 나 붉어졌던 무관의 낯빛이 순식간에 굳어졌다.

"사표 수리 빨리 부탁드립니다."

"……!"

"앞에 떡 버티고 계시지 말고 비켜주세요. 걸레 빨아놓게……
아!"

무관의 방에서 잡혔던 손목이 다시 붙들렸다. 하지만 지금 팔
목에 느껴지는 무관의 손길은 조금 전과는 사뭇 다르게 사랑을
아리게 했다.

"너, 생각보다 더 엉망인 여자야. 사표 바로 처리해 줄 테니
까, 내 눈앞에서 당장 꺼져."

남자의 분노였다. 건축사 최무관이 아닌 남자 최무관의 벌거
벗은 모습이었다. 안경 너머 싸늘한 눈동자가 얼핏 아파 보이기
까지 했다.

사랑의 손목에 시뻘건 낙인을 찍고 무관은 돌아섰다. 제 방
이 아닌 밖을 향해 발길을 서둘렀다. 마치 여기, 이 자리에 계
속 있다면 무슨 짓을 할 줄 모를 제 자신에게 달아나는 것처
럼.

청승맞게 울려대는 휴대폰 멜로디에 사랑은 겨우 고개를 들
었다.

근심 어린 이씨 아저씨의 목소리를 뒤로한 채 달아나듯 철물
점을 빠져나왔는데, 어떻게 지금 현장 뒷산에 이렇게 웅크리고

있는 건지 모르겠다. 홀로 울리던 멜로디는 외면하는 상대에 지친 듯 허기진 음을 내다 곧 끊어졌다.

사랑은 고개를 젖혀 하늘을 보았다. 얼기설기 얽힌 낙엽송 잎들 틈바귀로 한 움큼 구름이 몰려 지나갔다.

"한심하기는……."

잊으려고 야무진 결심을 하고 서울을 떠나왔는데. 호되게 몸을 놀리고 밤이면 지쳐 죽은 듯 몸을 누이고, 다시 새벽이 오면 모질게 제 몸을 혹사했는데……. 먼발치에서 스쳐 지나간 것에 이리도 심장이 떨리고 후들후들 다리에 맥을 잃는 걸 보니, 그 노력이 모두 허사였나 보다.

기운 잃은 태양 볕을 멍하니 바라보던 사랑의 눈가가 따끔거려 왔다. 쇠한 볕이 뜨거워서는 아닐 것일 텐데…….

한적한 산중에 또다시 기계음이 울리기 시작했다. 이번에는 사랑도 저를 찾는 소리를 외면하지 않았다.

"여보세요."

[사랑아.]

"아, 아버지."

[철물점 이씨가 네가 어디 아픈 것 같다고 하던디, 어디 아픈 것이여?]

걱정이 엃힌 아버지의 급한 물음에 사랑은 왈칵 눈물이 날 것 같아 더 목청을 돋우었다.

"아니에요, 하나도 안 아파요. 아부지 딸이 어디 쉽게 아프고 그래요?"

[그러게. 오전까지 멀쩡한 걸 보긴 해서, 이씨가 그리 야그해도 긴가민가한 겨. 그런데 어딘디 여적 안 오는 겨?]

"다 왔어요. 갑자기 아이스크림 먹고 싶어서……. 헤헤, 그거 먹느라 늦었어요. 김씨 아저씨한테는 말 마요."

[어여 와.]

"옛썰! 바로 날아가겠습니다."

폴더를 닫은 사랑은 벌떡 일어나 엉덩이에 흙먼지를 툭툭 털었다. 풀썩거리던 먼지가 콧속에 스며들어 다시 아릿하게 했다.

'멍청이……. 유혹하기로 해놓고 네가 넘어가면 어떡해. 전사랑, 넌 멍청이야. 이제 최무관은 잊어. '사' 자 달린 남자가 어디 최무관 하나야? 그러니까 궁상떨지 말고 정신 차리란 말이야, 전사랑!'

후다다닥 동산을 내려간 사랑은 다시 덜덜거리는 스쿠터를 끌고 신축 건물 쪽으로 내달렸다.

"다녀왔습니다."

씩씩하게 대답한 사랑은 김씨의 눈치부터 살폈다. 다행히 옆에 선 중목수 이씨와 부적절한 진한 농담을 주고받느라 사랑은 눈에 들어오지도 않는 모양이었고, 일을 끝낸 다른 목수들은 콤푸레샤로 각자 몸에 붙은 톱밥과 먼지를 떨어내느라 분주했다.

　자리를 비운 동안 일에 실수는 없는지 꼼꼼히 확인하던 전익중 목수가 목수들 쪽으로 다가갔다.

"오늘은 식당 가서 삼겹살들 먹자고."

"좋지요."

전 목수의 말에 모두 좋아 입을 벌렸다.

"행님, 소주도 마셔야지잉."

이씨의 애교에 익중도 웃었다.

"두당 한 병 이상은 안 되니 그리들 알아."

"형님, 한 병으로 기별이나 오겠소?"

"특히 이씨 이놈아 너. 그 대신 고기는 실컷들 먹으라고. 그리고 우리 인원 여덟 중에 네 명은 내일부터 다른 현장에 가여것어."

"그게 무슨 말이요, 형님?"

"최 회장님 아들 건축사님이 이번에 급하게 별장 하나를 쳐내야 하는데 해달라네. 외면할 처지의 분들 아니라는 거 잘들 알지?"

　아버지 익중의 말에 일시 멎었던 사랑의 떨림이 다시 시작되었다.

"나하고 권씨하고 김씨, 그리고 사랑이 이렇게 넷이 갈 거니까 그리들 알아. 거기 목수일 끝나면 합류하는 걸로 하자고."

　철렁! 사랑의 심장이 내려앉았다.

　보지 않고 살면, 그렇게 시간이 지나면 아무렇지 않을 수 있

을 거라 생각했다. 그러나 조금도 지워지지 않는, 여전히 가슴
을 뛰게 하는, 하지만 아픔 주는, 최무관을 또 보고 살아야 한다
는 것인가.

동트기가 무섭게 현장 밥을 챙겨먹은 목수들은 새벽이슬을 맞으며 연장을 챙겼다. 낡은 봉고에 옷가방까지 모두 실을 때까지도 아침을 거른 사랑은 얼굴을 내밀지 않았다.

"사랑아, 이제 가야지."

대답이 없자 전익중 목수는 사랑이 숙소로 쓰는, 주인집 메주 띄우는 방 앞으로 바짝 다가갔다.

"사랑이 아직 멀은 겨?"

기다리다 다시 한 번 더 큰 소리를 낼라 치니까, 방 안에서 다 죽어 기어들어 가는 목소리를 짜냈다.

"다…… 됐어요. 지금…… 나갈게요."

그리 대답하고도 한 일 분은 더 꾸물거리다 사랑은 여닫이 살
문 사이로 퀭한 눈을 내밀었다.

"왜 그려, 어제부터 계속? 그리고 얼굴은 또 왜 그러는 겨?"

근심난 전 목수의 낯에 사랑은 애써 명랑한 척 입꼬리를 올렸
다.

"아, 아니에요, 아버지. 만화를 늦게까지 봤더니 눈이 좀 부었
네."

"그래서 그런 겨? 녀석, 적당히 볼 것이지. 어이 가자, 다들
차에서 기다리니께."

"저, 아버지!"

급하게 부르는 사랑의 소리에 앞장서 시골집 마당을 나가던
전 목수가 고개를 돌렸다.

"왜? 뒷간 댕겨 올라고?"

"아…… 아니에요."

"그라믄 왜 그려?"

"저…… 그냥 이 현장에 있으면 안 돼요?"

"무슨 소리여?"

전 목수는 엄한 소리로 사랑을 꾸짖었다.

"니가 각오를 이리하고 현장일 배운다고 나서서 내 데리고 다
니긴 한다만, 그래도 험한 현장에 귀한 딸내미 혼자 놔두고 다
른 데로 가버릴 만큼 모진 아비는 아니여. 너는 현장일 할라믄
죽으나 사나 이 아비하고 댕겨야 혀. 알것지?"

"……예, 아버지."

겨우 대답하고 전 목수를 따르는 사랑은, 복날 된장 푼 가마
솥 앞에 끌려가는 누렁이마냥 떨어지지 않은 발을 끌고 흙먼지
와 담배 냄새 찌든 봉고에 마지못해 올라탔다.

강원도에 진입했다는 이정표가 보였다.

꼴꼴한 홀아비 냄새와 오래된 봉고 에어컨의 곰팡내에 머리
가 지끈거린 사랑은 구형 봉고의 조그만 창문을 열었다.

톡 쏘는 사이다마냥 시원하고 달달한 공기가 콧속으로 확 끼
쳐들었다. 사랑은 처음 아버지 차 타고 나들이 가는 어린애 모
양으로 그 좁은 차창으로 고개를 쏙 내밀었다.

"공기가 달아요!"

"어?"

눈곱을 떼던 김씨가 무슨 소린가, 제 손을 옷에 문지르며 사
랑을 바라봤다.

"아직 여름인데도 여기 공기는 너무 시원하고 상큼해요. 김씨
아저씨도 창문 좀 열어보세요. 아버지도요, 이 목수 아저씨도
요."

공기가 다 그렇지, 무슨 달겠냐는 생각에 느직하게 창문을 열
던 김씨는 제 콧구멍을 후비고 드는 쏴한 바람에 담배에 찌든
폐까지 다 청소되는 기분이었다.

"참말, 시원은 하네."

운전석 옆 자리에 앉은 전 목수도 창을 내리고 심호흡을 두어 번 하다가 운전하는 이 목수 쪽으로 목을 틀었다.

"역시 공기나 물은 강원도 따를 데가 없어. 벌써 시원하구먼. 에어컨은 꺼도 되겠어."

이 목수도 에어컨을 끄고 운전석 창을 열었다.

"아주 죽인다. 행님, 곯은 배에 지대로 시야시된 소주 잔 부신 것 같다요."

"이놈아, 너는 어째 매사에 술이여."

"아따, 행님도. 노가다 인생에 주가 빠지믄, 껄쩍지근해서 뭔 재미라고."

"하여간, 이놈은 죽을 때도 술독에 빠져 죽을 놈이여."

"오메, 참말로! 형님은, 미치게 좋은 말만 하시오. 내 술통에 빠져 되지믄 저승 가는 길이 꽃길이다요."

못 당하겠다는 양 전 목수가 웃어 젖히고, 김씨도 그칠지 모르는 이 목수의 입담에 배를 잡고 낄낄거렸다.

긴 직진 차선이 나타나자 차 진행 속도가 빨라졌다. 구형 봉고의 쪽창으로 감질나게 공기를 마시던 사랑은 짧아진 머리카락이 온통 이마에 흐트러질 정도로 강원도 단 바람이 들어오자 순간의 행복감에 빠져들었다.

"그나저나 태풍이 온다 해요, 행님."

"그러게나 말여. 요 몇 년 이상스럽게 늦여름 태풍 비가 옹골 차넌데."

"작년에도 장마보다 더 지랄맞게 비바람이 쳐댔잖았소. 이천 현장서는 오 년 지나 끄떡없다던 꼭 틀어박힌 석축도 반쪽이나 쓸려서 난리가 아니었잖소. 왜, 그때 생각하믄 아주 징글징글하다요."

"그랬었지 뭐여. 좌우당간 큰 태풍 오기 전에 어이 일 치자고."

"그래야지라."

그들의 대화와는 무관하게, 늦여름 강원도의 하늘은 가을날도 부끄러워 돌아설 만큼 청명했다.

국도를 타고 두어 시간을 더 달린 봉고는 군데군데 기암절벽이 웅장한 계곡으로 접어들었다. 계곡을 낀 타원의 길을 깊이 커브를 돌자, 뒤는 산이 버티고 앞은 계곡이 흐르는 배산임수의 사 방향 볕이 드는 정남향의 부지, 말로만 듣던 최고의 명당이 펼쳐졌다.

"히야, 땅 한번 죽인다이! 행님, 우리는 언제 저런 땅에 별장 짓고 산다요?"

"네놈이 여적 술로 버린 돈이면, 더한 것도 했것어."

"아따, 행님은 꼭 그래싸요."

"잡소리 고만 놓고 운전이나 바로 혀."

"가만, 저 땅이 새 현장인 거 같은디……. 저기 저 포크레잉 바가지 뜨는 거 보이지라, 행님?"

뒷자리에 앉아 있던 김씨도 운전석 쪽으로 목을 뺐다.

"그러네요, 이씨 형님. 법면(경사면)에 포크레인이 석축 쌓느라 바쁜데요."

"아따, 조경것들하고 같이 구르라는 거 아니다요? 그라기만 해봐, 배 째라고 자빠질랑께."

"쉰 소리 말고 어여 차나 대."

연신 구시렁대던 이 목수는 계곡과 별장 부지를 잇는 작은 다리를 건너 차를 세웠다.

"가까이 보니 참말 비경이라요. 행님, 오늘 시마이하고 계곡 맡에 궁둥이 깔고 앉아 소주 한잔함서."

"이놈이, 또 술타령이네그려!"

일행이 모두 내리고 나서도 사랑은 냄새 나는 시트에 엉덩이를 못 떼고 비비적거렸다.

"사랑이 안 내리고 뭐 혀?"

"내…… 내려요."

사랑은 전 목수의 재촉에 겨우 궁둥이를 끌고 쭈뼛쭈뼛 차에서 내려섰다. 각을 쳐 끊어낸 듯 예리한 절벽 사이에 바위의 원색이라고는 믿을 수 없을 만큼 곱게 물든 거대한 원석들이 구름과 물려 뽐을 내고 있었다. 그 옛날에는 심층에 감추어져 그 귀한 미를 이렇게 접하리라 여기지 못했을 텐데, 세월의 힘은 그 웅장한 아름다움을 내놓게 했다. 절벽 아래 물려 흐르는 계곡은 절벽과 어우러져 경이로운 절정이 이르러 있었다.

투명해 깊이를 알 수 없는 계곡에 여흥을 느끼기도 전에 사랑의 귀에 익숙한 고함 소리가 들려왔다.

……무관이었다!

"이렇게 가파른 법면을 더 완만하게 깎지 않고 석축을 쌓는다는 게 말이 됩니까! 이 정도 경사면 십중팔구 작은 비에도 토사가 흐릅니다. 돌이 제대로 안착되기도 전에 무너질 수 있다고요!"

"우리 일꾼들이야 시키면 시키는 대로……."

"사고가 유발될 걸 알면서도 시킨다고 일을 합니까? 조경 책임자는 어디 있습니까!"

"서울에 계신데요."

"바로 전화 연결하세요."

무관은 통화를 연결하는 조경 일꾼의 휴대폰을 뺏듯 가로채고선 전화 건너 책임자와 설전을 벌였다.

"뭐라고요! 주인이 땅을 넓게 쓰고 싶다고 경사를 세우라고 했다고요? 당신 전문가 맞아? 주인이 모르면 이유를 설명해서 납득을 시켜야지, 이따위로 법면을 잡아놓고 건물에 영향을 미쳐 사고라도 나면 그때는 어떻게 책임질 거요? 이따위 안일한 사고가 큰 재해를 부르는 거 모릅니까!"

무관의 고성에 이 목수는 화들짝 놀라, 우스꽝스런 모양으로 전 목수 뒤로 몸을 숨기고 속닥거렸다.

"아따 행님, 저 건축사는 어찌 만날 저리 까칠하다요?"

"정확하고 좋지 뭘 그려. 저리 철저히 일을 하니 저 젊은 나이에도 아버지 후광 없이 큰일 작은일 끊이지 않는 것이여.”

“행님이나 되니 저치랑 일하지 웬만한 놈은 일 못해.”

한동안 조경 책임자와 옥신각신하던 무관이 조경 작업자들에게 휴대폰을 넘겨주고 돌아섰다.

“아, 죄송합니다. 전 팀장님 도착하셨습니까?”

“예, 건축사님.”

요즘은 이쪽 세계도 새바람이 불어 대목수를 오야라 부르기보다는 팀장으로 칭하는 현장이 많아졌다.

“일찍 도착하셨습니다.”

“예, 새벽밥 묵고 출발했는디 길도 잘 뚫리네요.”

“아무튼, 오시느라 고생하셨습니다.”

“고생은 무신, 맨날 하는 일인디요. 그나저나 토질이 야들야들 미토라 조경할 때 물매를 지대로 잡아야 하것어요.”

“팀장님 보시기에도 그렇죠?”

웬일인지 싸늘한 최무관이 전익중 목수 앞에서는 보드라운 명주고름 모양이었다.

“예, 지가 보기도 그러네요.”

“조경을 건축주가 붙였는데 조경미만 강조하느라 가장 기본인 안전과 하자를 고려하지 않고 마구잡이로 시공하지 뭡니까. 그래서 제가 쓴소리를 좀 내고 있었습니다.”

“예, 그런 말은 해야지요.”

“건축사님이 옳습니다요. 서 비싼 돌덩어리들 자빠져 내려오면 멋도 뭐도 없지라.”

조경 작업자들과 같이 일을 하게 하면 자빠진다던 이 목수가 언제 투덜거렸냐는 듯 양손을 비비며 무관의 옆으로 다가가며 훈수를 들었다.

그런 이 목수를 향하는 무관과 이 목수의 뒤에 어정쩡하게 섰던 사랑의 시선이 부딪쳤다.

백만 볼트 전기가 찌르르르, 초강력 스파크를 일으켰다.

나쁜 놈! 나쁜 놈! 나쁜 놈! 참으로 여자 전사랑에게는 나쁜 놈, 최무관이었지만 지금의 처지, 곧 하도급 목수팀의 그것도 초짜목수에게는 원청의, 그것도 최고 우두머리 건축사 최무관은 하늘이었다. 태양이었다.

초짜 목수 전사랑, 위대한 태양에게 ‘안녕하세요, 건축사님. 그동안 잘 지내셨습니까?’ 머리가 바닥에 닿게 인사를 해야 하는 것은 당연한 일이겠지만, 사랑의 뻣뻣해진 목은 내려가지 않았다.

사랑구타 전문가, 장선녀 여사가 공간이동을 해 지금 사랑 앞에 척하니 나타나 위대한 태양 ‘최무관’에게 고개를 숙이지 않는 대죄를 물어 패 죽인다 해도 사랑은 무관을 향해 고개를 숙일 수 없었다.

어, 그런데? 이상했다. 뭐 낀 놈이 성낸다 했던가? 싸늘하게 사랑을 쏘아보는 무관의 눈초리가 사랑의 것보다 어째 더 험했다. ‘싸늘하다’, ‘험악하다’ 뭐 이런 단어로 단정 짓기에는 그 눈빛이 오묘하고 깊이가 한없어 보였다. 마치 한눈팔고 들어온 제 서방 밤새 독 품고 기다린 아낙마냥 원망과 애증이 공존하는, 사랑으로서는 도저히 이해불가의 이상, 야릇, 섬뜩한 눈빛이었다.

성낼 사람은 저인데도 불구하고 하도 독하게 노려보는 무관의 시선에 저도 모르게 슬금슬금 시선을 떨어뜨리는 사랑이 마치 바람났다 들어온 여편네 같았다.

"사랑아, 뭐 혀? 인사드리지 않고."

"안녕하세요."

얼떨결에 고개를 내렸다. 이래서 습관은 무서운 모양이다. 절대 최무관에게 숙이지 않겠다던 고개가 사랑의 강한 의지에도 불구하고 무관 앞에 내려져 버렸다. 공부는 못했어도 인사성 하나는 독보적이던 사랑의 그 오랜 습관이 전 목수의 재촉에 자동으로 움직인 것이다.

"예."

그 짧은 한마디를 무슨 겨울 이불빨래 짜듯 짜내던 무관은, 사랑에게서 고개를 휙 틀어 다시 전 목수에게로 향했다.

"큰비는 아니라지만 주말에 비 소식이 있습니다."

"지도 들었지유. 그래서 오늘, 내일 낮까지 공구리틀(기초 거푸집) 짜고 내일 오후에 레미콘 부어야겠시유. 그라고 양생(콘크리트 건조)되는 사이 집에들 좀 댕겨오게요. 저쪽 현장서 바로 오니라고 젊은 목수들이 집에들 못 가본 지 한참이라 비니루는 덮고 갈 테니 염려 안 하셔도 돼유."

"제가 말씀 안 드려도 전 팀장님께서 더 꼼꼼하게 처리해 놓고 다녀오실 거란 건 잘 알고 있습니다. 그래도 일기예보를 믿을 수가 있어야죠."

"하긴, 그려요."

"전사랑 씨가 남는 게 어떨까요?"

"예?"

운동화로 흙먼지를 폭삭폭삭 내고 섰던 사랑은 귀가 번쩍 뜨였다.

"전사랑 씨는 주말에 서울 갈 생각 말고 현장 지켜요."

'아, 이게 무슨 개풀 뜯어먹는 소리야! 내가 왜, 아니, 어떤 놈 땜시 이런 험난한 길을 걷고 있는 건데! 그리고 그동안 대야 물 깨작깨작 퍼서 고양이 샤워만 했더니 영 찜찜해 이번에 서울 가면 찜질방 사우나에서 묵은 때 좀 벗겨내려고 했더니, 저 원수 같은 인간이 아주 사람을 촌년을 만들다 못해 폐인 만들 생각이야?'

"그게요, 제가 이번엔……."

"그렇게 혀."

"아버지!"

"뭔 일이야 있것어? 뭔 일이 생기더라도 니는 연락만 해주면 되는 겨. 이번 주에는 니가 있고, 다음 비 오는 날 쉬게 해줄 테니 그리혀."

"아버지……."

"왜, 싫어서 그려? 비 오는 날만 꼽고 있는 저 젊은 목수들, 색시 얼굴 못 본 지가 달포가 넘어가는디 남으라 할 수도 없고…… 그럼, 이 아버지가 남으마."

아버지를 현장에 남기고 집으로 돌아갔을 때, 배신자 전사랑을 처단할 어머니 장선녀 여사의 폭력을 어찌 이겨내라고 그런 말씀을…….

"제가 그냥 있을게요."

장선녀 여사의 모진 고문보다는 현장 숙소에서 텔레비전이나 보는 것이 백배는 흡족한 주말이 될 것이라고, 그렇게 사랑은 스스로 위로했다.

"어여, 일들 하자고. 차에서 레벨기하고 가다(거푸집) 댈 연장만 내리고."

"예."

시작된 목수들의 분주한 움직임 뒤를 따르던 사랑은 원수 같은 무관을 노려봤지만 무관은 사랑을 없는 사람 취급했다. 그러면서도 사랑이 한눈팔기 무섭게 힐끔거리기는 왜 그리하는 건지…….

연면적 265.25㎡ 2층 목구조. 건축허가 건축물.

스케일 자가 없어도 측정에 무리가 없게 1/100 스케일로 출력한 도면을 텔레비전 대신 들여다보고 있었다.

“음, 진짜 멋지다. 잠깐 265평방미터면 곱하기 0.3025……
맞나? 에이, 모르겠다. 아부지가 80평이 넘는다고 했잖아. 아,
하여간 이 두뇌는 숫자만 보면 바로 경련을 일으켜요. 아무튼
지어놓으면 완전 호화 주택이겠다. 이런 집에 사는 사람은 좋겠
네.”

평면도를 놓고 입면도를 보던 사랑이 다시 평면도와 입면도
를 번갈아 보기 시작했다.

“주방 창을 꼭 환기창 개념으로만 해야 하나? 이렇게 주변 경
관 멋있으니 요리하면서도 밖을 볼 수 있게 확 터버렸으면 좋겠
구만. 여기서 여기까지는 고정창으로 하고, 여기는 이왕이면 여
닫이창이 좋을 것 같은데…….”

사랑은 허공에서 창을 확 열어젖히는 시늉을 하며 야호 하듯
입가에서 손을 펼쳤다.

“애들아, 밥 먹어라.”

당시 국민 어머니라던 모 연기자의 광고를 흉내 내던 사랑은
놀라서 얼른 손을 내렸다. 마당에서 놀던 아이들이 퇴근하는 무
관을 향해 ‘아빠!’를 외치며 뛰어가고 있었기 때문이다.

“미쳤어, 전사랑. 아직도 정신 못 차린 거니? 이제는 제발 정
신 차리고 목수 일이나 제대로 배워. 여기서 잘리면 넌 정말 갈
데도 없어.”

쓸쓸하게 웃으며 한참을 들여다보던 도면을 치웠다.

“에이, 텔레비전이나 보자.”

막 리모컨 버튼을 누르려는데, 여관방 싸구려 창이 달그락달
그락 바람이 흔들리더니 톡톡, 톡톡 빗물에 부딪히기 시작했다.

"뭐야?"

숙소로 묵고 있는 현장과는 십여 분 떨어진 허름한 삼층짜리
여관 창문을 열었다.

"앗! 차가워."

막 열어젖힌 창 사이로 기다렸다는 듯 빗방울 하나가 툭 사랑
의 볼로 떨어졌다. 그 물방울 하나가 얼마나 굵다랗던지 사랑의
볼은 순식간에 축축이 젖어버렸다.

"아, 이거 장난 아니네. 더 이상 오면 안 될 텐데."

내리는 비를 피해 서둘러 창문을 닫고, 괜찮아지겠지 하는 생
각으로 TV를 켰지만 점점 더 둔탁하게 창을 치는 빗소리에 신
경이 쓰였다.

"아무래도 안 되겠다. 현장에 나가봐야지."

사랑은 벌떡 일어나 추리닝 위에 노란 작업용 비옷을 입고 비
옷에 붙은 모자를 뒤집어썼다. 그리고는 혹시 모를 상황을 대비
해 휴대폰을 챙기는 것도 잊지 않았다. 제가 간다고 뾰족한 수
가 생기는 건 아니지만 그래도 보지 않고 불안해하는 것보다는
눈으로 확인하는 게 속은 편할 일이었다.

계단을 우당탕 뛰어내려 온 사랑은 여관 일층에 거치된, 귀퉁
이 한쪽은 잘려 나가고 금줄 난 위를 누런 박스테이프로 조각조
각 붙여놓은 대형거울이 자신을 비추는 것을 보았다. 거울 안에

는 풍덩한 자루 우비에 폭 싸여 눈만 말똥말똥한 초절정으로 망가진 전사랑이 있었다.

"아, 참말로. 완전 못난이 우비소녀네. 내 어쩌다 이리 망가져서리……. 모두 그 독종 땜시, 내가 그 인간한테 다시 흔들리나 봐라. 하여간 왜 나만 남으라고 해가지고 야밤에 이 짓을 하게 만드는지. 웬수 같은 인간!"

이를 뽀득뽀득 씹으며 여관 유리문을 여는데, 제법 거칠어진 바람과 후두두둑 내치듯 쏟는 빗물이 사랑을 맞았다.

"생각보다 더 쏟아지네. 아씨, 바람은 또 왜 이리 부는 거야."

두어 발자국 만에 운동화에 물이 스며들어 물컹거렸고, 추리닝 바짓단이 묵직해졌다.

"이럴 줄 알았으면 저쪽 현장에서 똥(진흙) 묻은 장화라도 챙겨오는 건데……. 쩝, 이제 와 후회하면 어쩔 겨. 죽은 자식 거시기 만지는 꼴이지. 가만, 이건 장선녀 여사 대사인데. 현장 생활 한 달 만에 내 이십대의 신선함이 날아가고 사십대 후반, 대놓고 음침한 아줌마 된 거 아니야?"

대놓고 음침한 건 공감을 하겠는데…… 글쎄, 전사랑이 신선한 이십대였는지?

"아무튼 고! 고! 고! 하는 거야! 비바람 몰아쳐도 갈 수 있어! 나안, 할 수 있어. 아짜, 아짜. 나안, 갈라요!"

'난 할 수 있어' 라는 동요에 제멋대로 가사를 붙여 부르던 노래가 어느덧 서태지와 아이들의 '난 알아요'로 바뀌었다. 비 쏟아지는 시커먼 야밤에 샛노란 우비를 뒤집어쓰고 되도 않는 노래로 목청을 높이며 멱을 따는 사랑은 누가 봐도 늦은 여름 밤 우중(雨中)에 발광하는 광녀였다.

날이 흐려서인가, 유난히 술 생각이 나는 밤이었다.

머리와 가슴에 이는 복잡한 심정, 알 수 없는 울렁거림을 풀어내기 위해 무작정 차를 몰았다.

때때로 찾아오던 음악과 술이 좋은 재즈바, 그 앞에 선 무관은 제 속의 이는 미묘한 감정들을 밀어내듯 바(bar)의 나무 문을 밀고 들어갔다. 아직 라이브를 하기에는 이른 시간이라서인지 실내에서는 빌리홀리데이 CD가 흘러나오고 있었다. 한 많은 흑인 특유의 호소력 깊은 음색과 진한 색소폰 소리가 끈끈한 회색 물에 희석되어 허공에서 흘러내리 듯했다.

"어서 오세요, 최 건축사님."

무관을 알아본 바텐더가 먼저 아는 척을 했다.

"예."

"늘 드시던 걸로 드릴까요?"

"아닙니다. 오늘은 호세쿠엘보로 하죠."

주문 내용이 변덕스럽진 않았지만 수훈에게 무관은 그의 존재 차체만으로도 신경이 가는 손님이었다. 하지만 한 가지만 추구하는 무관의 취향은 일관적인 그의 성격을 대변해 주는 것 같아 흥미와 매력을 유발하기도 했다. 손님의 성격과 취향, 그 상관관계를 들여다보는 것도 바텐더라는 직업의 또 다른 재미였다.

그런데 그런 그가 오늘은 입에 대지도 않던 멕시코의 강렬한 태양, 데킬라를 주문했다. 내심 의아했지만 숙련된 바텐더답게 침묵할 때를 아는 수훈이었기에 제 호기심을 채우려 손님의 기분을 떠보려 하지 않았다.

데킬라 잔 주둥이에 소금을 찍고 노란 액체가 소금을 녹이지 않을 선까지 따라냈다.

"여기 있습니다. 호세쿠엘보 스트레이트."

"음."

"그런데 식사는 하셨습니까?"

"밥을 먹으면 술맛이 덜하다고, 수훈 씨가 말했는데."

"하하하, 제 헛소리를 여태 기억하고 계셨어요?"

"헛소리였습니까?"

"하하하, 건축사님도 참. 포커페이스로 농담하시면 상대 배꼽 떨어져요."

"한 잔 더."

어느새 잔을 비운 무관이 빈 잔을 내밀었다.

"건축사님, 오늘 진도가 빠르십니다. 아참, 제가 잊을 뻔했네요."

수훈은 제 머리를 꼭 쥐어박으며 무엇이 생각난 듯 말을 이었다.

"박 검사님과 약속한 거 맞으시지요?"

"박 검사요? 박건우 검사 말입니까?"

박 검사라면 박건우뿐인데, 되묻는 무관이 의아했지만 수훈은 대수롭지 않게 여기고 대답했다.

"예, 박 검사님 와 계세요. 룸에요. 평소에도 미인들과 오시지만 오늘 동행하신 여성 분은 정말 대단한 미인이시던데요."

"여자와 같이 왔습니까?"

"예. 모르셨어요?"

"그 룸 어딥니까?"

"예? 아, 그게……."

험악하게 일그러지는 무관을 보고 수훈은 제 실수를 감지했다. 그러나 이미 뱉은 말을 주워 담을 수도 없고, 설마 절친하고 점잖은 사람들이 별일이야 있겠냐는 생각으로 수훈은 건우가 든 룸으로 무관을 안내했다.

수훈이 선 문 앞을 가로질러 무관은 노크도 없이 문을 벌컥 열어젖혔다.

늘씬한 여자의 뒷모습과 그 여자와 머리를 맞대고 쑥덕거리는 건우의 허옇고 귀티나는 얼굴이, 무관의 시야에 잡혔다.

"이 자식, 박건우!"

놀란 눈을 한 건우의 멱살을 순식간에 다가간 무관이 움켜쥐었다.

“왜 이래, 최무관?”

“왜 이래? 왜 이래? 왜 이러는 줄 몰라서 묻는 거야, 이 대걸레 같은 자식아!”

퍽!

“욱!”

일났다. 멱살을 잡지 않은 무관의 오른쪽 주먹이 질투로 똘똘 뭉쳐져, 여리고 보들보들한 건우의 볼때기를 날려 버렸다. 뒤에 선 여자의 비명 소리와 죽어라 매달리는 수훈도 미친 듯 이성을 잃은 무관을 통제할 수 없었다.

“이 자식아, 내가 건드리지 말라고 했잖아! 하고 많은 여자 중에 왜 하필 개를 건드려! 이렇게 금방 다른 여자 갈아탈 거면서 왜 건드리냐고! 사랑이 어쩔 거야, 사랑이 어쩔 거냐고! 너 때문에 회사까지 그만두고 남자도 버티기 힘든 험한 현장에서 저러고 있는 애를 어쩔 거냐고! 그런 애 놔두고 이 자식이 뒤에서 또 여자질이야? 이 더러운 자식아!”

퍽!

이 기회에 친절한 카사노바 얼굴을 아주 못쓰게 만들어놓을 심사로 쓰러진 건우를 올라타고 다시 주먹을 올리는 무관. 그런 무관의 귀를 통과하는, 비명까지도 끈적끈적하기 그지없는 익숙한 여자의 목소리는……

“무관 선배! 이게 무슨 짓이야, 무관 선배. 이번에 건우 선배랑 검사와 변호사로 같은 소송을 맞게 돼서 내가 좀 보자고 한 건데, 선배 도대체 무슨 소릴 하는 거야!"

건우의 새 여자라 생각한 사람은 바로 오유진이었다.

"내 위에서 좀 내려올래?"

허여멀건 얼굴에 약 3㎝ 안팎의 시뻘건 피를 입가에 주룩 흘리고 무관을 원망스럽게 보는 건우는 그 오래전 귀신 분장이라하면 허옇게 분칠한 얼굴에 판다마냥 시커먼 눈, 새빨간 립스틱과 그 가를 흘러내린 토마토케첩이 모두였던 그 시절, 그래도나름대로 겁은 났던 전설의 고향에 나오던 분장 어설픈 남자 귀신 같았다.

"나야말로 네놈한테 묻고 싶었다. 그래, 사랑 씨가 현장에서그 곱던 얼굴 다 상해 가면서 노가다 뛰는데 그 착한 아가씨 내쫓은 네놈은 발 뻗고 잠이 잘 오더냐? 만나기 너무 힘들어 내가현장까지 갔었는데 거기서 사랑 씨 고생하는 거 보고 얼마나 마음이 아팠는지 네놈이 알아? 다른 좋은 데 취업시켜 준대도 한사코 거절하는 통에 내 어쩔 수 없이 지켜보고는 있다만, 최무관 이 피도 눈물도 없는 놈아, 우리 사랑 씨가 뭘 그렇게 잘못했다고 내쫓냐? 너야말로 그따위로 살지 마!"

"뭐…… 뭐? 그럼…… 박건우 너 사랑이하고 사귀는 거 아니었어?"

"사귀긴, 받아줘야 사귀지! 혼자도 사귀냐?"

"그, 그게 정말이야?"

"이 자식이…….."

"손댄 건 미안하다. 내가 급한 일이 있어서⋯⋯. 다음에 두 배로 맞아줄게."

벌떡 일어난 무관은 저로 인해 어안이 벙벙해진 사람들을 뒤로한 채 전력 질주하듯 룸을 빠져나갔다.

"이 회사에 다니는 동안은 절대 건우 씨와 교제할 수 없다면서요. 그래서 사표 쓴 거거든요."

사랑이 사직서를 내밀던 그날, 무관이 어두운 수렁으로 떨어진 기분이 들었던 그날. 충격적인 사직 사유가 분명 건우였는데⋯⋯.

'전사랑! 대체 어떻게 된 거야!'

당장 사랑을 만나야 했다. 무엇 때문에 그 조금만 입으로 거짓말을 지껄여 사람 마음을 이렇게도 공허하게 했는지 만나서 확인을 하고 혼꾸멍을 내리라 이를 갈았다.

"전사랑!"

무관은 많은 지방 현장을 다니면서도 지금까지 속도위반 딱지 한 장 떼지 않던 무관이 규정 속도를 무시하고 고속도로를 초스피드로 달렸다.

한데 조금 전부터 한두 방울 떨어지던 물방울이 제법 굵어지더니, 어느 순간부터 미친 듯이 와이퍼가 움직이고, 차체가 흔들릴 정도의 거센 바람을 동반한 폭우가 쏟아지기 시작했다. 격한 분노에 휩싸였던 무관의 가슴에 이제는 이 폭우에 홀로 남겨져 있을 사랑에 대한 걱정이 차 올랐다.

속도를 낮추면서 무관은 저도 모르게 입력해 놓은 사랑의 휴대번호를 눌렀다. 처음 들어보는 가수의 애절한 노랫소리가 휴대폰을 통해 전해졌지만 정작 듣고 싶은 사랑의 목소리는 들을 수 없었다.

"전사랑, 왜 전화를 안 받는 거야?"

몇 번 더 통화 시도를 했지만 결국에는 실패하고 만 무관은 다시 빗속에서 속력을 높였다.

장평인터체인지.

무관은 다시 휴대폰 통화 버튼을 눌렀다. 또다시 가수의 노래가 이어지고 끊어지는 끝자락에서 다급한 사랑의 목소리가 어렵게 잡혔다.

"전사랑! 전사랑, 어디야!"

[크, 큰일났어…… 요!]

"무슨 소리야?"

[정화조에…… 토사가…… 흘러…… 들어…….]

"뭐! 지금 현장에 있는 거야?"

[예…… 그런데…… 토사가 너무 흘러 제…… 힘으로는…….]

"미쳤어! 당장 거기서 나오지 못해! 전사랑, 전사랑!"

[뚜…….]

끊길 듯 말 듯 위태롭게 이어지던 통화가 완전히 끊어져 버렸

다. 미친 듯이 통화 버튼을 누르고 또 눌러도 전화 건너 어디에
도 사랑의 목소리는 없었다. 손바닥에 땀이 차고 심장이 격하게
울렁거렸다.

"전사랑, 제발 내가 갈 때까지만이라도 얌전하게 있어라. 제
발!"

지방도를 타고 물이 차 오르기 시작하는 계곡으로 달렸다. 불
안하고 조급한 마음에 현장으로 가는 멀지 않은 길이 천리만리
같았다. 살면서 이렇게 가슴을 졸인 적이 있었던가.

커브를 돌자 어둠 속에서 현장이 보이기 시작했다. 인적 드문
산속 계곡이라 가로등이 있을 리도, 이동차가 있을 리도 만무했
다. 쌍라이트를 비추며 급속도로 다가가던 무관의 시야에 토사
가 흘러내려 위험천만의 석축 아래에서 부산하게 움직이는 노
란 물체가 잡혔다.

"전사랑!"

무관의 머리가 하얗게 비워졌다. 얌전히 있어달라, 제발 기대
했건만 무관을 말려 죽일 심사인지 늘 역행하는 사랑이었다.

끼익!

물보라를 일으키며 멈춰 선 차에서 시동도 끄지 않고 뛰어내
린 무관은 달렸다. 발목까지 잠긴 작은 다리를 건너면서 소가죽
구두가 흥건한 물속에 수없이 잠겨도, 현장의 질척질척 진흙이
바짓가랑이를 붙들고 엉켜와도, 휘몰아치는 비바람이 와이셔츠
와 양복바지 안의 속옷까지 순식간에 차지하고 들어와도 무관

은 느끼지 못했다.

오로지 주문처럼 되뇌는 이름 '전사랑', 오직 '전사랑' 뿐이었다.

우르르르—

위태위태, 줄 타듯 어렵게 버티던 석축의 한쪽 끝이 흔들거렸다.

"아…… 안 돼!"

비명처럼 내지르는 무관의 목소리를 순식간에 묻어버리고, 더 이상 견디지 못한 채 흔들리던 석축은 천둥 같은 소리를 뱉어내며 기어이 무너져 내리기 시작했다.

"안 돼!"

심장이 멎어버렸다. 죽기로 나아가려던 무관의 의지를 비웃듯 죽기로 나아가려는 의지를 비웃듯 발목에는 올무가 채워져 옴짝달싹도 못하게 붙들었다.

"사랑아, 안 돼! 사랑아!"

그 짧은 순간 혼이 나간 사람처럼 중얼거리던 무관은 굉음을 지르며 쏟아지는 돌들 사이, 그 위험천만의 붕괴 지점으로 미친 듯 달려들며 외치고 또 외쳤다.

"사랑아, 전사랑!"

사랑을 찾는 무관의 절규는 거친 비바람을 뚫고도 남을 만큼 간절하고 안타까웠다.

조금 전만 해도 다리 아래에서 참방거리던 계곡물이 무섭게 불어나더니 어느새 작은 다리까지 차 올랐다.

"아, 증말! 비 한번 지랄맞게 오네. 무슨 비가 장마 때보다 더 붓냐!"

원래 현장이 진흙 함유가 많은 데다 지금 엄청난 비까지 더해지니, 걸음을 놓을 때마다 발목까지 푹푹 꺼지는 것은 예사였다. 거기다 조경을 하느라 죄다 바닥을 파헤쳐 놓은 지점에 다다르자 바닥의 끝을 알 수 없는 늪지였다.

"하늘이 빵구가 났나? 아주 들이붓네, 들이부어. 이노무 똥(진흙)들은 왜 이렇게 달라붙고 지랄들이야! 드러븐 것들. 그나저나 여기까지 오긴 왔는데 깜깜해서 뭐가 보여야지. 컨테이너까지 가야 그 안에 손전등이 있는데. 거까지 가는 게 또 문제네. 어쩌지?"

무의식적으로 주머니를 더듬다 손에 잡히는 물체를 느꼈다.

"아하, 휴대폰!"

우비를 젖히고 추리닝 바지 주머니에서 휴대폰을 꺼내 열었다. 칠흑 같은 어둠속에서 액정의 불빛은 길을 밝히는 등불이었다.

운동화 안으로 밀려들어 온 진흙이 벗은 발에 똬리를 틀고 걸음을 뗄 때마다 엉켜왔다.

"아이, 이노무 똥들!"

진흙을 떼려고 발을 휘휘 저어도 다음 발을 디디면 이내 더 달라붙을 뿐이었다. 발목을 잡는 진흙과 위세를 더하는 빗줄기에 어렵게, 어렵게 컨테이너 박스로 된 창고로 다가갔다.

"휴."

겨우겨우 도착한 창고 앞에서 재래식 자물쇠까지 따고 들어갔지만 창고 안은 아직 전기배선이 되지 않아 코앞도 살필 수 없는 암흑이었다. 하지만 비바람이 몰아치는 창고 밖의 사정을 생각한다면 이 시커먼 창고 속이 그래도 아늑하고 유일한 대피소였다.

"가만, 손전등을 찾아야지."

시랑은 다시 휴대폰을 열어 발 아래를 밝혔다. 빼곡하게 채워진 자재, 그 안쪽에 5단 서랍장이 보였다.

"전사랑 뛰어난 직감으로 분명 저기 있을 거야."

정확했다. 두 번째 서랍까지 열어볼 필요도 없이 첫 서랍에서 빨간 원형의 전등을 찾아낸 사랑은 손잡이 위에 검은 단추를 꾹 눌렀다.

"아싸!"

순식간에 앞이 훤해졌다. 좀 많이 과장하자면 광명을 얻었다. 휴대폰 액정, 그것도 일정 시간이 지나면 꺼져 버려 폴더를 다시 닫고 열어야 겨우 회복이 되는 감질나던 빛. 그에 비하면 반경으로 퍼져 나가는 전등불은 그야말로 찬란한 빛이었다. 또 과장을 해보자면 심 봉사 청이 만나 눈뜬 기분이 바로 이런 것이 아닐까?

손전등도 찾았겠다, 만약을 대비해 삽도 들었겠다, 우비를 더 바짝 여민 사랑은 본격적으로 현장조사에 착수하기 위해 컨테이너 문을 열어젖혔다.

"뭐, 뭐야! 이노무 비가 아까보다 더 퍼붓네. 아, 증말, 증말 싫다. 아주 잡아먹을 기세로 퍼붓네! 저길 어떻게 또 나가냐."

억수같이 쏟아지는 빗줄기에 사랑의 발은 나아가기는커녕 뒷걸음쳤다.

번쩍!

"엄마야!"

시커먼 하늘에 천지개벽하는 날마냥 불이 튀었다. 음흉하게,

소리도 없이, 번쩍번쩍 소름 돋는 불빛이 칠흑의 밤하늘을 가로지르고 쏟아지는 비바람을 섬뜩하게 비쳤다. 마치 한여름의 극장가에서나 봄직한 호러무비의 한 장면처럼.

"아, 진짜…… 너무 무섭다."

'어머나, 무서워라!' 이러면서 찰싹 안길 것을 기대하고 호러무비를 선택했던, 사랑을 꼬이려던 남정네들의 시커먼 작전에도, 장선녀 여사의 호러맷집에 단련된 사랑은 아무리 강력한 귀신 신에도 눈 깜짝 안 했었다. 오히려 어두운 극장 안 주변의 심약한 여인네들과 시원찮은 남정네들의 비명에, '으이고, 뭐 떼도 시원찮을 것들, 아주 생쇼를 해요' 코웃음 치며 아작아작 팝콘을 씹던 사랑이었다. 그런 사랑도 스크린이 아닌 실제상황이 제 눈앞에 펼쳐지자 덜컥 겁이 났다.

"그냥 확 도망가 버릴까? 그래, 도망치는 거야!"

하지만 사랑이 도망 갈 방향으로 발을 내딛으려는 순간!

"뭡니까, 전사랑 씨!"

싸늘하기 그지없는 목소리가 달아나려는 발목을 확 틀어잡았다.

"현장 상황 보고하라고 남겨뒀더니 그것도 제대로 못하고, 전사랑 씨는 도대체 제대로 하는 일이 뭡니까!"

한심하다 듯, 아무짝에도 쓸모없는 인간이라는 듯, 급기야는 더 이상 상종하고 싶지 않다는 듯 고개를 확 돌리는 최무관이!

"야, 최무관! 내가 오늘 여기서 비에 퉁퉁 불어, 한 많은 목숨 절단 낸다 해도 현장을 사수할 거니까, 그딴 소리 하지 말란 말이야!"

전사랑이 이를 악물었다. 염치도 없이 비를 들어붓는 하늘을, 내가 이기나 네가 이기나 두고 보자는 듯 야무지게 노려보는 것도 잊지 않았다.

오른손에는 손전등을, 왼손에는 만약을 대비해 삽을 들었다. 무시무시하게 치고 내리는 빗줄기와 목까지 단추를 채운 비옷을 찢어낼 듯 휘몰아치는 바람에 사랑의 몸이 이리저리 떠밀렸다.

건물 기초의 배관 파이프는 봉인이 잘된 상태로 안전해 보였지만 양생이 덜 된 콘크리트 바닥을 덮어둔 천막은 날아가고 그 안에 깔아놓은 비닐도 노출돼 일부는 비에 패이고 나머지는 바람에 찢어질 듯 위태로웠다.

"견뎌라, 제발 견뎌!"

사랑으로서는 제발 비가 잠잠해질 때까지 견뎌달라고 비닐을 향해 호소하는 수밖에 어쩔 도리가 없었다. 지금 어설프게 건드렸다가는 위태롭게 이어진 비닐과 거푸집 사이의 이음새에서 비닐이 뜯겨 나가기 십상이었다.

손전등 방향을 바꿔 조경을 위해 성토(盛土)한 땅을 비추었다. 건축도 안다 할 수 없지만 토목이나 조경은 더 젬병인 사랑이 보기에도 흘러내리는 흙이 심상치 않았다.

"아씨, 저게 왜 저렇게 줄줄 흘러내리는 거야? 잠깐…… 저,

저게 어디로 계속 흘러들어 가는 것 같은데……."

움푹움푹 빠지는 진흙 사이로 들어간 사랑은 빗물과 함께 흙이 흐르는 쪽으로 손전등을 비췄다.

"아! 내가 미쳐, 하필 똥통이야!"

분명 묻어둔 정화조 안으로 흙물이 콸콸 쏟아져 들어가고 있었다. 마무리가 덜된 정화조는 무방비 상태로 머드테러를 당하고 있었다. 이미 정화조 앞에 물길이 만들어져 흘러내리는 토사로 차곡차곡 채워지고 있었다. 그 범위가 점점 더 넓어져 이 비가 끝나기도 전에 정화조는 배설물이 아닌 흙물로 그득 채워질 것 같았다.

사랑은 일단 벌어진 정화조 뚜껑을 바로잡고 선명하게 잡힌 물길을 돌리기 위해 삽을 떴다. 매년 식목일, 나무사랑 익중의 조용한 압력에 마지못해 끌려간 선산에서 나무를 심느라 삽을 들어보긴 했지만 이런 긴박한 상황을 해쳐 나갈 정도의 삽질을 결코 아니었다. 전등을 주머니에 넣고 미친 듯이 삽을 놀렸다. 하지만 그런 사랑의 어설픈 삽질을 비웃기라도 하듯 흙물은 사랑이 애써 삽 뜬 자리들을 넘어가며 끊임없이 정화조로 향해 들어갔다. 그런다고 포기할 사랑이 아니었다. 넘어가면 또 잡고, 넘어가면 또 잡으며 물길과 사투를 벌였다.

거센 비바람에 오돌오돌 떨렸던 게 언제였냐 싶게 등허리에 땀이 차 올랐다. 빗방울에 젖은 이마에도 땀방울이 송골송골 솟아 비와 함께 흘러내렸다.

"우씨! 우씨! 나도…… 나도 뭐 하나라도 하는 게 있어야 할 거 아냐? 나도 할 줄 아는 게 있다고…… 보여주고 싶다고!"

이대로는 더 견디기 힘들었다. 그렇다고 포기할 수도 없었다. 여기서 포기하면 정말 무관의 말처럼 다른 이에게 의존하는 인생이 될 것 같았다.

다른 방법이 필요했다. 다시 주변을 살피려고 손전등을 꺼내기 위해 주머니에 손을 넣었다. 손끝에 미세한 진동이 전해졌다. 잊고 있었던 휴대전화였다.

[전사랑! 전사랑, 어디야!]

원수 덩어리 무관이었다. 그런데 어찌 된 일인지 얻어맞고 집에 간 아이 손을 끌며 '어떤 놈이 우리 귀한 자식 때렸는지 그놈 잡으러 가자' 하며 손을 끄는 영원한 아군인 아버지 같아 눈물이 핑 돌았다.

"크, 큰일났어…… 요! 정화조…… 토사가…… 흘러…… 들어……."

사랑은 어느새 울먹이는 자신을 느꼈다.

[뭐! 지금 현장에 있는 거야?]

최무관 두고 보자 꽁했던 마음이 있기라도 했는지 화를 낼 정도로 걱정하는 무관이 느껴져 주룩 눈물이 흘렀다.

"예…… 그런데…… 토사가 너무 흘러 제…… 힘으로는……."

[미쳤어! 당장 거기서 나오지 못해! 전사랑…….]

전화가 끊어졌다. 계곡 안이라 그렇지 않아도 통화감이 떨어지는 현장인데 이제는 아예 통화불가 전선이 떴다. 그래도 사랑은 가슴이 찡해졌다. 현장에 대해선 누구보다 독한 무관이 제 현장보다 사랑이 더 중요한지 나오라고 길길이 날뛰는데 사랑은 감동적이지 않을 수 없었다. 제게 했던 무관의 독언들을 잠시 망각해 버릴 정도로.

하지만 현실은 감상에 젖어 있기에는 혹독했다. 다시 만들어진 물길이 도랑이 돼 정화조로 흘러들고 있었다.

사랑은 위험을 감수하고 석축 가까이 다가갔다. 흘러내려 오는 토사가 정화조로 향하는 물길을 만나는 지점부터 방향을 바꾸기 시작했다. 경사가 낮은 쪽을 손전등을 비춰보고 그 방행으로 죽을힘을 다해 삽을 움직였다. 물기를 잔뜩 머금은 끈적끈적한 땅은 삽이 들고 날 때마다 집요하게 달라붙어 사랑을 몇 배는 더 힘들게 했다. 막상 퍼지는 흙은 삽의 반에 반도 못 됐다. 돌이 든 곳에 삽이 잘못 들면서 미끄러지고 사랑은 진흙에 뒹굴고 말았다. 입가에 흙물이 튀고 노란 비옷은 반 이상이 흙빛으로 변했다. 추리닝 바지는 엉덩이 넘어 허리까지 진흙 범벅이 돼 스머든 물기로 속옷까지 젖었다. 넙죽넙죽 잡아먹으려는 듯 덤벼드는 검은 바닥을 짚고 처참하게 일어난 사랑은 더 독하게 불을 켰다.

"내가 못해낼 것 같아? 니네가 이런다고 내가 포기할 줄 아냐고. 함 해봐, 끝까지 해보라고, 내 죽어도 해낸다! 내 여기서 죽어 자빠져도 해낼 테니까 니네가 포기해, 이…… 짜아식들아!"

폭우 속에 괴성을 지르며 삽을 휘두르는 사랑은 정상이 아니었다. 원더우먼의 팬티라도 얻어 입었는지 여자의 힘, 그것도 젊고 야들한 아가씨의 힘이라고는 믿지 못할 만큼의 초스피드로 흙을 퍼내는 사랑은 괴력(怪力)녀였다.

사랑의 노력에, 아니, 발악에 하늘도 기가 찬 건지 끈질기게도 잡히지 않던 물길이 방향을 틀기 시작했다. 사랑은 속도를 늦추지 않고 삽을 놀렸다. 어깨가 빠져나갈 것 같고, 손바닥이 벗겨졌는지 쓰렸다.

"이이야!"

젖 먹던 힘까지, 할 수 있다는 정신력으로 괴성을 지르며 기를 모으는 사랑은 삽질의 투혼을 늦추지 않았다. 너무 힘을 썼는지 다리가 후들거리고 손이 덜덜 거릴 때쯤 집요하던 물길이 드디어 완전히 정화조 측면으로 방향을 바꿨다.

"해냈어…… 해냈어…… 내가…… 내가 이 전사랑이가 해냈다고!"

제 힘으로 무언가 해낸 그 희열이 이렇게 벅찰 줄 몰랐다. 남들이 생각하면 우습기 그지없는 일이라도 지금 사랑은 세상을 얻은 것 같았다. 자랑스러웠다. 지금까지 살아오면서 제가 이렇게까지 자랑스러운 적은 단 한 번도 없었다. 사랑은 진흙에 굴러 만신창이가 된 꼴을 하고도 미친 듯이 웃기 시작했다.

우루루 쾅—

비를 뚫는 요란한 소리에 사랑은 고개를 돌렸다. 제 뒤 경사면의 위태하던 조경석이 굴러 떨어지기 시작했다.

삶에 대한 애착은 본능이다. 언제 다리가 후들거렸는지가 무섭게 '날쌘돌이'가 된 사랑은 컨테이너 방향으로 뛰었다.

"아니, 저 조경하는 것들이 미친 거 아냐! 멀쩡한 처녀 골로 갈 뻔했네. 우리 무관 씨 말이 딱 맞네, 딱 맞아."

그런데 이상하다. 저 멀리서 다가오는 저것은 무엇인가? 힘든 삽질에 살아남으려고 너무 기력을 소진해 헛것이 보이는 것인가?

"사랑아! 사랑아, 전사랑!"

사랑보다 더 정신 나간 모양으로 비를 쫄딱 맞고 뛰어오는 무관이 보였다.

"어, 건축사님…… 여기는 무슨 일……."

"사…… 사, 사랑아!"

덮치듯 다가온 무관에게 순식간에 안겨졌다. 처음에는 벅찬 숨을 고르려고, 지금은 무관이 정말 제 앞에 있다는 놀라움으로 헤벌어진 입술이 알코올 0.00%의 정신 또릿또릿한 무관의 키스로 뜨겁게 점령당했다.

"사랑아! 사랑아, 사랑아!"

입술을 떼지 못하고 잘게 때로는 길게 키스를 퍼붓는 무관. 참말 사랑이의 입술이 남아나지 않겠네. 생이별한 마누라 수십 년 만에 만난 이마냥 사랑을 부둥켜안은 무관과 그 널따란 품에서 입술을 붙들린 채 숨 막히는 사랑. 사랑이 입은 진흙투성이의 노란 비옷이 옥의 티긴 했지만 불붙기 시작한 연인을 위해 짙은 밤에 비까지 내려주니 상황과 분위기는 얼추 그림이 나왔다.

죽기살기로 한 삽질로 후들거렸던 사랑의 다리가 무관의 습격으로 그 자리에 버티던 힘조차 상실해 버리고 의지하듯 강한 목에 매달렸다. 불쑥 침입한 무관의 혀가 전희도 없어 사랑의 여린 살을 잡고 당겨 빨아들이며 샅샅이 탐했다. 주루룩 당긴 혀의 진액을 한 방울도 남김없이 취하고 벅찬 숨을 뱉기 위해 잠시 달아나려 하기라도 할라치면 더 강하게 감아 제 입으로 삼켜 옴짝달싹도 못하게 물고 욕심을 채워갔다.

짜릿한 열기에 자극을 받아 뾰족이 일어난 사랑의 혀 속 예민한 돌기를 쓰윽쓰윽 핥아 내리던 무관이 이를 세웠다. 사랑의 혀를 이 사이에 끼우고 곤두선 세포들을 주루루룩 쓸어내렸다.

지금 입술이 붙들려 제가 취해지고 있으면서도 현실에서 이런 키스가 있다는 것을 사랑은 믿을 수 없었다. 회식날 밤 호텔에서 나눴던 키스, 제 일생의 짜릿한 경험과 뜨거운 맛을 보여주었던 그 문제의 키스, 그것과는 또 다른 충격이었다. 더없이 끈끈하고 더없이 자극적이며 더없이 친밀한. 하여간 해괴한 짓을 당하고 있는 제 혀가 화끈화끈 타 들어가고 홀라당 녹아버릴 것만 같았다. 에로 테러를 당한 사랑의 혀, 그 속의 깜찍한 침샘은 더 많은 기대로 빨려 버린 수분보다 더 풍부한 수액을 만들며 '어여, 어여 드시와요' 살랑살랑 유혹의 물을 뿜어냈다.

우두두둑—

똑딱단추가 뜯기는 소리와 함께 사랑을 감싸고 있던 노란 비닐이 양쪽으로 척 벌어졌다. 어찌, 어찌 알고 거기만 집중 공격하는 것마냥 벌어진 비옷 사이 후줄근한 하얀색 면 티가 순식간에 젖어들었다.

물커덩—

"엄마야!"

초가삼간 태울 만한 고화력, 미성년 상상 금지, 초강력 접착 키스에서 겨우 떨어진 입술로 뱉어지는 것이 '하' 나 '으음' 이나 '아' 뭐 이런 단발적인 성향의 탄성이야 옳을 것인데 후끈, 끈끈한 신음은커녕 비오는 날 벼락같은 비명이었다.

그도 그럴 것이 붙들어 매던 찌찌마개의 구속에서 벗어나 헐렁한 면티 안에서 이리 구르고 저리 구르며 더 넓은 자유를 즐기던 사랑의 젖가슴이 선전포고도 없이 쳐들어온 무찔러 마땅한 괴뢰군, 무관의 손에 덥석 쥐어졌으니 사랑이 놀란다고 '오버하고 있네' 이리 매정하게 외면할 수 없지 않는가.

비록 젖은 실크만은 못하지만 홀딱 젖은 얇은 한여름 면티에 비치는 불룩하고 뭉실한 가슴, 그리고 그 푸짐한 가슴 위에 제대로 곤두선 예쁜 것, 그것은 부들부들 자르르 촉감 끝내주는 실크보다 몇 백배는 더 유혹적이었다. 최소한 불붙은 무관에게는.

“아, 안, 돼요.”

속전속결, 신속정확, 재빠른 진도의 무관에게 젖꼭지를 비틀린 사랑이 놀라 펄쩍 뛰었다. 사실 무관의 과한 진도보다 제 몸을 강타하는 찌르르한 초강력 감전 사태가 사랑에게는 더 놀랍고 두려운 것이었다.

‘안 돼, 이러면 안 돼. 흐물흐물 녹아내릴 때가 아니라고!’

“거, 건축사님…….”

유야무야 이 진흙 판에서 일 칠 수는 없었다. 일말의 정신이 남아 있을 때 사랑은 확실한 대답이 필요했다. 또 그날처럼 닭 쫓던 개 지붕 쳐다보는 꼴로 혼자 헛물켤 수는 없는 일 아닌가.

“건축사님…… 자, 잠깐…….”

“이 여자야! 내, 내가 얼마나 걱정했는지 알아?”

아직 사랑의 가슴을 떠날 줄 모르고 지분대는 손길이 걱정했다는 사람의 것치곤 음란하게 집요했다. 사랑의 안위를 걱정했다는 건지? 지금 제가 하는 짓을 못할까 봐 걱정을 했다는 건지? 아무튼 헷갈릴 정도다.

주물렀다 폈다 쥐었다 났다 하는 손가락의 현란한 테크닉에 다음 순서가 기대되기는 사랑도 무관 못지않았다. 하지만 자리를 깔기 전에 청산할 과거는 청산해야 좀 더 나은 미래를 꿈꿀 수 있기에 쩍쩍 달라붙는 무관의 아까운 손을 사랑은 독한 맘 먹고 밀어냈다.

“최무관 씨!”

앙증맞은 반항이라 생각하고 다시 사랑에게 손을 뻗던 무관은 빗속을 뚫는 앙칼진 목소리에 주춤했다.

"이것 보세요. 취하셨어요?"

"무슨 소리야?"

어리둥절한 무관의 표정에 사랑이 화가 치밀었다. 피해자는 있는데 가해자는 없다? 바로 그런 희한한 사건이던가, 그때 그 사건이?

"키스요, 키스!"

"그게 뭐?"

"또 취하셨어요? 또 취했냐고요! 취해서 키스하는 거예요?"

"내가 왜 취해! 취하면 여기까지 160을 넘게 밟고 날아올 수 있겠어?"

"160을 넘게요? 이 아저씨가 미쳤, 아니, 이분이 제정신이세요? 하…… 하여간, 이번엔 왜 키스했어요? 거기다 찌찌…… 아니, 더한 것도 했잖아요."

"그…… 그…… 그건 네가 걱정돼서……. 아, 이 여자가! 낙석이 될지도 모를, 자리를 못 잡은 석축 아래가 얼마나 위험한데 겁도 없이 함부로 나대길, 나대! 누가 전사랑 씨한테 물길 잡아 돌리랬어!"

무관은 사랑이 낙석에 다치기라도 했을까 봐 심장이 오그라들었던 아까의 긴박했던 심정이 떠올라 무섭게 소리쳤다. 그냥 '전사랑이! 너, 걱정되어 나, 최무관이 죽을 뻔했다'는 속내를 슬쩍이라도 내비치면 좀 좋을까. 하여간 도둑질이나 연애질이나 해본 놈이 잘한다고 멋대가리없는 무관의 애정 표현에 황당해 누렇게 뜬 사랑이 쏟아지는 비 아래에서도 열받아 연기가 풀풀 날 정도로 스팀 받았다.

"이…… 이 나쁜……."

'저노무 인간한테 뭘 바란 내가 미친년이지.'

상종도 하기 싫다는 듯 돌아서는 사랑을, 제가 아직도 뭘 잘못했는지 모르는 무관이 잡아 세웠다.

"전사랑!"

"이거 놔!"

상처였다. 자신을 보는 사랑의 눈에 깊은 감정이 들어 있었다. 늘 밝은 모습만 눈에 익어서인지 지금 그늘진 사랑의 모습은 무관에게 아린 충격으로 다가왔다.

"잘난 최무관 건축사님 보시기엔 저 물길이 별 볼일 없는 전사랑이 나댄 꼴로밖에 보이지 않겠지만요. 전 나름대로…… 제가 스스로 현장을 지켰다고…… 그렇게 제 자신이…… 자랑스럽거든요. 아무짝에도 쓸모없는 저 같은 인간도 마음먹으면 할 수 있는 게 있거든요. 그게 비록 똑똑한 건축사님께는 시답잖은 일이라도요!"

"그, 그런 뜻이 아니잖아. 무슨…… 그런 과장을! 또 오해하는 거야? 전사랑……."

다시 잡는 무관의 눈에 번쩍 사랑의 눈물이 보였다. 비록 빗속에 얼굴을 잔뜩 적시고 있지만 분명 사랑의 눈에 고인 건 눈물이었다. 무관은 순간 간이 철렁 내려앉았다. 싸늘하고 인정머리없는 무관이 사랑의 눈빛에, 사랑의 눈물에 아리고 간이 내려앉는 생소한 경험을 톡톡히 한다.

“전사랑…… 우는 거야? 그게 그렇게 눈물 나는 일이야?”

하여간 여자의 마음을 몰라도 너무 모르는 무관답다. 지금은 ‘내가 미안하다. 이 모두가 다 널 너무 사랑한 내 잘못이다’ 뭐 이런 멋진 대사를 해도 분위기가 고조될까 말까 하는데 ‘전사랑…… 우는 거야? 그게 그렇게 눈물 나는 일이야?’ 가 뭡니까.

“시끄러워요!”

휙 돌아선 사랑이 벌어진 비옷을 야무지게 여미고는 뻘쭘하게 선 무관을 싹 무시하고 텀벙텀벙 진흙바닥을 내걸었다.

알지도 못하지만 알고 싶지도 않은 대상이 무관에게는 여자였다. 하지만 늘 설계, 현장, 법서로 가득 찼던 고가치, 고품격의 광나는 무관의 두뇌가 지금 오로지 ‘전사랑, 전사랑, 전사랑’만으로 꽉 차버렸다.

“도대체 저 작은 머리로 뭘 생각하고 있는 거야? 저 여자 속을 확 벗겨 홀랑 들여다보고 싶네. 홀랑…… 홀랑?”

결국 친절한 카사노바도 시도해 보지 못한 고난이도의 우중 야릇신까지 연출한 상황의 불친절한 무관, 맛있는 사랑의 입술과 폭삭한 사랑의 가슴을 탐해 버린 지금, 제멋대로 펼쳐져 버리는 다음 단계에 대한 기대로, 주인 잘못 만나 굶주린 신체 일부가 제 존재를 '제발' 알아달라고 불끈불끈 극렬한 시위를 했다.

"전사랑, 전사랑, 도대체 뭐 때문에 이러는 거야? 말을 해야 알 거 아니야."

불러도 대답 대신 흥흥거리는 사랑의 꽁무니를 쫓아 숙소로 묵는 여관까지 도착한 무관은 이해할 수 없다는 듯 중얼거렸지만 사랑은 뒤도 돌아보지 않고 제 방으로 쏙 들어가려 했다.

"전사랑!"

문고리를 잡는 사랑의 팔을 붙들었다. 휙 돌려 세웠지만 괜한 짓 했다고 생각할 정도로 무관을 노려보는 사랑은 표독스러웠다.

"전사랑⋯⋯."

"키스요, 키스!"

"그⋯⋯ 그래."

"키스했잖아요! 그리고 더⋯⋯ 더한 것도 했잖아요! 또 모른다 할 거예요? 그럴 거면 이거 놔요!"

"그⋯⋯ 그래, 그래. 내가 키스했어! 내가 키스했다고. 그리고 더⋯⋯ 더한 것도 했어! 그것도 했다고!"

제가 내뱉고도 낯 뜨거운지 벌겋게 달아오른 얼굴로 버럭, 버벅거리는 무관을 더 몰아세우는 사랑이 아주 작정을 하고 팔을 둥둥 걷어 올렸다.

"왜요? 왜요? 제게 왜 키스하셨어요? 그리고 더.한. 것.도. 왜
요?"

"그…… 그……."

무관의 코앞에서 삿대질하는 모양으로 고개를 치올린 사랑
이, 주춤주춤 뒤로 밀리면서 더듬거리는 제 싸늘한 본분을 잃은
무관을 호되게 몰아갔다.

"이것 봐요, 이것 봐. 말도 제대로 못하잖아요! 훔쳐 먹을 땐
언제고 먹고 나선 만날 딴소리야. 이제 정말 보기 싫어요. 보기
싫으니까 이거 놔……."

"예! 예뻐서 그랬어."

신방의 새색시 최고의 자극 포즈, 신랑 앞에서 수줍은 듯 살
짝 튼 고개, 옆얼굴과 목을 잇는 그 환상의 선 위에 발그스름 든
물까지 첨가한 야릇한 포즈, 믿을 수 없게도 지금 사랑 앞에 수
줍게 고백하는 무관이 그 모양이었다.

"예…… 예뻐서…… 사랑이 네가 예뻐서 그랬다고!"

표현력 부족한 이 남자, 예뻐서라 말은 하지만 분명 좋아한다
는 고백인데! 사랑의 가슴은 잔뜩 바람 들어간 풍선처럼 붕붕
떠오르고, 좋아 어쩔 줄 모르게 벌어진 입은 오므리려 해도 얼
빠진 이처럼 마냥 벌어지기만 했다.

하지만 혼자만 붕붕 떠다니다 비참하게 내동댕이쳐졌던 지
난날의 기억이 있지 않는가. 사랑은 헤 벌어지는 입술을 다부지
세 다물고 부관에게 분명한 답을 듣기 위해 야무진 마무리에 나

섰다.

"제가 이래 보여도 혼전 순결을 중요하게 생각하거든요. 결혼을 전제하지 않는 육체관계는 절대! 상상도 못할 일이라는 뜻이죠."

물론 거짓말이다. 상상도 못할 일은커녕 현실에서 어느 정도는 저지르고 다닌 사랑인데, 앙증맞은 거짓말로 잘난 무관을 희롱이라도 하려는 것일까.

"이제 아셨으면 제 팔 놓고 건축사님 방, 저기 저쪽 방에 가셔서 자알 생각해 보세요. 과연 이 전사랑이가 펴엉생 예쁠 것 같은지. 흥."

꽝! 닫히는 문 사이로 휙 뭐가 딸려 들어간다. 사랑의 꽁무니에 달랑거리며 딸려 들어간 것이…… 혹? 오래 묵은 여우에게서나 달림직한 긴 꼬리가 아니던가?

수건으로 이제는 짧아진 머리를 털던 사랑은 울리는 휴대폰 벨소리에 손을 멈추었다.

"우리 무관 씬가 보네!"

조금 전 뜨거운 연인들이나 연출했을 법한 농도 깊은 키스신과 메말라 비틀어진 무관에게 들을 수 없을 줄 알았던─비록 고백 같지도 않은 이상한 고백이기는 해도─고백까지 들은 현재, 스코어 앞서 가고 있는 사랑이 조금은 승자가 된 희열 만끽한 기분으로 휴대폰을 들었다.

어? 하지만 액정에 뜨는 이름은 무관이 아니었다. '박 검사 님' 박건우였다.

[사랑 씨?]

"네, 전사랑 맞아요."

[왜 이렇게 통화가 힘들어요? 걱정했잖아요.]

"아, 그게…… 현장에 좀 다녀오느라고요."

[이 비 오는 밤에 현장을요?]

"그렇게 됐어요."

[괜찮은 거예요?]

"그럼요, 멀쩡해요. 괜찮으니까 이렇게 전화도 받죠."

[그러네요. 저…… 그런데요, 사랑 씨.]

"하실 말씀 있으면 하세요."

[나 지금…… 내려가고 있어요.]

"예?"

[사랑 씨가 보고 싶어서 내려가고 있어요.]

"여, 여기를요?"

[한 시간 후면 도착할 수 있을 것 같은데…… 나, 재워줄 수 있어요?]

"예에?"

'이 남자들이 오늘 앙상블로 도대체 뭐 하자는 거야?'

[동네에 하나뿐인 여관이 숙소라고 했죠? 도착하면 전화할게요.]

"여보세요, 박 검사님. 여보세요? 여보세요, 건우 씨……."

[뚜—]

"아, 증말 오늘 왜들 이러는 거야?"

사랑은 끊어진 휴대폰에서 시간을 확인했다.

"열한 시가 다 돼가는구만. 지금 내려와서 대체 어쩌자고? 참 말로 남복도 터질 거면 순서 지켜 터질 것이지, 몰아오면 어쩌자는 거야. 내 몸을 확 두 조각 내?"

통화 버튼을 누를까 말까 잠시 망설이던 사랑은, 건우에게 전화 거는 것을 관두고 휴대폰을 밀어냈다. 저를 향한 건우의 감정이 더 깊어지기 전에 확실한 선을 그을 필요가 있었다. 절친한 친구인 건우와의 애매한 관계로 무관에게 오해받고 싶지 않은 마음도 있었지만, 사랑은 저로 인해 두 사람의 우정에 금이 가서는 안 된다는 생각이 건우와의 껄끄러운 대화를 더 이상 미룰 수 없는 이유였다.

"미안해도 어떻게, 이런 일은 빨리 해결해야지. 다른 남자 같으면 칼같이 잘라내면 된다지만, 건우 씨는 우리 무관 씨 친구 잖아. 진심을 얘기하면 건우 씨도 이해해 주겠지? 휴, 머리 아프다."

방바닥이 꺼지라 한숨을 내쉰 사랑은 푹 꺼지는 침대에 잠시 드러누웠다.

"그나저나, 우리 무관 씨는 자나?"

한편, 무관은 사랑이 닫고 들어간 문을 열어젖히려고 손을 뻗다 말고 허공에서 주먹을 쥐었다.

"그래, 이따가 조금 있다가 보자, 전사랑."

그렇게 중얼거리다 억수같이 쏟아지는 빗길로 다시 뛰어들었다.

온통 젖은 옷이 또다시 젖었다. 이제는 뼛속까지 빗물이 뻗쳐 들어오는 것 같았다. 시야를 방해하는 얼룩진 안경을 벗고 퍼붓는 빗줄기를 덤벼보란 듯 싸늘하게 쏘아주고는 다시 내달리기 시작했다.

현장에 도착한 무관은 헤드라이트를 다시 맞추고 언제 다시 2차 붕괴가 일어날지 모르는 법면 가까이 들어갔다.

사랑이 잡아놓은 어설픈 물매를 무관이 다시 잡기 시작했다.

"이 여자, 하여간 말썽은……."

말은 그렇게 하면서도 속으로는 고생했을 사랑이 안쓰러웠다. 삽을 들고 비 오는 날 땀 흐르게 진흙과 씨름하는 사람은 이미 제 현장을 지키려는 건축사 최무관이 아니었다.

"전 나름대로…… 제가 스스로 현장을 지켰다고…… 그렇게 제 자신이…… 자랑스럽거든요. 아무짝에도 쓸모없는 저 같은 인간도 마음먹으면 할 수 있는 게 있거든요."

지켜주고 싶었다. 사랑의 노력을 지켜주고 싶었다.

"사람 목숨보다 그까짓 정화조 다시 묻는 게 문제겠습니까? 그건 미련한 짓이에요."

평소의 현실적이고 논리적인 무관이었다면 이렇게 말하고 다음날 안전하게 굴삭기(포크레인)로 일처리를 했을 것이다. 하지만 무관은 지금 제가 가장 한심하다고 생각하는 감정에 휘둘려 위험한 행동을 하고 있다. 자신도 이해할 수 없는 행동을.

지금 제게 이는 생소한 감정에 대해 섣불리 사랑이라 정의 내리지는 못하겠지만 보지 못하면, 가까이 없으면, 만지지 못하면…… 안아보지 못하면 견딜 수 없다는 것, 그 생소한 감정을 알아버렸다.

내일 아침, 제가 지킨 현장을 보고 뿌듯할 사랑을 위해 무관은 끊임없이 흘러내리는 진흙을 퍼 던지며 죽을힘을 다하고 있었다.

무관이 저를 위해 무슨 일을 하고 있는지 알 수 없는 사랑은 은근히 부아가 올랐다.

"이 인간이 책임지기 싫어서 조용한 거야? 내가 평생 예쁠 것 같은지, 정말 고민 중인 거야?"

막상 고백을 받고도, 기득권을 선점했다고 생각하면서도 사랑은 불안하고 안달이 났다. 하긴, 사랑이라는 게 본디 그런 것 아니겠는가, 서로 어떤 말이 오갔다 하더라도, 그 마음에 상대가 더 큰 사람이 더 많이 생각한다는 것.

그런 사랑의 상념은 휴대폰 벨소리에 깨졌다.

[사랑 씨, 나 도착했어요. 비도 오는데 내가 들어갈게요.]

들어오겠다는 건우의 말에 허둥지둥 허리를 세운 사랑이 침대에서 빠져나갔다.

"아, 아뇨. 제가 나갈게요."

'어딜 들어오겠다는 거야. 무관 씨가 오해하게!'

그래도 무관에게 쓸데없는 오해는 받기 싫은 모양이다.

지난달 서울에서 내려올 때 입고 온, 찰싹 달라붙는 청바지에 민소매 티가 유일하게 옷다운 옷이었다. 폭염이 지나간 강원도의 여름밤은 쌀쌀한 가을 같았다. 게다가 비까지 내리니 점퍼 정도는 입어줘야 체온 유지를 하겠지만, 작업복뿐인 사랑에게는 그래도 입고 나갈 옷이라도 있다는 게 감지덕지였다.

제 방에서 나온 사랑은 길게 늘어진 여관 복도를 돌아보았다. 아니, 더 정확히 말하면 무관이 묵는 방을 힐끔거렸다.

"자나?"

잠시 계단과 복도를 번갈아 보던 사랑이, 건우가 기다리는 계단 아래 대신 무관의 방이 있는 복도로 까치발을 놓았다. 살금살금 고양이 걸음으로 다가간 사랑이 무관의 방문 앞에 귀를 대고 쫑긋 세웠다.

무관의 방은 잠잠했다. 방음이 될 턱이 없는 케케묵은 시골 여관은 굳이 방문 앞에서 귀를 세우지 않아도 안에서 TV를 보는지, 고스톱을 치는지, 빨간딱지 비디오를 보거나 찍는지 생중계되어 들려오기 나름인데, 이렇게 한쪽 볼을 칠 벗겨진 방문에 더 이상 붙일 수 없을 만큼 붙이는데도 조용한 걸 보니 방 안의 무관은 숙면 중인 것이 분명했다.

"증말 자나? 에이씨! 내가 왜 하필 저런 싸늘하고 멋대가리없는 인간한테 꽂혀 가지고. 이 인간이 증말 자나 보네. 결혼을 전제로 해야 한다는 말에 이제 나한테 접근도 안 하려고 하는 거 아냐? 아씨, 짜증나. 만약에 그랬단 봐라, 가만 안 둘 줄 알아!"

성질난 사랑은 발을 꽝꽝 굴리면서 여관의 계단을 내려갔다. 그렇게 안달나고 걱정이 되면 못 이기는 척 받아주든지 할 것이지. 이제 와 허술한 계단 바닥에 성질내면 어쩌자고.

맹렬하게 쏟아지던 비의 기세가 그사이 한풀 꺾여 있었다. 건우가 내려서는 차로 우산 없이 뛰어들어도 젖지 않을 정도였다.

"늦게 미안해요. 하지만 올 수밖에 없었어요. 사랑 씨 생각이 너무도 간절해서……. 어차피 눈을 감아도 잠을 잘 수 없을 테니까요."

애절한 눈빛의 박건우 검사. 물론, 지금 사랑에 대한 감정이 진실하지 않다는 것은 아니나 진정으로 친절한 프로의 진수를 보는 것 같아 몸이 조금 근질거리기는 했다.

'무관 씨가 건우 씨 반만 말을 예쁘게 해도 증말, 증말 이 전 사랑이 감동 먹을 텐데.'

막상 친절 대상자인 사랑은 무관 생각뿐이니 헛물켜는 친절한 건우를 어쩌면 좋을까.

"나는 이쪽 지역을 잘 모르니 사랑 씨가 어디로 갈지 선택하세요."

“글쎄요. 이 시간에 문 연 곳은 술 파는 곳밖에 없을 것 같은
데요.”

“그럼 사랑 씨, 우리 술 마실까요?”

망설이는 사랑을 향해 건우는 부드럽게 미소 지었다.

“사랑 씨 안 잡아먹으니까 걱정 말아요. 나도 한잔하고 싶은
건 사실이지만 늦은 시간이라 내 생각에도 술집 찾는 게 더 쉬
울 것 같아서 그래요. 한 잔 씩만 해요.”

정말 사심없어 보이는 건우에게 망설이던 사랑은 승낙을 했
다. 술 한 잔과 함께 대화를 하면 ‘술’ 처럼 이야기도 술술 풀릴
것 같기도 했기 때문이다.

“그래요, 그럼 딱 한 잔씩만 해요. 주말이라 장평 나가면 문
연 술집이 있을 거예요.”

사랑은 처음에는 그렇게 딱 한 잔만 할 생각이었다.

장평으로 나가니, 선택의 폭이 넓지는 않았지만 정말 문을 연
곳이 있기는 했다.

“건우 씨, 이렇게 후진 곳 처음이죠?”

“왜 그렇게 생각하세요?”

“건우 씨나 건축사님은 저하고는 사는 게 다른 분들이잖아
요.”

“그런 말 마세요. 부모님이 잘산다고 해서 좋은 곳만 가지 않
아요. 저나 그놈은 특히요.”

점잖은 건우가 무관을 그놈으로 표현하며 이를 가는 것 같았

다. 의아해진 사랑이 건우를 살폈다. 눈가가 시퍼렇고 입가도 부풀어 오른 게, 어디서 신나게 얻어터지고 온 모습이었다. 제 고민에 빠져 있던 사랑이 그때서야 망가진 건우를 알아차렸다.

"건우 씨, 얼굴이 왜 그래요?"

"아, 하하. 미친개한테 물렸어요."

"예?"

"남자들에게 이 정도는 아무것도 아니랍니다. 그러니 신경 쓰지 마세요."

주문한 술이 나왔다. 건우에게 무관에 대한 제 감정을 고백할 기회를 보며 한잔두잔 술잔을 들이키던 사랑은 다정하게 챙겨주는 건우에게 미안해 무관을 좋아한다는 말을 할 타이밍을 놓쳐 버렸다.

결국 한 시간 만에 테이블에는 엄한 빈 소주병만 쌓이게 되었고, 취해 버린 사랑은 건우에게 할 말은 까무룩 잊어버리고 무관에 대한 서운함만 또렷해져 감춰놓았던 그 감정이 취중에 쏟아내고 있었다.

"여깅, 소주 한 병 덩 주셍요!"

"사랑 씨, 정말 괜찮겠어요?"

"쳇, 염려 마세용. 젝아용, 주량이 소주 다섯 병이거등요."

"그 말은 아까부터 계속했어요. 그런데 사랑 씨 지금 혼자 다섯 병 넘게 먹었어요."

"그래용? 어, 반병이 넘었넹. 그러믄 나 칭하는뎅."

“안 되겠어요. 여기, 소주 추가는 없었던 걸로 해주세요.”

“나쁜 놈.”

“예?”

“바짝 말라 피 한 방울 앙 나올 놈.”

“사, 사랑 씨, 누구 말이에요?”

“있어용, 아중 나쁜 놈이요!”

“사랑 씨…….”

“힝들어 죽겠어요, 잊으려고 했는데 이제 소용 없어용…….”

사랑이 칭하는 사람이 누구인지는 모르겠으나 건우 자신은 아닌 게 확실해 보였다.

“나아쁜 놈, 나쁜 놈, 나뿐, 나뿐, 나뿐 놈!…… 어어…… 엉…… 어엉…….”

“사랑 씨!”

쿵!

나쁜 놈을 외치다 이내 통곡을 하던 사랑이 거짓말처럼 제 앞 테이블을 얌전히 치우고 그 위에 머리를 쿵 내렸다.

“사랑 씨? 사랑 씨?”

믿을 수 없게도 그 몇 초 사이에 사랑은 잠들어 버렸다. 그동안 끌어오던 사랑과의 관계를 담판 내고 연인으로 발전시키기 위해 엉망인 얼굴과 기분으로도 여기까지 내려온 건우였다. 그런데 당사자인 사랑은 사랑에 아파하는 여자의 전형을 제 앞에 서 보여주니, 건우는 낙담으로 땅 아래가 꺼지는 듯했다.

아래쪽까지 물길을 만들어 완벽하게 안전하다는 것을 확인한 무관은, 진흙투성이의 몸을 끌고 여관으로 돌아왔다. 사랑을 들여다보고 싶은 마음은 굴뚝같았지만, 지금 이 몰골을 본다면 현장에서 일을 하고 온 것을 들킬 것 같아 제 방으로 들어간 무관은 서둘러 샤워부터 했다.

"화해의 무드를 조성하려면 맥주라도 있어야 하나? 아, 내가 이제 별짓을 다 하는군."

무드를 조성하기 위해 맥주를 사 온다는 발상은 정말 무궁한 발전이요, 건설적인 일이나 당연히 해야 할 일을 별 짓 다 한다고 생각하는 것은 얼른 버려야 어찌 진도가 나갈 텐데. 그래도 어찌 되었든 사랑에게 잘 보이려는 노력 하나는 가상하긴 하다.

"오늘 이 문을 몇 번을 들락거리는 거야, 나참."

여관 문을 나서는 무관의 시야에 익숙한 차 한 대가 멈춰 서고 건우가 내렸다.

"사랑 씨, 다 왔어요. 사랑 씨?"

"나쁜 놈! 음……."

"업어야지 안 되겠네."

사랑에게 손을 뻗던 건우의 팔이 강한 힘에 붙들렸다.

"최무관! 네, 네가 왜 여길……."

"오늘, 지금 이 순간으로 마지막이다."

"뭐?"

“사랑이한테 접근하지 마.”

“네가 뭔데, 너야말로 왜 자꾸 이러는 거야? 너…… 너 설마, 사랑 씨 좋아하냐?”

“그래. 그러니까 건드리지 마.”

“최…… 최무관…….”

“사랑이 이제 내 여자다. 그러니까 네가 아무리 내 하나뿐인 친구라 해도 더 이상 사랑이한테 접근하는 건 용서 못한다. 앞으로 이런 모습 보이면 그때는 아무리 너라도 내 손에 죽는다.”

취한 사랑을 들쳐 메고 여관으로 들어가는 무관의 뒷모습에, 남겨진 건우는 그저 넋을 놓고 있을 뿐이었다.

비몽사몽의 와중에도 끊임없이 ‘나쁜 놈, 나쁜 놈’을 중얼거리는 사랑을 어깨에 메고 무작정 계단을 올라왔다. 사랑의 방 앞에 멈춰 선 무관은 방 열쇠가 없다는 것을 기억해 내고 잠시 망설였다.

“이 늦은 시간에 주인아저씨를 깨울 수도 없고…….”

그러면서 조금 더 안쪽에 위치한 제방에 사랑을 옮겨놓는 스스로의 행동을 정당화했다. 하지만 정신없이 곯아떨어진 사랑을 누가 훔쳐 가지나 않을까, 제 눈앞에 꼭꼭 붙들어 매어두고 싶은 게 더 정확한 무관의 속내일 것이다.

“나쁜 놈…… 나쁜 놈…….”

“뭐라는 거야, 이 여자가! 다른 남자 앞에서 말이야, 취하기나

하고!”

부글부글 끓어오르는 홧김에 어깨에 메인 사랑을 거칠게 끌어 내렸지만, 막상 침대에 내려놓는 손길은 대대로 내려오는 가보 모시듯 세심하고 조심스러웠다.

“에이, 나도 나가서 술이나 마실까?”

하다가 고개를 흔들었다.

“아니, 그래도 맨정신이 한결 나을 거야.”

무관 스스로도 제 자신을 못 미더워하고 있었다. 그런데 무얼 못 믿는다는 건지. 하여간 그때까지만 해도 무관은 방바닥에 홑이불 한 장 깔고 곱게 잘 생각이었다.

“나쁜 노…… 놈, 최무관!”

“뭐! 이 여자가…….”

휙 돌아보는데, 촌스런 꽃무늬의 여관 이불 위에서 꼼틀거리는 사랑이 동동 떠 무관의 눈에 쫙 빨려 들어왔다. 착 달라붙은 청바지는 탱글탱글한 엉덩이와 쭉 뻗은 허벅지 선을 적나라하게 내보이고, 비스듬히 누워 팔에 눌린 말랑한 젖무덤은 민소매의 티 앞트임 사이로 흘낏 들여다보였다.

찌르르르— 상승한 전류가 핏속을 헤집음과 동시에 화르르 불쾌감도 몰려왔다. 이렇게 자극적인 사랑의 모습을 자기만이 아닌 다른 놈, 건우와 공유했다는 것이 무관의 심기를 극도로 불편하게 했다.

“이…… 이 여자가 정말!”

무관은 화가 나 견딜 수가 없었다.

건우의 차에 널브러진 사랑을 보았을 땐 눈앞에 불이 솟는 걸 느꼈었다. 건우가 사랑을 업으려 그녀의 몸에 손을 댔을 땐 부글부글 끓던 피가 폭발하는 줄 알았었다.

"정말 이 여자를……."

아무튼 결론은 하나! 사랑을 온전히, 영원히 제 영역에 넣어야겠다는 것이었다.

"그래, 같아 자자. 일나면 내가 책임지면 될 거 아냐."

꼭 비틀어 짜긴 했지만 여전히 눅눅한 셔츠와 바지를 훌렁 벗었다.

"차가워서, 찜찜해서 이러는 거야."

하고는 젖은 팬티를 만지작거리다가 그것마저 쑥 내렸다.

나중에 사랑이 변태 같은 놈이라 질타를 한다 해도 지금의 무관으로서는 어쩔 수 없었다. 건드리지 못할 사랑의 옆에서 별의별 괴로움을 당할 제 분신에게 젖은 팬티까지…… 그것은 너무도 가혹한 형벌이었다.

더블 침대이긴 하지만 킹사이즈에 길들여진 '긴' 무관에게는 영 불편한 잠자리였다. 거기다 사랑에게 붙지 않으려고 침대 끄트머리에 몸을 걸쳐야 했으니, 무슨 곡예를 하는 것도 아니고 참으로 못할 짓이었다.

"덮칠 생각으로 가까이 가는 게 아니야."

그렇게 핑계를 대고 몸을 붙이는데, 사랑의 청바지가 무관의 맨다리에 닿았다.

순간 느껴지는 차가움에 벌떡 일어난 무관은 사랑의 청바지를 살폈다. 바짓단이 젖어 이불 주변도 축축하게 만들고 있었다.

"바지로 거리를 쓸고 다닌 것도 아니고, 정말."

바지를 벗기기 위해 모로 누운 사랑을 바로 눕혔다.

"나쁜 놈!"

"아까부터 이 여자가 계속!"

버클에 손을 댈 때까지는 거침이 없었는데, 지퍼를 내리는 손은 떨리기 시작하더니 자유롭게 풀어놓은 분신과 함께 그만! 뻣뻣해져 버렸다.

"에, 에이씨. 이…… 이게 왜 이러는 거야!"

앙증맞은 배꼽과 뽀얀 배가 드러나고 새하얀 팬티도 정체를 드러냈다. 착 달라붙은 스판 청바지는 내릴수록 팬티와 한통속이 되어 덩달아 내려갔다.

"이…… 이건 또 왜 이러는 거야!"

젖은 바지가 침대를 더 적시기 전에 벗겨내야 한다는 핑계 아닌 핑계로, 눈을 질끈 감은 무관이 사랑의 청바지를 확 당겼다.

"음냐, 음냐, 나쁜 놈."

홀가분해진 제 다리를 비틀며 사랑은 여전히 헛소리였다.

불안, 초조, 기대, 기타 등등 만감이 교차하는 감정으로 무관은 감은 눈을 떴다.

"최무관, 보면 안 돼!"

보면 안 된다는 생각은 말로 뱉는 동시에 갖다 버린 건지, 무관의 눈은 올라간 윗옷 아래 훤히 드러난 배꼽과 돌돌 말려 내려가 허벅지 끝에 겨우 걸려 있는 팬티인지 꽈배기인지 알 수 없는 뭉치와 훤히 드러난 미칠 정도로 자극적인 둔부를 정신없이 헤매고 다녔다.

"헉!"

저도 모르게 쭉 뻗어나간 이놈의 미친 손가락들이, 야들야들한 사랑의 허리를 덥석 잡고 조물거리다가 뭉쳐 내려간 팬티선 아래까지 스멀스멀 기어가는 것이었다.

"왜 이래, 최무관! 정신 차려, 최무관! 자는 사랑일 덮치기라도 하겠다는 생각이야? 이제 그만 해!"

아무리 뇌가 호소하고 윽박질러도, 품고 싶은 암컷에 대한 수컷의 본능을 막을 수는 없는지, 기어다니던 손가락들이 물 만난 제비마냥 활개를 쳤다.

아! 훔쳐 먹는 사과가 더 맛있다고 했던가? 훔쳐보는 사랑은 환장하게 탐나는 것이었다.

"무관…… 씨……."

거기다 요렇게 더없이 섹시한 코맹맹이 옵션까지 곁들여 주니, 참으면 고자 소리 듣겠지.

덥석, 입술을 삼켜 버렸다. 혀끝에 전해지는 알알한 알코올 향이 최음제였다. 깊이 들어간 혀가 입천장의 주름을 쓰윽 쓸고, 야들한 혓바닥을 주룩 깊숙하게 빨았다.

"하아, 무관 씨……."

지금 제가 처해진 상황을 마치 즐기고 있는 것마냥, 비비 몸을 틀던 사랑이 무관의 머리를 꽉 움키고 확 끌어당겼다.

"사랑아."

입가, 눈가, 귀 뒤, 하여간 순서 무시하고 입술을 눌렀다. 목 아래로 타고 내려온 입술이 셔츠에 걸려 더 이상 전진하지 못하게 되자, 무관은 민소매 티셔츠를 쑥 끌어 올렸다. 가무잡잡해진 팔뚝과 비교되어 더 하얀 둔덕은 투명할 정도로 예뻤다. 무관의 눈에는 그 확연한 차이의 흑백의 대비가 더없이 자극적이었다.

쌕쌕 숨을 들이쉬며 내쉴 때마다 오르락내리락하는 탐스런 가슴 둔덕, 무관은 사랑의 등으로 손을 돌려 브래지어 후크를 과감하게 끌러 버렸다.

몽골, 온전히 열린 젖가슴과 그 정점은 남자를 자극하듯 대담하게 부풀어 있었다.

'조금만, 조금만 전에 했던 것까지, 그 선까지만 하는 거야.'

삼켰다. 미치게 삼키고 싶던 사랑의 가슴이 입 안에 가득 찼다. 살 냄새가 풍부한 유즙이 곤두선 감각을 거세게 자극했다. 주루룩 들이마시자 쫀득하고 탱글탱글한 감촉이 입술에 착착 감겨왔다. 입 안에서 곤두선 열매를 혓바닥으로 맴을 돌다 휙 감고 쭈욱 들이켰다.

사랑이 신음과 함께 쥔 머리를 제 가슴에 더 밀어붙였다. 물컹한 사랑의 젖가슴에 얼굴이 폭 싸이자 무관은 머리가 팽팽 돌아가는 것을 느꼈다.

"아, 미치겠네!"

이렇게 구렁이 담 넘어가듯 술 취한 사랑과 일 치기에는, 무관의 양심은 너무 발랐다. 하지만 양심 바른 무관을 무찌르는 것이 있었으니, 사랑의 적극적인 육탄공격이었다.

완연히 드러난 젖가슴, 배꼽 아래 은밀한 부분이 보일 듯 말 듯, 거기에 게슴츠레 반쯤 감은 눈으로,

"무관 씨…… 어서…… 이리…….."

이렇게 요염을 떨며 입술을 오물거리는데, 거부할 수 있다면 그건 역시나 기능에 문제가 있다는 결론, 아닐까.

아니, 무슨 혼전순결을 부르짖는 처녀에게서 이런 농염한 에로배우의 자극이 나올 수 있는지? 미스터리를 가질 겨를도 없이 비비고 들어오는 사랑을 잡아끌어 침대 중앙에 눕히고 그 위에 덮쳐누르는 무관이 바빠 보였다.

원래가 오래 참다 터뜨리면, 그것이 더 물불 가리지 못하는 법이다. 통제 능력 굳건한 무관이 아주 고삐 풀린 망아지……아니지, 종마마냥 날뛰기 시작했다.

획.

사랑의 티가 날아가고, 뭉쳐져 있던 팬티도 여관방 구석에 내던져졌다.

덥석, 최무관이 본격적으로 사랑의 양쪽 가슴을 주물럭거리

기 시작했다. 아주 대놓고 제 것마냥 주물렀다. 그러다 성이 안 차는지 이번에는 죽 허벅지로 손을 내려 보들보들한 허벅지 안쪽에 푹 쑤셔 넣고는 확, 사정없이 양 다리를 벌렸다.

"아!"

눈을 정확히 중앙에 고정시킨 무관. 얼굴이 붉으락푸르락, 아주 화려강산이 되었다.

일 쳐? 말아? 일 쳐? 말아? 일 쳐? 그 짧은 순간, 수많은 번민이 무관을 스쳐 갔다. 아무리 사랑에게 욕심이 난다 해도 이성으로 다져진 최무관, 그대로 일 칠 수는 없었다.

최무관 인생 삼십여 년 동안 가장 많은 '참을 인'을 되뇌면서 이를 물고 고개를 돌리는데, 그렇잖아도 절대 안개 처리되어야 할 수위를 넘긴 포즈의 사랑이 양다리를 나긋하게 열려진 상태 그대로 '으음' 짜릿한 유혹의 탄성과 함께 고개까지 젖히며 허리를 확 꺾는 것이 아닌가! 그 순간, 무관은 제 몸의 일부가 사랑의 안에 녹아나는 전류와 늘 꽉꽉 찼던 잘난 머리가 단번에 하얗게 비워짐을 느꼈다. 결국! 번민도, 갈등도, 양심도 내버린 무관은 사랑의 허벅지 안쪽에 머물던 손을 세워 보들보들한 융단을 헤치고 속살로 바로 직진했다.

쓰윽—

손끝에 느껴지는 진득한 애수가 준비된 여체를 알려주었다.

주욱—

환영을 받은 무관의 손은 신이 나 제 집 드나들 듯했다.

‘아!’

손가락에 감겨오는 살살 붙는 속살의 감촉이 미칠 정도였다. 최무관 기어이 터질 듯 부푼 몸을 사랑의 촉촉한 입구에 들이대며 허겁지겁 담금질을 시작할 때였다.

“야?”

조직의 보스가 행동대장에게나 함직한 한마디에 놀란 무관이 동작을 멈추고 눈을 들자 허리를 세운 사랑이 게슴츠레한 눈으로 놀란 무관을 가소롭다는 듯 내려다보고 있었다.

“무관이 너, 뭐 하는데?”

사랑의 은밀한 곳에 저를 갖다 대고 있는 무관은 이러지도 저러지도 못하는 어정쩡한 자세를 풀지 못했다.

“바보, 나쁜 놈…….”

벌어진 허벅지를 그대로 세우고 사랑이 점점 멀어져 갔다. 제 몸이 침대머리에 닿자 그때서야 엉덩이 뒷걸음을 멈추었다.

“이리…… 와.”

녹여 내릴 듯 끈끈한 눈빛, 반쯤 벌어진 도톰한 입술과 날름거리는 붉은 혀, 모은 두 팔 사이로 볼록하게 올라온 관능적 젖가슴, 거기에 넓게 연 허벅지 깊은 곳의 유혹적으로 열린 윤택한 길까지. 지금 눈앞의 사랑의 모습은 뇌리에 오래오래 남을 만큼, 아니, 늙어 죽어서도 절대 잊지 못할 만큼 무관에게는 충격적이고 뇌쇄적이었다.

무릎걸음의 무관이 그런 사랑을 향해 맹렬히 내달렸다. 지금 당장 사랑을 갖지 못하면 폭발할 것만 같았다.

"사랑아, 사랑아."

하지만 무관이 채 도달하기도 전에 헤실거리던 사랑이 옆으로 콕 꼬꾸라졌다.

"사랑아? 사랑아? 사랑아!"

"음냐, 음냐, 맛있다. 나뽕 농…… 음…… 콜콜."

언제 유혹적인 완벽 포즈를 취했나 싶게 꼬꾸라진 사랑은, 뒹굴뒹굴 이불 속으로 굴러들어 가 폭 잠에 떨어지고 말았다.

"이…… 이게 무슨 일이지? 이, 이게 무슨 일이냐고! 이…… 이, 아, 정말 미치겠네. 이건 어쩌고 너만 자면 되냐고!"

하지만 사랑은 엎어가도 모를 정도로 똑 떨어져 자버리고, 부푼 몸을 부여잡고 고통을 호소하던 무관은 결국 쓸쓸히 맹렬한 손동작으로 괴로움을 달래야 했다.

"아, 뭐야? 휴……."

그런데 어찌 영 찜찜했다. 마치 잔인한 복수를 당하는 것마냥 꺼림칙한 기분으로 오지 않는 잠을 어렵게, 어렵게 청해야 했다.

'별 희한하고 남세스런 꿈이야.'

하면서도 사랑의 입가에는 나른한 미소가 걸렸다.

밤새 숙취 속에서 무관에게 온몸을 더듬기는 야한 꿈에 시달렸던 사랑은, 에로틱한 열기가 아직 남은 아랫배가 몽글해지는 야릇한 여운을 즐기면서 눈을 뜨지 않았다.

'꿈에서도 이렇게 짜릿한데 우리가 결혼하면 궁합은 기가 막히겠지. 후훗. 어머, 어머, 내가 이렇게 밝혔나? 쿡쿡.'

여전히 배부른 고양이같이 나른하게 기지개를 켜던 사랑은 다리에 닿는 이물감에 깜짝 놀라 눈을 떴다.

'어! 어, 어, 어! 이…… 이게 어떻게 된 거야!'

꿈이라고 생각했던 현실이 바로 코앞에 잠든 무관의 모습에 와르르 깨져 내렸다.

사랑은 다시 눈을 확 감아버렸다.

'이게, 이게 도대체 무슨 일이야? 그, 그리고 보니 몸도…….'

더듬더듬 제 몸을 만지던 사랑은 경악으로 입이 쩍 벌어졌다. 지금 이불 속의 제 몸은 알몸, 그것도 팬티 한 장 걸치지 않은 홀딱 알몸이었다. 다시 눈을 번쩍 뜬 사랑은 눈앞의 무관의 상태를 확인했는데 무관 또한 입고 있는 게 별로 없어 보였다.

'증말, 증말 내가 사고라도 친 거야? 이제 어쩌지?'

하지만 걱정도 잠시, 사랑의 시선이 잘생긴 무관에게가 척 달라붙더니 떨어질 줄 몰랐다. 고집스런 입가가 풀어져 있고, 흐트러진 머리카락이 개구쟁이처럼 흘러내려 와 있었다.

사랑의 심장이 업, 다운, 업, 다운, 급격하게 펌프질 쳤다.

'내가, 내가 요즘 들어 심장병이 생겼나?

그 심장병은 무관만 보면 발병하는 것은 아닌지?

'속눈썹이 이렇게 길었나? 눈이 이렇게 깊었나? 아, 승질만

좀 어쩌면 증말, 우리 무관 씨 퍼펙트한데.'

흡족하게 웃음 짓던 사랑의 입가가 갑자기 뻣뻣해졌다. 그도 그럴 것이 무관이 반쯤 눈을 뜬 채 저를 뚫어져라 관찰하는 사랑을 마주 보고 있었으니.

늘 안경으로 감춰졌던 무관의 눈에 사랑은 순식간에 빨려 들어갔다. 그 매력적인 깊이에 사랑은 숨을 토해낼 수 없을 정도로 급하게 걸어 말려졌다.

"잘 잤어?"

"아⋯⋯."

'눈을 떴으니 이제 또 어떤 싸늘한 말로 상처를 줄지⋯⋯.'

하지만 사랑의 예상과는 달리 무관의 입에서는 엄청난 말이 뱉어지고 있었다.

"전사랑, 우리 결혼하자."

　　결혼이라는 대형 포탄을 맞은 사랑은 한동안 정신을 수습할 수 없었다. 하지만 가해 당사자인 무관은 사랑의 뜨악한 반응과는 상관없이 '혼수 같은 거 딱 귀찮으니까 숟가락 하나 해 올 생각 말아라', '형식 따지느라 꾸물거릴 생각은 애당초 말아라', '오늘 당장 양가 부모님께 알리자' 등등……. 하여간 일사천리로 제 뜻을 통보했는데, 마치 지독한 일본순사가 징집영장 날리 듯했다.

　　무관이 결혼을 하자는데 얼씨구나 좋아야 할 텐데, 사랑의 가슴 한켠은 덜 채워진 고무튜브 같았다.

　　프러포즈를 이렇게 받는 여자도 있는 것인지? '사랑한다, 너 아니면 안 된다' 까지는 아니더라도 '평생을 같이하고 싶다' 정도의 멘트는 있어야 하는 것 아닌가?

아무튼 단순구조의 남자들과는 달리 복잡한 게 여자 아니던가. 좋으면서도 심란하고, 사랑한다는 고백을 못 들은 게 서운하고. 아무튼 사랑의 심정을 한마디로 요약하자면 '잘 모르겠다' 였다.

이렇게 복잡다단한 사랑을 두고 퇴촌 현장에서 온 긴급전화를 받고 급히 나간 무관은 사흘째 무소식이었고, 다른 현장 일꾼이 다리를 다쳐 병원에 입원 중이라는 소식도 아버지와 이 목수 사이의 대화로 어제야 겨우 알았다.

"그렇다고 인간이 전화 한 통 없냐, 칫."

어제는 심술이나 놓으라는 먹줄을 더 당겨 끈을 끊어먹는 바람에, 정신을 어디 두는 거냐고 아버지께 호되게 혼이 났다.

"나쁜 놈, 내가 무릎 꿇고 프러포즈하기 전까지는 결혼해 주나 봐라!"

"야, 사랑아. 너 못 주우라는데 아까부터 왜 그러고 있어?"

"아, 알았어요!"

김씨 아저씨의 잔소리에 신경질적으로 대답을 내뱉고 나서 아차 했지만, 붉으락푸르락해지는 김씨를 보니 웃음으로 얼버무리기는 이미 늦어버린 모양이었다. 아니나 다를까, 자기를 무시하냐고 김씨 아저씨가 목에 핏대를 세우며 노발대발하고, 그 바람에 아버지께 또 혼이 났다.

“이게 다 최무관 때문이야.”

어제 사고가 난 현장 소식을 듣기 전에는, 혹시 결혼하자고 한 말을 후회하는 것 아닐까? 그래서 이렇게 연락이 없는 것 아닐까? 사랑은 혼자 각본 쓰고 연출한 드라마 안에서 비련의 주인공이 되어 오만 인상 다 긋고 다녔었고, 사고 소식 들은 후로는 무관이 사고 난 인부 가족에게 험한 일을 당해 이렇게 못 오는 것 아닌지 사서 걱정하느라 애가 탔다.

“건축사님 오셨어요.”

김씨 아저씨의 말에 사랑은 귀가 번쩍 뜨였지만 지금 고개를 들면 무관을 얼마나 기다리고 있었는지 제 감정이 고스란히 보여질 것 같아 바닥에 흐트러진 못에 시선을 매달았다.

“어째 일꾼은 괜찮다나유?”

아버지의 물음에 무관은 조금 잠긴 목소리로 대답했다.

“다행히 심각한 건 아니라고 합니다.”

“고생 많으셨구먼유.”

“제가 뭘요, 다치신 분이 더 고생이시죠. 그나저나 식사들 하셔야죠. 오늘은 제가 고기 사드릴 테니 나가시죠?”

“아이고, 그러실 필요 없시유.”

“아따, 행님은 그 무신 섭한 소리다요. 감사히 잘 묵것습니다요, 건축사님.”

“예, 어서들 가십시다.”

앞서 가는 그들 뒤를 사랑도 어쩔 수 없이 따라 움직였다.

고기를 산다기에 삼겹살이나 돼지갈비로 생각했는데 무관이
데리고 간 곳은 횡성한우 전문식당이었다.

"아이고, 한우를…… 이 많은 입을 어째 다 치실라고……."

"걱정 마시고 많이 드세요. 사실, 오늘 제가 기분이 좋아서 한
턱내는 것입니다."

"무슨 좋은 일 있으셔라? 장가라도 가신다요?"

낄낄거리는 이 목수를 향해 무관도 호탕하게 웃었다.

"어떻게 아셨습니까? 눈치도 빠르십니다."

야채를 뒤척이던 사랑은 간이 철렁해 고개를 들었다.

"오메, 참말인 갑네. 때리맞힌 것인디."

"혼인을 하신데유?"

아버지까지 진지하게 묻자, 무관과 눈도 마주치려 하지 않던
사랑이 이제는 저를 보라고 오만상을 찡그리며 무관에게 눈짓
을 보냈다. 그런 사랑을 무관이 대답 대신 뚫어져라 보니, 자연
스럽게 모두의 시선이 사랑에게 향해졌다.

인상을 쓰던 사랑이, 순간 웃는 낯으로 바꾸자니 어설프게 일
그러져 버렸다.

사랑에게로 향해졌던 시선들이 다시 무관에게로, 그리고 다
시 사랑에게로 수차례 바쁘게 이동하다 설마! 말도 안 된다는
듯 일제히 다시 무관에게로 향해졌다.

서서히 떨어지는 무관의 입술을 모두 예의 주시하자 사랑은
간이 오그라들어 버렸다.

“저도 결혼해야죠, 언젠가는요.”

무관의 야릇한 대답에, 목수들은 농담이구나 웃어넘겼다. 사랑은 겨우겨우 입 안으로 마른 한숨을 삼켰다.

“아따, 건축사님도 요로코롬 농담을 다 해부시니 참말 재미난 분인디, 퇴촌 현장에 김 목수는 괜히 겁 집어묵고 그 지랄을 한다요.”

“무슨 말씀입니까?”

“아, 그놈 야그가 그 머시냐, ‘독사 떴다’ 요라믄 바로 후다닥 합판 가지고 일하던 거 덮어불었다 안 하요. 꼬투리 잡힐라나 지레 겁묵고 그라는 거지라.”

“이가야, 고만 혀라.”

그러나 건축사 최무관의 날카로운 눈빛이 이미 번쩍거리고 있다는 것을 이 목수는 느끼지 못하고 계속 떠들었다.

“아따, 행님. 어때요. 농담도 잘하시고 이까짓 야그는 바로 웃고 넘기실 텐디요.”

“그럼, 현장에 발을 들여놓을 때마다 늘 나던 그 긴박한 소리가 바로 합판으로 시공 부위 덮는 소리란 말입니까?”

무관의 목소리는 질문을 하는 게 아니라 확신을 하고 있었다.

“그게, 그랬기는 한데요. 그…… 그거이 농도 반은 썩였지라…….”

뒤늦게 살벌함을 느낀 이 목수는 변명으로 무마하려 했지만, 인정사정없는 건축사 최무관으로 돌아온 무관은 이목수의 뒷말을 여지없이 잘라냈다.

"현장은 장난이 아닙니다. 건축은 재산을 맡아두는 은행이나 생명을 다루는 의사와 다를 바가 없습니다. 하자가 발생하면 결국 믿고 맡긴 건축주의 재산과 생명을 위협하는 일이 되는 겁니다. 지금 우리가 하는 일이 그런 일이에요. 그런데, 그런 안일한 사고가 가당키나 합니까?"

순식간에 분위기는 쏴해지고, 낯 두꺼운 달변가인 이 목수도 어쩌지 못하고 더듬거렸다.

"그…… 그…… 그…… 그거이 그랬치요."

"건축사님 말씀이 백번 옳구먼유. 현장을 슬렁슬렁 보면 큰일 내지유. 못 갈 자리 어디 한 군데 허투로 보면 못 집 찰 가격이 없지유, 그럼유."

"그래서 제가 전 팀장님을 존경하는 겁니다."

무관의 칼날 같던 낯이 전익중 목수를 향해 활짝 풀리자, 이 목수는 그사이에 다시 끼어 입을 놀렸다.

"우, 우리 행님이야, 대단한 양반이지라."

"제가 분위기를 썰렁하게 만들었습니까? 이제는 입 꾹 다물고 있을 테니 모두들 허리 푸시고 배불리 드십시오."

무관의 농담 한마디에 목수들은 껄껄거렸고, 싸늘한 분위기를 벗은 식사 자리는 제각각 걸쭉한 입담을 자랑하느라, 목에 기름칠을 하느라 금세 시끌벅적해졌다.

무관은 점심을 먹고 와서도 아버지께 붙어 연신 단말만 했다.

"역시 전 팀장님이십니다. 제가 여러 팀들하고 일해봤지만 이렇게 꼼꼼히 빨리 일 처내는 경우는 전 팀장님뿐이십니다."

"아이고, 뭘유. 먹고 하는 짓이 백날 이 짓이라 그라지유, 과찬이시유."

"아닙니다, 아니에요. 팀장님의 장인 정신에 저는 늘 본받아야겠다는 생각이 드는데요."

"아이고, 건축사님도."

점심 전에 목수들이 떨어뜨려 놓은 못을 마저 줍던 사랑은, 힐끔 그들을 돌아보았다.

"우리 아버지 일 치는 능력은 나도 존경스럽게 생각해. 하지만 그렇다고 최무관이 저렇게까지 아부하는 건 정말 이해불가야. 칫."

사랑은 입을 오물거리며 건물 안에 떨어져 있는 못을 마저 거두러 들어가다 따끔따끔 쏘는 시선을 느끼고 고개를 돌렸다.

무관이었다. 입꼬리를 쓱 올리더니 어설프게 싱긋거렸다.

오늘 계속 눈만 마주치면 저 짓이다. 웃으려면 다정하게 웃든지, 아니면 집어치울 것이지 떫은 감 씹은 양 일그러뜨리는 건 뭔지.

"아, 증말. 누가 나한테 웃어달랬나? 억지로 웃을 거면 뭐 하러 웃어, 칫."

더 이상 접근은 하지 않았지만 하루하루 발전하는 무관의 시선은 훗날을 가늠케 했다.

일층 벽체가 올라간 목조건물 안으로 들어간 사랑은 목수들이 흘려놓은 자잘한 부속들을 챙기다 주방이 될 자리까지 왔다.

"이게 뭐야, 창이 요따만해 가지고."

주방창이라고 뚫어놓은 길고 낮은 창구멍에 고개를 쏙 내밀곤 이내 못마땅해 구시렁거렸다.

"내 조막만한 머리도 잘 안 들어가네. 설계가 영 아니야. 이런 좋은 경관을 두고, 왜 창을 이렇게 뚫는데?"

"뭐라고, 전사랑?"

"까, 깜짝이야!"

언제 왔는지 무관이 다가와 사랑이 내민 창 쪽으로 허리를 숙이고 있어, 고개를 빼던 사랑의 볼에 무관의 입김이 닿아 가슴이 콩닥방아를 찌었다.

"사람 놀라게 왜 이렇게 바짝 붙어 서 있어요."

사랑은 화끈 붉어진 볼을 감추느라 앵도라진 척했다.

"누가 잡아먹는다고, 그렇게 놀라."

뾰족하게 쏘는 사랑에게 머쓱해져 한 발 물러나면서도, 무관은 뭐가 그리 좋은지 웃음기를 지우지 않았다.

"음흉하게 슬쩍 붙어 있는데 안 놀랄 사람이 어디 있다고."

사랑은 혼자 말을 웅얼거리면서 무관을 지나치려 했다.

"아까 설계가 아니라고 한 것 같은데, 그게 무슨 소리야?"

사랑을 슬쩍 막아서면서 무관은 사랑이 바라보던 방향으로 다시 허리를 낮추었다.

"그, 그게, 별거 아니에요."

말하지 않으면 비켜주지 않을 듯 버티고 선 무관을 사랑은 흘 끗 보았다. 최무관보다는 박건우에 가까운, 입꼬리를 올린 모양을 풀지 않는 지금의 무관은 여기서 사랑이 무슨 말을 해도 모두 받아줄 것만 같았다.

"저, 그게요. 여기는 서울이나 도심이 아니잖아요."

"아니지."

무관이 동조해 주는 것마냥 여겨져, 사랑은 속엣말을 거침없이 뱉어내기 시작했다.

"주방이라는 선입견을 가지고 환기창 정도 수준으로 뚫어놓으면 이 좋은 경관이 너무 아깝지 않아요? 주방이라고 거실 창처럼 저렇게, 아니, 저건 너무 크나? 아무튼 큰 조망창으로 하면 세금 나와요? 아니죠? 나 같으면 절대 이렇게 설계 안 하고……."

사랑은 신나게 읊어대다 무관을 쓱 올려보고는 우물우물 뒷말을 삼켰다. 무관이 언제 웃는 낯이었냐 싶게 서슬 퍼런 눈으로 노려보고 있었기 때문이다. 완벽주의자, 잘난 최무관이 제가 검수한 설계에 초짜 목수가 반발을 하는데 기분 좋을 수 없겠지.

"그…… 그게요, 제가 뭘 알겠어요. 헛소리라고 생각하시고……."

눈칫밥 인생 전사랑, 일단 피하고 보자는 심사로 슬금슬금 도망칠 구멍을 찾는데 그런 사랑의 뒷덜미를 잡는 무관이 어금니 문 잇새로 으스스하게 뱉었다.

"그럼, 전사랑 같으면 어떻게 할 건데?"

덜미를 잡힌 사랑은 옴짝달싹도 못한 채, 찰떡같이 입술만 꾹 붙여야 했다.

"어떻게 할 거냐고."

한결 더 음산해진 무관의 목소리에 사랑이 은근히 오기가 차올랐다.

'내가 뭐 잘못한 거 있어? 그리고, 설사 잘못했다고 쳐. 예쁘다고 결혼까지 하잔 인간이 설마 죽이기야 하겠어? 내 말이 틀린 게 없잖아. 이 설계 너무 일반적이야. 아파트 시공도 아니고, 왜 꼭 모든 집들이 꼭 공식화되어야 하는 건데!'

"말할 테니까 이거 놔요!"

휙 돌아선 사랑이 무관의 턱 앞에 고개를 빳빳이 세우고 들이밀기 시작했다. 순식간에 상황이 반전되고 싸늘한 눈에 힘까지 꽉 주고 있던 무관, 예고없이 세게 나오는 사랑의 기세에 밀려 뒤로 주춤했다.

"잘 봐요, 여기 측면에는 계곡이 흐리는데 조망창이 들어가야죠, 꼭 주방이라고 싱크대 상부 자리만 연연해서 요리하면서 볼 수 있는 아름다운 경관을 포기한다면 영 아니잖아요? 그래서 그렇게 말했어요. 그리고 또! 여기 긴 설거지통 놓일 자리요, 여기는 싱크대 삼백인지, 사백인지 그 작은 사이즈 있잖아요. 그걸

넣고 나머지는 모두 창으로 채워야 해요. 그것도 여닫이창으로
요, 저 넓은 대지에 수목들이 계절마다 옷을 갈아입고, 잔디 마
당에는 아이들이 뛰어놀 텐데, 그걸 싱크대 장으로 가려놓으면
되겠어요?"

사랑은 내친김에 속에 있는 말을 몽땅 쏟아내 버렸다.

"제가 이래 보여도 한감각 하거든요, 비록 국영수를 싫어해서
후진 대학 나오기는 했지만요. 집은 치수로만 짓는 게 아니라고
생각해요. 집은 사랑하는 사람들의 보금자리고, 그 안에서 태어
난 아이가 건강하게 자라고, 그 속에서 기쁨도 행복도 슬픔과
고통도 함께하는 가족 같은, 그게 집 아니에요? 그런 의미에서
저는요, 내 아이가 뛰어노는 모습을 보면서, 때로는 떨어지는
낙엽에 주책맞은 눈물도 찔끔거려 봤다가, 힘들게 일하고 퇴근
할 내 남편을 위해 맛있게 먹어줄 그 모습을 상상하며 식사 준
비를 할 수 있는, 그런 공간 설계가 가장 좋은 설계라고 생각해
요."

어느 순간부터 무관의 표정이 사라져 버렸다.

사랑은 할 말을 하고 나니 속은 시원했지만, 한편으로는 딱딱
하게 굳어 있는 무관의 입에서 '전사랑, 설계에 시옷 자나 알
아? 주어진 치수로 도면 한 장도 제대로 못 그리는 게 어디서 주
제넘은 참견이야?' 하고 인정머리없는 독설이 튀어나올 것 같
아, 반론을 기다리는 시간이 하염없어 바짝바짝 말라오는 입 안
에서 마른침만 꼴깍거렸다.

"전 팀장님!"

사랑의 눈이 휘둥그레졌다.

"전 팀장님!"

치사하게 아버지께 이르는 줄 알고 허둥지둥 무관의 입을 막으려 애를 썼지만 곧 이층에서 대답하는 아버지의 목소리로, 사랑은 뜨거운 패배를 인정하고 고개를 떨어뜨렸다.

"말씀하셔유."

"죄송하지만, 일층 우측면과 주방 쪽 배면에 창 수정이 좀 들어가야 할 것 같은데요."

"예?"

놀란 사랑이 퍼뜩 고개를 드는데, 더 놀란 아버지가 표정을 감추지 못하고 있었다.

그도 그럴 것이, 무관이 대학 다닐 때부터 실무 과정을 거쳐 지금의 건축사를 하는 동안 얼추 십 년 이상을 보아온 전익중 목수인데, 완벽주의 최무관이 현장에서 제 설계를 수정하는 꼴을 접하게 되니 어찌 놀라지 않겠는가.

"변경된 내용은 오늘 밤에 수정해서 내일 드리겠습니다. 괜찮으시겠지요?"

"그, 그려유. 아직 속을 안 넣은 놈이라 일도 아니니, 안심하시유."

이층에서 바닥을 만들던 김 목수가 언제 내려왔는지, 무관의 실수를 알고 신이 나 큰 소리를 내기 시작했다.

"아따, 건축사님이 대나우시(재시공)를 다 내뽈고, 참말 오래 살고 볼 일이랑께요. 신문 날 일이지라, 참말 신문 날 일. 아, 아, 행님! 아프다요."

다시 입을 여는 이 목수의 귀를 틀어쥔 전 목수는 이 목수를 시한폭탄 제거하듯 끌고 갔다. 사랑에게로 고개를 돌린 무관의 시선은 여지없이 사랑의 두 눈을 꽂고 들어왔다.

"전사랑, 일 끝나고 내 숙소로 와. 그 방, 알지?"

"내…… 내가 왜요?"

안경을 손끝으로 치올리며 눈을 부릅뜨는 무관은, 조금 전보다 백만 배는 더 살벌해 보였다. 사랑이 만약 '싫어요' 한 마디만 한다면, 바로 아버지께 그날 밤의 모든 사실을 발설하겠다는 뜻을 확연히 내보이는 것도 잊지 않았다.

찬바람을 일으키며 지나치는 무관의 뒤통수에 들릴 듯 말 듯 볼멘소리를 웅얼거렸다.

"무슨, 내 집 짓는 것도 아닌데……."

그러게, 남의 집 짓는데 시공수정 대가로 사랑이 뭘 상납이라도 해야 하는 건가?

일이 끝나고 숙소로 돌아온 사랑은 절은 땀을 씻어내고 하얀색 면팬티 한 장과 쓰레기통에 버려졌어도 오래전에 버려졌을 듯한, 팬티 모양을 겨우 버티고 있는 천 조각 한 장을 들고 거울 앞에 섰다.

"이럴 줄 알았으면 제대로 된 빤스 한 장이라도 가지고 오는 건데……."

이제 와 후회해도 지나간 버스 손 흔드는 꼴인 것을 어쩌겠는가. 하긴, 짐을 싸 현장으로 오던 지난달까지만 하더라도 수녀 못지않은 금욕생활을 각오했고, 짐을 꾸리면서도 속옷에 신경 쓸 겨를이 없었으니 예쁜 속옷이 있을 리 만무하지. 그렇게 손에 잡히는 대로 짐을 싼 결과가 지금 제 손 안에 놓인 참혹한 두 장의 팬티이니, 누구를 탓할까.

"그래도 이게 백만 배는 낫다."

사랑은 정체불명의 팬티 같지 않은 팬티를 침대 위에 집어 던지고, 수녀도 울고 갈 과하게 검소하고 소박한 하얀 면팬티에 발가락을 꿰었다.

"혹시, 무슨 일이 일어날지도 모르잖아."

하면서 은근히 무슨 일이 나기라도 바라는 것마냥 낮에 홍조는 왜 띠는지.

"가만, 가만. 이 인간이 날더러 자존심 없다고 평생 얕잡아보는 거 아니야? 오란다고 후딱 가면 날 우습게 보고도 남을 인간이야."

그렇게 또 십 분을 버티고 있다 보니, 배에서 꼬르륵 꼬르륵 시위를 시작했다.

"왜 아직도 안 오냐고 전화 좀 하지. 그럼 내가 못 이기는 척 가줄 텐데."

그렇게 또 오 분을 꾸무럭거렸지만 고픈 배만 신호를 보낼 뿐 무관은 무소식이었다. 기다리다 못한 사랑은 느릿느릿 무관의 방 앞에서 속으로 '멋대가리없는 인간, 말라비틀어진 장작 같은 인간' 욕을 하며 툭지게 문을 두드렸다.

"들어와."

"누군지 확인도 안 하고 들어오라고."

"넌 줄 다 아니까, 거기서 중얼거리지 말고 어서 들어와. 뭐,
우리 관계를 떠벌리고 싶다면야 거기 서서 계속 광고한다 해도
나는 상관없지만."

"우씨!"

눈에 힘을 주고 문을 확 열고 들어가니, 무관이 조그만 상 앞
에 앉아 나무젓가락을 가르고 있었다.

"어서 올라와."

무관의 앞이라 그런지 그렇잖아도 작은 상이 더 작고 초라해
보였다. 그 협소한 상 위에 검은 비닐봉지가 척 벌려져 있고, 언
뜻언뜻 보이는 호일 안에서 올라오는 고소한 김이 먹성 좋은 사
랑의 기민한 후각을 콕콕 자극하자 내세우기로 한 자존심이 그
구수한 내에 혹해 흐물흐물 내려앉으려 했다.

"뭐 해, 어서 오라니까."

"아니, 아니요. 여기서 건축사님 말 들을 테니까 어서 용건만
간단히 해주세요."

사랑은 제 싸늘한 반응에 무관이 긴장하는 것을 보고 작은 희
열을 느꼈다. 은근히 사디즘 기질이 있는 것인지, 마음에도 없
는 말을 뱉어내는 자신이 막 대견스러워질 때였다.

"이렇게 누굴 위해서 봉지에 뭐 사가지고 들고 다닌 일⋯⋯
난생처음이다."

무관이 툭진 말을 할 참이면 쏘아줄 심사로 잔뜩 독을 올리고
있는데, 뜻밖의 진지한 고백은 사랑의 의지에 금을 놓았다.

"어서 와, 그러고 서 있지 말고. 이리 와 앉아."

제 새끼 살뜰히 거둬 먹이려는 어미마냥, 사랑을 향해 내민 나무젓가락으로 재촉하는 무관의 모양에 사랑은 머무적머무적 신을 벗고 무관의 방으로 올라왔다.

"어서, 따뜻할 때 먹어야 맛있어."

무관이 가리키는 봉지 안에는 노릇한 감자전이 김을 올리고 있었고, 놀라 바라보는 사랑을 벌떡 일어난 무관이 잡아끌어 상 가까이 앉혔다.

"강원도에서 가장 맛있게 부친다는 할머니 찾느라 봉평장을 세 번이나 돌아서 사 온 거야."

멋쩍은 듯 몇 마디 툭 던지던 무관이 감자전을 나무젓가락으로 찢어 사랑이 앞으로 쭉 밀었다. 사랑은 뻣뻣한 무관이 감자전 든 봉지를 들고 봉평장터를 헤맸을 모습이 그려져 우스우면서도, 제가 사랑받고 있는 듯해 가슴이 아릿해졌다.

"뭐…… 뭐 하러 이런 걸 사 와요."

다른 사람 같으면 작은 호의로 생각할 수도 있는 사소한 일이지만 그 대상이 메마른 장작 같은, 하지만 사랑이 사랑하는 무관이다 보니 사랑이 더 큰 감동을 받는 모양이다. 어째 사랑이의 눈시울이 붉어지는 걸 보니, 무관이 사랑을 먹이려고 애써 사 온 감자전이 입이 맛보기 전에 눈물이 먼저 맛보게 보였다.

"한 달 조금 넘는 사이 살이 쏙 빠졌어."

"현장 생활이 그렇죠 뭐."

“그러게! 왜 사직서는 내갖고…….”

사랑이 눈을 흘기자 무관은 못 본 척 감자전을 더 디밀었다.

“어서 먹어. 아까 고깃집에서도 깨작거리기만 했잖아. 기껏 먹이러 데려갔더니…….”

“저 먹이려고 한우도 산 거예요?”

“그럼 내가 먹으려고 그 많은 장정들 모두 데려갔겠어?”

감자전을 뜯어 먹으면서 의미심장하게 웃는 사랑을 이번엔 무관이 노려봤다.

“뭐야, 그 눈빛은?”

“귀여워서요.”

“뭐라는 거야?”

“건축사님, 은근히 너무 귀여워요.”

“뭐!”

“증말, 귀여워. 쿡쿡.”

“그…… 그만 웃어! 전사랑 너 맞는다.”

상다리가 부러져라 두드리며 웃는 사랑과 그 앞에서 주먹만 쥐락펴락하는 무관의 벌게진 낯빛은 약이 올라서인지? 수줍어서인지? 아무튼 정체가 모호했다.

그날 밤 무슨 일이 일어나지 않을까 생각한 건 사랑만이었는지, 무관은 사랑의 손끝 하나도 건드리지 않았다. 그저 한 귀에 쏙쏙 들어오도록 설계에 대한 개인교습에만 열을 올렸고, 그렇게 밤은 사랑의 기대를 저버리고 저물어갔다.

아무리 족집게 강사, 최무관의 특훈이라고 며칠 만에 사랑의 설계 실력이 최무관만해진 건 아니었지만, 달랐다. 딱 꼬집어 '무엇?' 이라 질문한다면 선뜻 대답할 수 없었지만, 달라지긴 확실히 달라졌다.

분명 일주일 전까지만 해도 큰 공간으로만 생각했던 사랑의 공간개념이 조금씩 구체화되기 시작했고, 무관이 가르쳐 준 대로 줄자를 손에 놓지 않은 채 조금의 짬이라도 생길라치면 줄자를 놓고 도면과 비교해 보았다.

문맹탈출이 이런 기분일까? 어느 날부터인가 백날 봐도 눈에 들어오지 않던 도면이 눈에 착착 달라붙었다. 하긴, 백날 봐도 허투로만 본 것이니 눈에 안 들어왔던 건 당연한 일이겠지.

평소보다 더 신이 난 사랑을 보고 사정 모르는 김씨는 핀잔이었다.

"무슨 일인데 하루 종일 줄자만 들고 시계불알처럼 왔다 갔다 야, 왔다 갔다는."

김씨가 뭐라든 말든 사랑은 더 흥이 나 건물 안팎을 뛰어다녔다.

점심을 먹은 목수들은 남은 점심시간을 따사로운 해를 받으며 단잠을 청했다. 김씨는 풀 숲 근처에 깔아놓은 자리에 누웠고, 이 목수는 합판 위에 짧은 다리를 웅크리고 술 꿈이라도 꾸는지 쩝쩝 입맛을 다셨다. 그리고 어제 전 현장에서 목수 일을 끝내고 합류한, 하루 종일 말 한 마디 안 할 때도 있는 권 목수와 작은 박 목수, 큰 박 목수, 다른 김 목수도 제각각 자리를 잡고 낮잠을 잤다.

선망받는 우두머리는 뭐가 달라도 다르다더니, 전 목수는 목수들에게 가장 큰 낙인 점심 식후의 휴식을 늘 접고 혹시 모를 하자를 잡기 위해 시공 중인 현장을 예리하게 살피고 설계도와 비교하는 것도 거르지 않았다.

"우리 아버지지만 증말 존경스런 분이야."

아버지, 전익중. 배운 것은 없지만 대학교수 부모 못지않게 현명한 교육철학을 가지셨다. 실수를 하더라도 기회를 주고, 인내하며 자식들을 믿어주었고, 무엇보다 스스로 정직하고 성실히 살면서 모범을 보이는 분이었다. 사랑은 아버지를 따라 현장을 다니면서, 드러내진 않지만 강한 리더십과 아랫사람을 다독이는 사랑과 배려, 그리고 목수들 태반이 그러한, 내 기술이 최고라는 아집을 아버지는 내세우지 않았다. 오히려 설계자들의 새로운 시도에 미흡한 점이 생기면 헐뜯기보다 자신의 오랜 경험을 부족한 점에 접목해 더한 상승효과를 내게 했다. 내 아버지 전익중이 아닌, 인간 전익중은 훌륭한 엔지니어이며 존경하지 않을 수 없는 진정한 장인이었다.

도면에 쉼없이 이것저것 기록하는 전 목수의 모습은 초짜목수 전사랑에게는 크나큰 자극이었다. 사랑은 축소한 도면 파

일을 들고 전 목수가 있는 건물 안으로 뛰어들어 가려 할 때였
다.

　부웅—

다리를 건너오는 차 소리에 사랑은 고개를 돌렸다.

무관의 차였다.

"대전 현장 갔다 온다더니 벌써 오네."

주인 반기는 강아지 걸음으로 무관의 차를 향해 뛰던 사랑의
앞을 선팅이 잘된 고급 캠핑카 한 대가 흙먼지를 끼얹으며 가로
막았다.

"뭐, 뭐야? 이 시골 바닥에 연예인이라도 뜬 거야?"

콜록콜록 기침을 뱉은 사랑이 손사래로 먼지를 걷어낸 자리
끝에 캠핑카 문이 열리더니 늘씬한 팔등신 미녀가, 미인대회 일
등으로 뽑혀 행진을 위해 단상에서 내려오는 비스듬한 각도로
먼지 풀풀 나는 현장 바닥에 내려서는 것이었다.

여자는 차에서 내려서자마자, 꾀죄죄한 현장복에 감푸르잡잡
한 얼굴로 눈만 퀭해 바라보는 사랑을, 위아래로 쭉 훑고선 짜
증 섞인 목소리를 냈다.

"얘, 차 오는데 그렇게 뛰어들면 어쩌니? 사고 내려고 그러
니?"

여자는 사랑을 강원도 촌아이, 그것도 좋은 차 앞에 무작정
뛰어들어 잔돈푼 뜯어내려는 몹쓸 아이쯤으로 본 모양이었다.

'이 여자가 사람을 어떻게 보고!'

사랑이 반발을 하기 위해 입을 떼는데 여자가 다가오는 무관을 향해 고개를 휙 돌렸다.

"무관 선배, 요즘은 현장에서 이런 어린애도 쓰나 봐요."

흔하지 않은 끈적끈적한 목소리에 거만한 자태, 어디서 많이 본 것 같은데…… 그랬다! 여자는 사랑이 못 주머니를 찰 결심을 했던 그날 밤, 클럽에서 무관의 옆에 달라붙어 마누라 행세하던 그 오유진이었다. 값비싼 조명등 아래 명품 드레스를 우아하게 휘감고 있던 그날 밤과는 사뭇 다른, 나이보다 서너 살은 어려 보이는 발랄한 선드레스 차림의 오유진을 사랑은 순간 못 알아본 것이었다.

"무슨 소리야."

다가와 곁에 선 무관을 향해 오유진은 섹시한, 사랑이 듣기에는 축농증에 걸린 듯한 코맹맹이 소리를 냈다.

"애 말이에요, 차가 오는데도 비키지 않고 뛰어들잖아요."

오유진이 가리키는 사랑은 이미 붉으락푸르락해져 있었다.

"전사랑, 차에 뛰어들면 어떻게? 다치면 어쩌려고."

무관은 오로지 사랑이 걱정이 되어 한 말인데, 지금 이 상황에서 무관의 말이 곱게 들릴 일 없는 사랑은 오유진에 대한 미움까지 실어 냅다 무관을 향해 소리쳤다.

"남이사! 다치든 말든 뭔 상관이래요!"

휙 돌아서 가는 잔뜩 토라진 사랑을 허겁지겁 잡는 무관. 도대체 내가 무슨 잘못인데 이러냐는 듯 황당함을 감추지 못했다.

“상관이 왜 없겠어?”

“이거 놔요!”

“전사랑, 왜 이래!”

무관의 뒤에서 그들을 예의 주시하던 오유진이 실랑이를 하는 두 사람 사이를 놀랍다는 듯 파고들었다.

“어머, 이게 누구지? 그러고 보니까 그날 건우 선배가 클럽에 데리고 왔던 그 아가씨네.”

무관에겐 보이지 않게 사랑을 향해 고개를 튼 오유진은 놀란 표정을 지우고 사랑을 거지 보듯 했다.

처음 만났던 날부터 사랑을 적수도 되지 못한다는 듯 거만을 떠는 오유진이 사랑도 비호감이었다. 마음 같으면 대놓고 하대하며 저를 마치 걸인 취급하는 오유진을 쥐어뜯어 주고 싶지만, 그보다 지금 여자로서 더없이 초라한 사랑은 무관 앞에서 완벽한 오유진과 초라하기 그지없는 제가 비교되는 것을 숨기고 싶은 심정이 더 커 쥐구멍이라고 찾고 싶었다.

오유진이 끼어드는 바람에 느슨해진 무관의 팔을 모질게 틀고 사랑은 제가 있었던 현장으로 되돌아섰다.

“전사랑!”

이유없이 당한다고 생각한, 여자 마음 너무 모르는 무관도 이제는 화가 났는지 사랑의 잰걸음에 바짝 붙어 쫓아오면서도 더 이상 사랑을 잡으려 하지 않았다.

“대전 현장에 가신다더니 저분 모시러 다녀오셨나 봐요?”

저도 모르게 울꺽 올라온 질투가 결국 확인으로 뱉어져 버렸
다. 그래도 자존심을 끌어 모아 최대한 아무렇지 않게 물으려
했지만 입을 닫을 때쯤에 떨어버렸다는 것을 느끼고 사랑은 혀
를 물고 싶었다.

"오유진? 아니, 내가 왜 재를 데려오겠어? 대전 현장에서 이
쪽으로 오는데 주말이라 자기네 별장 구경 온다고 해서 장평에
서 만난 거야."

"자기네…… 별장요?"

놀라움을 감추지 못하는 사랑과는 대조적으로 무관은 대수롭
지 않게 대답했다.

"건축주가 오유진 아버지니, 자기네 별장이라 해야겠지."

사랑의 명치끝이 아릿해지면서 무관에 대한 배신감이 질투와
함께 빠른 속도로 몰려왔다. 물론, 무관의 입장에서는 중요하지
않은 일이라 사랑에게 일일이 설명할 필요도 없는 것일 수 있겠
지만 연적에 대한 자격지심이 팽배한 사랑의 입장에서는 서운
하고 찜찜하고 배신감 느낄 수 있는 일일 것이다.

파르르 노려보던 사랑은 더 이상 무관과의 대화를 원치 않는
다는 듯 입을 꽉 다물고 건물 안으로 휙 뛰어들어 가 버렸다.

찬바람을 일으키던 사랑이 상대하기도 싫다는 듯 건물로 들
어가 버리자, 이유없이 냉대를 당한다고 생각한 무관도 화가 나
마침 앞에 보이는 자재창고 문을 부서져라 닫고 들어왔다.

"도대체, 불만이 있으면 딱 꼬집어 말을 하면 될 것이지, 토라

져 가버리면 내가 그 속을 어떻게 알겠어!"

사랑이 하나 잘 먹이고 싶은 마음에 현장 장정들 다 먹여가면서 고급한우도 사 먹이고, 사랑에게 잘 보이고 싶은 일념으로 장터를 다 뒤져 유명한 감자전 찾아 사들고 오고, 사랑이 보고 싶은 마음에 새벽이슬 맞는 거 마다하지 않고 대전 현장에서 쏜살같이 달려온 무관인데, 당사자인 사랑은 찬바람만 날리니 무관도 환장할 노릇이었다.

무관은 냅다 발에 걸리는 빈 박스를 걷어차 버렸다.

"이씨!"

죄없는 박스는 왜 걷어차는지? 이미 빼앗겨 버린, 다시 자신에게로 돌아올 가능성 제로인, 사랑을 향한 무관 제 마음이 문제이지.

그렇게 이제 막 불붙기 시작한 서툰 연인들 앞에 파란을 일으킨 오유진의 행각은 그때부터가 시작이었다. 그것도 자다 깬 모습으로 뒤늦게 나온 오유진의 외국인 금발미녀 친구와 쌍으로.

도착할 때부터 나이 든 목수, 젊은 목수, 견적 내려고 들어와 있던 페인트 집 총각 사장, 주말이라고 근처 계곡을 찾아들어온 행락객까지 아무튼 눈 달린 이는 모두 오유진과 금발의 이방인에게 꽂혀 떠나질 않았다.

입이 댓발 나와 건물 안에서만 꼼지락거리는 사랑을, 평소 같으면 김씨가 한소리 놓아도 벌써 해놓았을 텐데, 딴 데 정신 팔려서인지 오늘은 조용했다.

"워메! 저것이 뭔 짓이여!"

이층 상량 보를 고정하던 이 목수의 호들갑에 사랑도 오유진이 있는 계곡으로 고개를 슬쩍 빼다가 화들짝 놀랐다.

조금 전 기사로 보이던 아저씨가 볕 잘 드는 계곡 끝에 비치의자를 조립하는 것을 사랑도 보았었다. '럭셔리한 여자들은 우리들하고 달라서, 자리 깔고 앉는 게 아니고 저런 고급 비치의자에 앉아 노닥거리나 보지?' 쯤으로 생각하고 몰래 한번 노려보고 말았었다. 하지만 지금 사랑의 눈에 보이는 광경은 가히 놀라지 않을 수 없었다. 도심의 특급호텔 야외풀에서나 봄직한, 손바닥 반보다 더 작은 아슬아슬, 위태위태한 비키니 차림의 오유진과 금발 친구가 비치의자에 엎드려 상의를 풀고 있는 것이 아닌가.

허허엄, 어험, 쿨럭쿨럭, 현장 여기저기에서 다양한 양상의 단발적인 기침이 터져 나왔다. 아직 여름이 다 가지 않았다 해도 한여름에도 그늘 밑은 쌀쌀한 강원도 계곡 곁, 그것도 일꾼들이 버글버글한 공사판 지척에서 나올 만한 그림이 아니었다.

"아이쿠!"

벼락같은 비명에 뚫린 이층을 올려보니, 목수계의 성인이라 일컫는 점잖은 권 목수가 피멍 오른 손가락을 부여잡고 사색이 되어 있었다.

“오메, 오메, 일났네. 권씨 형님이 아가씨들 구경한다고 못에
다 정을 안 놓고, 자기 손가락을 아주 못쓰게 조져 버렸다요.”
　아버지는 괜찮다는 권 목수를 봉고에 태우고 군에 있는 병원
으로 향했고 다행히 뼈에는 이상이 없는 듯했으나 권 목수 몫의
일은 며칠 더 더뎌지게 생겼다.

　무관은 시도 때도 없이 몰려드는 사랑에 대한 생각에 요즘은
일도 잘 잡히지 않았다. 어서 결혼을 해 제 안에 소유하고 싶은
마음이 굴뚝같은데도 너무 밀어붙이면 사랑이 힘들다고 달아나
지나 않을까 하는 생각과 연애에 빠진 왕성한 총각 채워지지 않
는 갈망으로 잠도 설치고 있는 판국인데, 도대체 왜 저렇게 까
다롭게 구는지 정말 모를 일이었다.
　“오늘 아주 끝장을 내야지!”
　이러다 결혼도 하기 전에 홧병사 할 것 같은 무관은 사랑을
잡아 단판을 짓기 위해 창고 문을 여는데 시끌벅적한 소리가 들
려왔다.
　무슨 일인지 보기 위해 창고를 나간 무관의 시야에 과하게 노
출한 비키니를 입은 오유진이 계곡 돌다리에 서서 허리를 숙이
는 게 보였다.
　“저건 또 뭐야, 불난 집에 부채질 하는 거야? 나 참.”
　아무리 제 아버지의 별장이라고 해도 지금은 엄연히 무관의
현장인데, 무관은 제 현장에서 희한한 행각을 벌이고 있는 오유

진을 쫓아내기 위해 계곡으로 급히 다가갔다.

"어머!"

그때였다. 오유진이 찢어지는 비명 소리와 함께 이끼 낀 돌에서 주룩 미끄러져, 계곡물로 풍덩 빠져 버렸다.

"Help, please!"

외치는 금발 여자를 밀치고 무관은 오유진이 빠진 계곡물로 텀벙 따라 들어갔다.

돌다리에 서서 늘씬한 각선미를 뽐내는 오유진을 힐끔힐끔 노려보던 사랑은, 양팔을 방정맞게 휘저으며 우스꽝스런 모습으로 계곡으로 미끄러지는 오유진을 발견했다. 오유진처럼 키 큰 여자는 절대 빠져 죽을 일 없는 얕은 물이지만 강원도 계곡물이 얼마나 얼음장인지 알기에, 사랑은 잘난체하는 오유진이 지금쯤 오금이 저려할 것을 생각하자 너무도 고소한 나머지 입을 막고 쿡쿡거렸다. 하지만 이게 웬일인가! 그런 오유진을 무관이 달려들어 가 끌어내 오는 것이 아닌가. 오유진을 안고 계곡을 나오는 무관의 모습에 사랑의 사악한 미소는 얼어붙어 버렸다.

반라의 오유진은 허리밖에 차지 않는 계곡물이 거대한 해일이나 되는 듯 무관의 가슴에 죽기살기로 매달렸고, 사랑이 보았을 때는 오유진이 이미 자신이 계곡에 빠진 것은 잊어버렸고, 무관의 품에 파고드는 것에만 급급해 보였다.

"우씨! 저, 저게! 죽었어!"

급속도로 혈압이 상승한 사랑은 오로지 무관에게서 여우 같은 오유진을 떼어놓아야겠다는 일념으로 100m 전력 질주하듯 달리고 있었다. 하지만 뛰어간 사랑이 도착해 오유진을 끌어내기도 전에, 오유진은 이미 무관에게서 밀려나 금발여자에게 떠넘겨졌다.

"무…… 무관 선배……."

애처롭게 사시나무 떨듯 떨고 있는 유진을 보는 무관의 눈빛은 한마디로 '없었다'. 아무것도 없었다. 그야말로 무(無)였다.

"고…… 고마워, 무관 선배. 선배 아니었으면……."

손을 뻗는 오유진을 비켜서며 무관은 굳은 입술을 열었다.

"너, 가라."

조금 전까지 물에 빠진 강아지마냥 낑낑 불쌍한 액션을 펼치던 이는 어디로 갔는지? 바들바들 가녀리게 떨던 유진이 새파래지더니 이윽고 황소라도 때려눕힐 듯 험악해져 무덤덤하게 선 무관이 그 자리를 뜨려 하자 식식 달려들 기세로 앞을 막았다.

"가라고? 또 나보고 가라고? 선배가 가란다고! 그날, 십이 년 전 그날처럼 질질 울면서 내가 갈 것 같아?"

"그래? 그럼, 내가 가지."

"안 돼! 선배도 내 말 끝나기 전엔 절대 못 가! 선배는 내 첫사랑이야. 선배 때문에 내가 얼마나 아파했는지 알아? 그때는 우리 모두 어렸고, 선배가 워낙 여자에게 관심없어서 그러려니 이해하려 했어. 한국에 다시 돌아올 때까지도 무관 선배 잊은 줄 알았어. 하지만 선배는 여전히 내 마음을 흔들었고 아직도 싱글인데 나…… 나, 다시 희망 가졌어. 생각해 봐, 선배. 경제력과 지휘 갖춘 선배 부모님과 우리 부모님은 더할 나위 없이 바람직한 사돈관계 될 수 있을 것이고, 선배와 나 지적 수준이나 배경이나 정말 이상적인 부부가 될 수 있어. 선배, 노력해 보자. 늙어 죽을 때까지 그렇게 혼자 살 수 없잖아? 나한테 기회를 주면 안 돼? 선배만 조금 노력해 주면, 우리 그 누구보다 멋진 커플 될 수 있다고.”

지나가려는 무관을 가로막는 유진을 밀어내려고 바짝 다가간 사랑은, 맞는 말만 하는 유진의 호소에 그만 맥이 빠져나가는 듯했다. 무관을 좋아하기만 했지, 부모님 생각은 미처 하지 못했다. 현실적으로 힘든 일이겠지만, 설사 무관의 부모님이 허락을 한다 해도 사돈에게 주눅들 고생하신 부모님을 생각하자 사랑의 고개가 뚝 떨어지고 악착같이 달려오던 다리도 풀려 버렸다.

‘과욕. 그래, 과욕이야. 과한 욕심은 화를 부르지. 노력해서 되는 것과 터무니없이 욕심을 내는 것과는 다르잖아. 전사랑, 너 지금 과욕을 부리는 거야.’

축 처진 어깨로 돌아서는 사랑을 강한 힘이 돌려 세웠다.

“오유진, 우리는 이상적인 커플로 보여질 순 있어도, 절대 이상적인 커플이 될 순 없어."

"선배!"

"물론 결혼에 가족관계가 중요하겠지. 하지만 신부를 사랑하지도 않는데 그 가족이 무슨 상관이야? 난 내가 사랑하는 여자하고 결혼할 거야. 바로 이 여자!"

사랑을 잡았던 무관의 손이 다시 처진 사랑의 어깨를 꽉 끌어안았다.

유진은 크나큰 충격을 받았다. 무관이 사랑하는 여자가 기준 미달의 사랑이라는 것보다, 메마른 무관의 입에서 그 기준 미달의 여자를 사랑한다는 것과 사랑하는 그녀와 결혼하겠다는 말이 유진을 심한 패닉 상태로 몰고 갔다.

"그러니까 내가 평생 혼자 살 거라는 걱정은 네가 안 해줘도 된다. 그럼, 잘 가라."

사랑을 감싸안고 등을 돌리는 무관의 뒤로 유진은 십이 년 전처럼 눈물을 뚝뚝 떨어뜨리다 휙 캠핑카에 올라타 요란한 흙먼지를 날리며 가버렸다.

권 목수가 다치는 통에 그 몫까지 일을 쳐내느라 정신이 없던 현장의 목수들은 무관과 사랑 사이에 흐르는 어색한 러브기류를 눈치 채지 못했지만 낯 뜨거운 말을 뱉어버린 무관과 그 말을 들어버린 사랑은 그날 내내 뻘쭘히 떨어져 눈도 마주치지 못했다.

일을 끝내고 저녁까지 먹고도 무관은 서울로 돌아갈 생각이 없는 모양인지 식당 자리를 지키고 있었다. 삼겹살에 소주 한잔 하겠냐는 아저씨들의 호의를 마다하고 사랑은 먼저 일어나 숙소로 돌아왔다. 방에 돌아와 샤워로 먼지를 씻어내고 TV를 틀었는데 사랑이 딴생각에 빠지는 통에 TV는 내내 혼자 떠들어야 했다.

낮에 오유진 앞에서 당당히 사랑을 사랑하는 여자라 밝힌 무관을 생각하면서 헤죽거리던 사랑은 오유진의 발언을 생각하고 곧 소침해져 감싸안은 무릎 위로 고개를 폭 내렸다.

똑똑—

열 시가 넘은 시간에 들려온 노크 소리에, 혹시 무관인가? 사랑은 기대 반 우려 반으로 겨우 목소리를 짜냈다.

"누, 누구세요?"

"나야."

사랑의 가슴이 쿵 내려앉았다. 무관이 아닐까 추측을 하기는 했지만 노크를 한 사람이 무관인 걸 확인하자 사랑의 가슴은 전혀 몰랐던 사람처럼 속절없이 콩닥거렸다.

이미 결혼을 하자고는 했고, 순서가 바뀌긴 했지만 남들 앞에서 사랑고백까지 한 날 밤, 남자가 찾아왔을 때 방문을 열어준다는 것은 허락한다는 것을 뜻한다고 생각한 사랑은 망설였다.

"문 좀 열어."

“무, 무슨 일이신데요?”

문을 열어주기보다는 잔뜩 경계를 하는 듯한 사랑의 목소리에 무관은 기분이 상했는지 잠시 침묵하다가 느닷없이 문고리를 흔들기 시작했다.

“이, 이게 무슨 짓이에요?”

“이거 안 열면 부수고 들어간다.”

“부, 부숴?”

후다닥 맨발로 현관으로 뛰어나간 사랑은 목소리를 낮추었다.

“남의 여관 방문을 부수면 경찰에게 끌려가요.”

“아니, 여관 아저씨가 좋아할걸. 새 문으로 교체해 준다면.”

너덜너덜 칠이 벗겨진 여관 방문을 보고 무관의 말이 하나 틀린 게 없다는 걸 인정한 사랑은 슬며시 문고리를 돌렸다.

열리기 시작하는 문을 확 밀고 들어오는 무관은 잔뜩 화가 나 있었다.

“뭐야, 전사랑!”

사랑은 복도를 흘낏거리다 문을 닫고 통명스럽게 대꾸했다.

“뭐가요?”

“왜 아까부터 슬슬 피해? 이렇게 피해 다니는데 결혼은 언제 하냐고?”

“그, 그게! 결혼이 둘만 하는 거 아니잖아요.”

“전사랑, 너 오유진이 떠든 궤변에 넘어간 거야?”

사랑이 대답을 않고 고개를 돌리자 무관은 그런 사랑의 이마에 꽁 알밤을 놓았다.

"아야!"

"너 설마, 부모님 부끄럽게 생각하고 있어?"

"아니요! 초등학교 때 환경조사서에 아버지 직업을 '사업'이라고 거짓말로 쓴 이후로는 한 번도 그런 적 없어요!"

"그럼 무슨 걱정이야?"

"그래도 차이가 너무 나는 건 사실이잖아요."

무관은 답답하다는 듯 한숨을 쉬고는 저를 보라는 듯 사랑의 양어깨를 잡아 돌려 세웠다.

"너 자꾸 말도 안 되는 걸로 사람 애태우면, 지금 당장 함바 숙소에 계신 전 팀장이 찾아뵙고 담판 지을 거다."

"우씨, 왜 뻑하면 아버지께 이른데요?"

고개를 휙 올려 도끼눈을 뜨는 사랑의 머리카락을 귀엽다는 듯 흩뜨리던 무관이 사랑을 와락 안았다.

"우리 부모님은 걱정 마라. 최씨 집안 대 끊길 줄 알고 계셨던 분들이라 내가 결혼만 한다고 하면 애 딸린 과부라도 오케이 하실 텐데, 평소 존경해 마지않던 전 팀장님의 예쁜 딸내미인 사랑이 너 정도면 감지덕지하실 거다. 그러니까 너는 허튼 걱정 말고 나만 믿어."

확고한 무관의 말에 사랑의 근심이 사르륵 사그라졌고 행복 충만해진 사랑은 든든한 무관의 품으로 꼬물꼬물 파고들었다.

안긴 사랑에게서 나는 비누 냄새가 호흡 속에 빨려들어 오자 무관은 기분 좋은 흥분에 휩싸였다. 제 품 안에서 꼼지락거리는 모양도 그렇게 사랑스러울 수 없었다.

"전사랑, 사랑한다."

무관의 가슴에서 우러나는 고백에 사랑의 가슴이 조여왔다. 여자 마음 너무 모르는 메마른 장작 같은 남자인 무관이지만, 사랑은 수백 번의 번지르르한 고백을 받은 것보다 훨씬 더 뿌듯해졌다. 비록 툭 던지듯 하는 애정 표현이라 할지라도 무관의 사랑은 가식이 없다는 것을, 진실되다는 것을 사랑은 알게 되었다.

"결혼…… 해요."

말이 떨어지기가 무섭게 무관의 입술이 사랑의 입술이 덮었다. 사랑의 입술을 누른 무관은 살짝 벌어진 사랑의 치열 사이로 혀를 쓸고 들어갔다.

사랑은 눈을 꽉 감았다. 그러자 제 입으로 침입한 무관의 혀가 더 적나라하게 느껴졌다. 도대체 여자를 돌같이 보았다는 걸 이럴 때는 믿을 수 없게 되어버린다. 남자는 여자를 돌같이 본다 해도 테크닉을 갖고 태어나는 것인지. 아무튼 늘 미스터리다.

"읍아얌(엄마야)."

입술이 붙들린 채 허공에 붕 띄워진 사랑은 순식간에 삐걱거리는 침대에 눕혀졌다.

'아, 안 돼. 저 침대, 조금만 움직여도 난린데.'

사랑은 침대에서 기어 내려오기 위해 찌릿찌릿 동여매는 무관의 혀를 밀어냈다. 그러나 사정 모르는 무관은 사랑의 앙증맞은 앙탈쯤으로 생각했는지 더 끈끈하게 묶어왔다. 이쪽저쪽 도리질을 하던 사랑이 침대 끝을 잡고 버티자 무관이 입술을 떼고 사랑을 내려다봤다.

안경을 벗어 더 깊어진 무관의 눈빛이 뜨겁게 반들거리자 그 섹시함에 담뿍 취한 사랑의 아랫배가 저릿저릿해졌다.

"혼전순결 생각하는 거야?"

'혼전순결? 무슨 말 하는 거지? 혼전순결, 순결……'

사랑은 생각지도 못한 무관의 질문에 순간 멍해졌다. 일전에 무관에게 혼전순결을 중요하게 생각한다고 한 제 말을 잊어버리고.

"혼전순결, 지켜주려고 했는데. 내가 죽겠어, 안 되겠다."

혼전순결을 논한 자체도 잊은 멍하니 벌어진 사랑의 입으로 다시 침입한 무관은 조금 전보다 두 배는 스피디했다.

붙들린 입술이 핥이고 물리어 에로틱한 공세를 당하고 있는 사이, 광속의 속도로 브래지어 속으로 밀고 들어온 무관의 손에 제법 푸짐히 잡힐 것 있는 사랑의 가슴을 주물주물하더니 몇 근이나 되는지 들었다 놓았다 가늠하다가 흡족한 듯 움켜잡았다. 반복하는 그 동작이 어찌가 짜릿한지 사랑은 저도 모르게 붙들린 입 사이로 빨간딱지 비디오에나 나옴직한 신음을 흘리고 있었다.

사랑의 야릇한 신음이 무관의 귀에도 꽂혔는지 스피디하던 그 속도가 한층 더 빨라졌다.

무관은 제가 배출한 과한 습기로 부푼 사랑의 입술에 놓아주기 바쁘게 사랑의 면티를 걷어 올려 방구석에 휙 던져 버리고 제가 브래지어 안에서 꺼내놓은 먹음직한 한쪽 가슴을 몇 년은 굶은 맹수의 눈빛으로 바라보다가 덥석 물었다.

"아야!"

원채 그 속도가 빨라 저지할 겨를도 없이 가슴을 물린 사랑은 자릿한 통증에 몸서리쳤다.

사랑의 브래지어를 걷어내 면티 옆으로 던져 버린 무관은 찰랑거리는 사랑의 오른쪽 가슴을 제 왼쪽 손으로 덥석 잡아 주물거리면서 나머지 손으로는 고무줄 반바지를 확 당겨 뽀얗게 나온 사랑의 궁둥이로 쑥 집어넣었다.

"엄마…… 야."

젖가슴을 주물거리고 젖꼭지를 쪽쪽거리고 엉덩이 골을 느물느물 기어 내려오는 무관의 테크닉이 어찌 보면 음흉, 능글맞기 그지없지만, 그 대놓고 마구잡이 테크닉이 사랑을 무아지경으로 만들었다. 제 가슴에 붙어 끝없이 만들어지는 유즙을 삼키는 모양을 내려다보던 사랑은 천지가 휙휙 돌아가고 배 아래가 뜨거워 견딜 수가 없던 나머지 무관의 머리카락을 훔켜잡았다. 엉치에 반쯤 걸쳐졌던 사랑의 반바지를 팬티와 함께 허벅지 아래로 쭉 내린 무관은 사랑의 한쪽 다리를 빼, 벌어진 사랑의 다리 사이로 제 몸을 밀었다. 홀라당 벗은 사랑과 가래 위 깎듯이 갖춰 입은 무관의 상반된 모습을, 혹 훔쳐보는 이가 있다면 한층 더 에로에로할 것 같았다.

"사랑아."

무관의 목소리가 이리도 섹시했던가? 무관이 제가 입은 셔츠를 위로 당기자 침대를 열심히 비비적거리느라 허리 아래로 내려간 트레이닝 위로 아슬아슬 복근이 드러났다. 숨을 멈춘 사랑은 연한 고동빛이 감도는 탄탄한 무관의 아랫배에, 창피한 줄도 모르고 넋을 놓았다. 하얀 셔츠가 가슴 위로 주룩 딸려 올라가자 무관의 메모리컵 같은 가슴이 사랑의 눈앞에 펼쳐졌다. 무관의 근육들은 헬스클럽에서 닭 가슴살 먹으면서 만든 울룩불룩한 인공들과는 비교거부를 내걸고 천연임을 도도하게 부르짖고 있었다.

'아, 아니, 이 남자 그동안 현장에서 설계 감리 대신 벽돌을 날랐나?'

최무관 잘빠진 건 이미 예상하고 있었지만 이건 잘빠진 게 아니라 '퍼펙트'였다. 홀딱 홀려 버린 사랑이, 무관에게서 마구마구 분출되고 있는 야성적 동물페로몬에 끌려 그만 벗겨진 무관의 가슴을 더듬더듬 해버렸다.

순간, 제 셔츠를 사랑의 옷 위에 던진 무관이 굳은 듯 동작을 멈추었다. 머뭇머뭇 시선을 드는 사랑을 태워 죽일 듯 노려만 보고 있었다. 그 열기에 빠짝빠짝 입 안이 말라온 사랑이 간신히 마른침을 넘길 때였다. 벌떡 무릎을 세운 무관이, 그 속에 팬티가 들었을 것이 분명한 트레이닝 바지를 단번에 끌어 내렸다.

'엄마야!'

사랑이 얼른 시선을 피한다고 했지만, 우람하게 불거져 나온 무관의 것을, 그만 봐버리고 말았다. 좁아터진 여관 방, 그것도 벌어진 제 다리 사이로 무관을 들여놓고 있는, 자세 야릇한 침대 위에서 피할 데가 어디 있다고 허둥지둥 대피할 곳을 찾는 건지. 그런 되도 않는 앙탈을 부리는 사랑을 가차없이 잡아 누르는 무관은 굶주린 늑대였다.

"자, 잠깐만요!"

"안 돼, 책임져!"

"무, 무슨, 누굴 책임지라는 거예요?"

"누군 누구야? 나 말이지!"

과하게 저돌적인 무관의 기색에 찔끔해진 사랑이 슬금슬금 엉덩이를 빼려는데, 덥석! 무관의 두 손이 토실토실한 사랑의 궁둥이를 우왁 움켜잡아 휙 들어 올렸다.

"엄마야!"

들어 올린 사랑의 엉덩이를 제 허벅지 사이에 조준하는 무관은 한방에 끝내려는 저격수마냥 신중하기 이를 데 없었다.

"어마, 어마, 어마. 음……."

사랑의 숨넘어가던 비명이, 제 보들보들한 속살에 무관의 단단한 살 끝이 닿자, 얄궂은 신음으로 바뀌고 기대로 파르르 떨던 속살에서 잘팍잘팍 애수를 뱉어냈다.

"사랑아."

눈에 오른 핏대의 수로 보아 더 이상 참을 수 없는 것이 확실해 보이는 무관이 완벽 조준, 십 분의 일 삽입 상태의 사랑의 엉덩이를 가차없이 뚫고 들어왔다.

"악!"

예민한 속살에 불덩어리가 통과하는 것 같았다. 눈물이 찔끔 날 정도로 뜨끔하고 홀랑 데인 듯 화끈거리는데도 멈추지 않고 파고드는 무관의 머리를, 초산의 젊은 아낙네가 제 남편 상투 틀어잡듯 움켜잡았다.

"아."

마주 딱 달라붙어 진하게 연결되어 앉아 있는, 간 작은 사람은 눈뜨고 못 볼 만큼 부끄러운 자세에 한 사람은 머리카락을 잡힌 채 풀지 못한 욕구로 눈에 핏발을 세우고, 다른 한 사람은 나라 빼앗은 원수 보듯 노려보고 있으니. 이분들 오늘 안에 떨어질 수 있을까?

"그…… 그만 우…… 움직여요!"

"어…… 어떻게 이 상태에서 안 움직일 수 있어? 못해!"

제 볼일 다 보겠다는 듯 그 와중에도 사랑의 엉덩이를 앞뒤로 흔드는 무관이 양보를 않자 사랑이 울먹이기 시작했다.

"아, 아파! 아프단 말이야!"

그때서야 무관도 난감한지 움직임을 멈추었다.

"그, 그렇게 아파?"

그걸 말이라고 하나, 자궁 이쪽저쪽을 자유롭게 돌아다녀 숙련된 조교에게나 합당하다는 체위인 좌위(坐位)로, 좁고 야들한 초보자인 사랑에게 속해 우람한 것을 불끈거리고 있으면서.

촉촉이 젖어 원망의 눈을 올리는 사랑이 그렇게 예뻐 보일 수 없더니 사랑 속의 제 몸이 터질 듯 부풀어 요동쳤다.

"어마야……."

사랑도 제 안에서 야릇하게 흔들리는 무관을 느끼고 온몸이 새빨개지는 것 같았다.

괴로움을 호소하는 몸을 어쩌지 못하고 무관은 이왕에 이렇게 된 거 에라이 모르겠다는 심정으로, 사랑을 부둥켜안고 침대로 밀어 덮쳐 눌렀다.

'엄마야!' 를 외치는 사랑의 입술을 꾹 삼키고 제 갈길 찾아 허리를 움직이는 무관은, 세상에는 존재하지 않는다는 도원경(桃源境)을 찾아 떠나는 가슴 벅찬 뱃놈이었다.

복숭아 꽃잎 향기로워 그 꽃잎 따라가니 산 양쪽에 복숭아꽃 만발하고, 수백 보의 춤추는 복숭아꽃 거리를 지나 계곡 아래 작은 동굴에 덤벼드니 그 속에 별천지가 숨 쉬고 있었네. 감추어진 기름지고 아름다운 땅에 씨앗을 뿌리니 최무관은 도원경을 발견한 어부가 부럽지 않았다. 하긴, 앞으로 늙어 죽을 때까지 시시때때로 사랑을 취할 수 있어 더없이 흡족해 저를 '행운아' 라 생각하는 무관이, 단 한 번 도원경에 다녀온 뱃놈이 무엇하러 부럽겠는가.

바짝 마른 장작에 불이 붙으니 날이 밝아도 꺼질 줄 모르고, 밤새 수차례 더 내어준 사랑은, 아주 피골이 상접해 아침이 다 되어서야 잠이라는 걸 잘 수 있었다.

이옥분 여사는 오랜만에 돌아온 무관을 위해 저녁상을 보느라 분주했고, 최 부자는 오랜만에 마주 앉아 장기를 두고 있었다.

"장입니다."

"이놈이 오늘은 아주 막나가네. 이 아비 앞에서 머리 좋다고 유세하는 거냐?"

"아버지, 장 받으세요."

"뭐야? 이놈이 겨우 피해났더니, 또 장이더냐?"

"아버지."

"왜?"

"한 수 물러 드릴까요?"

장기판을 노려보고 있던 최무정 회장은 벌떡 고개를 일으켰다.

"뭐?"

"제가 한 수 물러 드릴까 하고요."

귀신에 홀린 것도, 잘못 들은 것도 아니었다. 분명 앞에 앉은 최무관 입에서 나온 말이었다.

"네, 네가 웬일이냐?"

장기뿐 아니라 바둑, 체스, 십여 년 전 한창 유행하던 스트리트 파이터라는 오락 게임까지도 져준다든지, 양보한다든지, 살살 해주는 것과는 거리가 멀던 무관이 장기를 물려준다고 하니 최무정 회장은 무관의 말이 곧이곧대로 들리지 않았다.

"네가 요즘 현장으로 오래 다니느라 객지 밥을 많이 먹더니 아버지 귀한 걸 알았느냐? 그래서 이제부터라도 아버지한테 효도하기로 결심한 거냐?"

"현장 밥 맛있습니다. 그리고 혹, 그런 일이 있다 하더라도 어머니가 생각나지, 아버지가 생각나겠습니까?"

"이놈아, 그럼 왜 갑자기 안 하던 짓이냐? 네놈이 어디 장기를 한 수 물려줄 놈이더냐?"

"물리실 겁니까, 마실 겁니까?"

"그…… 그거야! 물리지, 물려야지, 지금 안 물리면 외통수잖아."

"그럼, 물리시는 것에 합의하셨습니다."

"그래, 이놈아."

"그럼, 제 조건을 말씀드릴게요."

"뭐? 뭔 조건?"

"결혼할 생각입니다."

무관의 폭탄선언에 순간, 입을 다물지 못하던 최무정 회장은 결국,

"겨…… 결혼!"

고함을 지르고, 그 소릴 들은 이옥분 여사는 주방에서 뛰어나왔다.

"결혼이라니, 그게 무슨 말씀이세요?"

"네…… 네가 여자가 어디 있었더냐? 서, 설마, 시커먼 사내놈 데리고 오는 건 아니겠지?"

"여보, 무관이가 그럴 리가 있겠어요?"

"아니, 옥분이 내 말 좀 들어보게. 저놈이 글쎄, 장기판까지 물려준다면서 조건을 다는데, 내 심상치 않아 그래."

"아버지, 왜 이러세요. 여잡니다. 여자 확실해요."

"그럼 혹 유부녀더냐?"

"여보!"

"유부녀 아닙니다. 멀쩡하고 참한 아가씨예요."

제 짝을 참하다 칭하며 헛기침으로 붉어진 낯을 감추는 무관의 모습에 최무정 회장은 벅적벅적 거품을 물었다.

"옥분이, 들었어? 저놈이 참한 처자라네. 아이고, 우리 최씨 가문이 내 대에서 끊기나 했는데 조상님이 저 별난 놈 짝도 점지해 주시나 보이."

"이렇게 고마울 때가 있나? 그래. 무관아, 그 아가씨에 대해서 얘기 좀 해봐."

이옥분 여사도 소파를 돌아 무관의 앞으로 바짝 다가가 앉았다.

"아버지, 어머니도 아시는 집 아가씨예요."

"너 대학 다닐 때부터 계속 중신어미가 얘기 넣던 CU그룹 오 회장님 댁의 오 양이니?"

"아, 오유진요? 그 친구는 전에도 말씀드렸지만 대학 후배일 뿐이에요, 어머니."

"그럼?"

"사랑이라고."

"사랑이야 하겠지, 네놈이 결혼하겠다고 나서는 걸 보면 좀 눈이 뒤집혔겠냐?"

"그게 아니라, 아가씨 이름이 전사랑이에요."

"전사랑? 어디서 많이 들어보던……."

"전익중 목수님 딸입니다."

"뭐어?"

"왜, 제 사무실에 취직시키지 않으셨습니까, 전사랑요."

혹시라도 최무정 회장이 반대할까 봐 우려한 무관은 절대 어림없다는 듯 쐐기를 박았다.

"사랑이 아니면 최씨 집안 대가 제게서 끊길 테니 그렇게 아세요. 아버지, 전 목수님께는 아무 말씀 마세요. 만약에 일 틀어 놓으시면 저, 절에 들어갑니다."

"이놈아, 그게 지금 부모 앞에서 할 말이냐?"

"아버지는 한 수 물리시는 데 합의하셨으니 반대 못하십니다."

"뭐!"

"그럼, 이 어미는 할 수 있겠네?"

평생 반기라고는 모르고 순종만 하던 이옥분 여사가 하나밖에 없는 아들의 며느리 자리에는 두 손 걷고 나섰다.

"나는 반대다."

예상하지 못한 복병이었다. 믿는 도끼에 발등 찍힌다고, 무관이 지금 그랬다.

"어, 어머니, 무조건 반대하실 게 아니라······."

"집안 형편 등의 문제로 내가 무조건 반대하는 거라 오해하지 마라. 워낙 가진 것이 없다 보니 배움이 짧아 그렇지, 전익중 목수는 존경할 만한 인품이고, 그 내자도 밝고 성실한 사람인 걸 다 알아. 하지만 그 집 딸은 아니야."

"어머니가 사랑이를 못 만나봐서 그러세요. 얼마나 참하고 얼마나 싹싹한데요."

"그럼, 참하고 싹싹하지."

최무정 회장의 훈수에도 이옥분 여사는 뜻을 굽히지 않았다.

"지난봄에 전익중 목수가 그 딸 취업을 부탁할 때, 이 어미도 그 자리에 같이 있었다. 그래, 대학을 졸업하고도 이 년을 넘게 무직으로 집에 있었다고? 부모는 자식 잘되라고 하루도 거르지 않고 일을 하는데, 사지 멀쩡한 젊은 애가 그렇게 산다는 게 이 어미는 도저히 이해가 안 되더라. 무관아, 나는 싫다. 그 아이를 만나보지도 않고 속단한다고 어미를 욕해도, 네가 결코 그 아이 아니면 안 된다 해도, 나는 싫어."

그 점에 대해서는 무관도 변명의 여지가 없었다. 사랑을 처음 만났을 때, 무관도 이해할 수 없었던 부분이었으니까. 하지만 지금 사랑은 근본적으로 개념없는 여자들과는 거리가 멀다는 것을 이제 무관은 안다.

"어머니, 지금은 사랑이가 얼마나 열심히 사는데요."

"하나를 보면 열을 안다고 했어. 그 일은 더 이상 얘기하고 싶지 않구나. 상 차려놓았으니 회장님은 아들 데리고 식사하세요."

더 들을 것도 없다는 듯 이옥분 여사는 저녁식사도 거른 채 안방으로 들어가 버렸다.

"아버지, 어머니 설득 좀 해주세요."

소파에서 일어나는 최무정 회장에게 청을 하는 무관의 목소리는 여느 때와 다름없었지만 그 눈빛은 간절함이 담겨 있었다.

"네놈이 이렇게 부탁하는데 나도 웬만하면 네 어머니를 설득해 보겠다 하겠지만, 네가 몰라서 그런데 네 어미가 저렇게 확고할 때는 나도 돌리기 힘들어."

"아버지."

"아이고, 우리 최대집안은 7대에서 끝이 나는가 보구나. 조상님을 어찌 뵐지……. 쯧쯧."

최무정 회장은 일어나 주방으로 들어가고 거실에 남은 무관은 생애 최대의 난감한 상황에 봉착해 버렸다.

도심의 헬스클럽에서나 봄직한 새하얀 트레이닝 복 차림의 아저씨가 선글라스에 모자를 푹 눌러쓰고 새벽부터 현장을 감시하고 있었다.

"저 아저씨가 왜 저러시지?"

처음에는 '많이 특이한 취미를 가진 행락객인가?' 또는 '그간 보지 못한 주민인가?' 대충 흘렸던 사랑도 가리기도 힘든 큰 덩치를 숨겨가면서 몇 시간째 현장만 주시하는 모양이 의심스럽지 않을 수 없었다.

"저 아저씨 좀 이상하지 않아요?"

"뭐? 누구?"

김씨가 사랑이 가리키는 방향을 넘겨보다가 이내 핀잔이다.

"자재 창고 청소하라니까 꾀가 나서 그러는 거지?"

"아니에요, 김씨 아저씨. 자재 창고 청소 벌써 끝냈고요. 2x6(목조주택 구조재)에 못도 다 뺐고, 도막나무도 자루에 다 담았어요."

"어, 그, 그랬어?"

요즘 들어 사랑이 일을 해내는 속도가 어설픈 머슴아보다 낫다는 것을 김씨도 인정하고 있었다. 대목수 딸 아니랄까 봐 일 배우는 속도도 김씨를 바짝 따라오고 있었다. 제 할 일을 모두 끝내놓고도 목수들에게 바짝 붙어 못질 하나도 허투로 보는 법이 없고, 먹물이 더 들어가 그런지 몰라도 설계도도 김씨, 저보다도, 아니, 이 목수보다도 잘 보는 것 같았다.

금방까지도 눈앞에 있던 사랑이 사라져 넓게 보니 이층 벽체를 세우는 데 쫓아 올라가는 것이 아닌가.

"쟤는 목수가 체질이네, 체질이야. 아주 대목으로 성장하겠어."

처음에는 못마땅해 했던 김씨도 이제는 사내 놈 여럿이랑 바꾸자 한다 해도 사랑을 안 내놓을 만큼 듬직해했다.

세운 벽체를 고정하기 위해 이 목수는 아래 버팀목에 못질을 하고, 목수 둘이 흔들리지 않게 벽체를 붙드는 데 사랑도 힘을 보태고 있을 때였다.

"형님, 손님 오셨어요."

일층에서 단열재 시공을 하던 김씨가 뚫린 틈으로 이층 데크문 개구부를 뚫기 위해 OSB합판에 줄을 놓고 있던 전익중 목수는, 김씨 아저씨 쪽으로 고개를 빼다 누군가를 보고 황급히 사다리를 타고 내려갔다.

"아니, 회장님? 회장님 아니셔유?"

전 목수는 젊은 사람들이나 입을법한 하얀색 최신 운동복을 입고 대낮에 시커먼 선글라스까지 끼고 나타난 최 회장을 긴가민가했다.

"그래. 나야, 익중이. 그런데 이 사람아, 또 회장님이 뭐야. 내 일터 아닐 때는 무정이라 부르라 했는데 아직도 그러나, 친구."

"아이고, 또 무슨 말씀을……."

제 덩치에 몇 배는 되는 이층 벽체를 야무지게 잡고 선 사랑을 힐끔 보던 최 회장은, 재빠르게 전익중 목수를 구석으로 끌고는 귀에 바짝 입을 대고 속삭였다.

"익중이, 내 이유가 있어서 이렇게 변장을 하고 나타났네. 무관이 그놈 오기 전에 어서 피해야 하니까 익중이 자네는 나하고 근처 다방 좀 가서 대화 좀 하세."

"예?"

얼떨떨해하는 전익중 목수를 최무정 회장은 납치하듯 차에 태웠다.

"어, 저 아저씨! 저 수상한 아저씨가 왜 우리 아버지를 끌고 가지?"

납치범이면 쫓아가 아버지를 구할 심사로 사다리로 뛰어가는 사랑의 뒤로 이 목수의 사투리가 뒤따랐다.

"아따, 딱 봐불께이, 바로 저 양반이 누군지 알겠구마이."

"누군데요?"

가던 발을 멈추고 돌아보니 못질하느라 쪼그리고 앉았던 그다지 길지 않는 허리를 펴던 이 목수가 니코틴 잔뜩 낀 이를 드러내고 씩 웃었다.

"저래 변장하고 나타나도 내 눈썰미는 못 당하제. 저 양반, 까칠맞은 건축사 회장 아버지 아니다요."

사랑은 순간 예감할 수 있었다. 무관의 아버지가 단순히 현장을 둘러보기 위해서나 아버지를 만나기 위해서 온 것이 아니라고. 불안한 생각이 해일처럼 밀려와 답답한 가슴을 덮치고, 저도 모르고 깊이 내뱉은 한숨이 흙 묻은 발 아래 무겁게 떨어졌다.

대화면 다방에 자리한 최 회장은 마주 앉은 전 목수의 손을 덥석 잡았다.

"아이쿠. 왜 이러세요, 회장님."

"이것 봐, 익중이. 아니, 사돈."

"예, 예? 그…… 그게 무슨 말씀이세유?"

눈이 휘둥그레진 전 목수의 잡은 손을 놓고 최 회장은 모자와 선글라스를 벗어 테이블에 내려놓았다.

"글쎄, 우리 무관이 놈이 자네 딸 사랑이하고 결혼을 하겠다네."

“그…… 그럴 리가, 회장님 농담이시지유?”

“아, 이 사람아. 내가 아무리 농을 좋아한다고 그런 말을 농으로 하겠나?”

그래도 믿을 수 없다는 듯 휘둥그레진 눈을 풀지 못하는 전 목수에게 최 회장 믿으라고 쐐기를 박았다.

“정말이네. 정말이야, 익중이. 무관이 그놈이 지금 자네 딸한테 넋이 나갔어요.”

차라리 농담이길 바란 전 목수는 민망해진 낯을 내렸다.

“아이고, 죄송해유. 제가 딸 단속을 잘못하는 바람에 심려를 끼쳐 드렸구먼유.”

“그게 무슨 소린가. 자네가 왜 미안해? 무관이 그놈이 좋아 날뛰는데. 글쎄, 그놈이 자네 딸 아니면 절로 들어간다잖아. 익중이 자네도 알다시피 내가 6대독자 아닌가? 그놈 대에서 우리 집안 대가 끊이게 생겼어요. 무관이가 남의 말 듣는 놈 아니라는 거 자네도 잘 알지? 그러니 익중이 자네가 우리 집 대 좀 이어주게.”

“아, 안 돼유. 절대 안 될 말씀이유. 회장님이 뭐가 부족하셔서 저 같은 사람한테…….”

“익중이, 그리 말하면 서운해. 이십 년을 넘게 나를 봐오고도 내가 눈에 보이는 것만 앞세우는 놈으로 생각했나? 자네면 우리는 아주 감지덕지지.”

“아이고, 무슨 말씀이세유. 제 처지가 어디 회장님하고 견줄

수가 있나유."

최 회장은 다시 테이블에 놓인 전 목수의 손을 덥석 잡았다.

"익중이, 자꾸 그런 말 말고. 내, 이렇게 부탁할 테니 제발 우리 집 대 좀 이어주게. 익중이, 응?"

"아이쿠, 참나."

최 회장의 간곡한 부탁에 전 목수는 이러지도 저러지도 못하고 좌불안석이었다.

주방에 설거지하느라 손님 온 걸 뒤늦게 알고 빛바랜 메뉴판을 들고 그들의 자리로 향하던 다방주인은 한쪽은 요새 말로 날티나는 산적 같고, 한쪽은 색시마냥 얌전한 두 중노인네들의 징글맞게 손을 맞잡고 하는 대화의 뒷부분만 듣고 오해를 한 나머지 경악지경이 되어 그 자리에 굳어버렸다. 어찌 남자들끼리 대를 잇는다고, 실성들을 한 것은 아닌지. 좌우지간 다방주인은 주문이고 돈이고 다 싫으니, 흉한 꼴 보기 전에 어이 저들이 나가주었으면 하는 바람이 굴뚝같았지만 그들은 두 시간이 넘도록 그 자리에서 만리장성을 쌓았다.

✽

오전에 사무실 일만 본 무관은 전화로 현장 상황을 체크한 후 이 여사가 매주 수요일이면 방문을 하는, 버려진 아이들과 오갈 곳 없는 미혼모들의 쉼터와 재활의 집인 작은 언덕으로 향했다.

작은 언덕배기에 위치했다고 해서 작은 언덕이라 이름 지었다
는 이곳을 이십 년 전 이 여사의 부탁으로 최 회장이 직접 지어
주었다.

"이게 누구야, 무관이 아니야!"

무관의 차를 보고 반갑게 뛰어나오는 원장수녀의 자글자글한
손을 맞잡았다.

"그동안 잘 지내셨어요?"

"그럼, 이 노인네가 못 지낼 게 뭐 있겠어."

"그런데 어머니는 안 보이시네요."

"역사 화장실에서 버려졌던 아기가 오늘 퇴원해서 왔거든. 아
기 목욕시키고 우유 먹이느라 수유실에 계셔."

원장수녀가 안내하는 수유실 창을 통해 아기를 안고 있는 어
머니, 이 여사가 보였다. 허기진 작은 입이 볼우물이 패이도록
인공 젖꼭지를 빨아대는 모습을 흐뭇하게 바라보고 있었다. 태
어나자마자 버려진 생명들을 살뜰히 거두는 것은 어머니 평생
의 일이었다. 어린 무관에게도 늘 '세상 아래 생명 가진 것 중
어느 하나 귀하지 않은 게 없다' 일렀고, 이곳에 올 때만큼은 다
른 생명을 보살필 수 있는 여유를 가진 것에 대한 감사로, 버스
에 내려 언덕으로 한참을 올라와야 하는 이 길에 꼭 다리품을
팔았다.

빈 젖병을 챙겨 수유실을 나오던 이 여사는 수유실 앞에 선
무관과 맞닥뜨렸다.

"네가 여긴 웬일이니?"

"어머니 뵈러 왔어요. 끝나실 때 됐죠? 모셔다 드릴게요."

이 여사는 잠시 아들을 올려보다 찬찬히 대답했다.

"내 곧 갈 테니 차에서 기다리겠니?"

먼저 차에 도착한 무관이 오 분쯤 기다리자 이 여사가 뒷좌석 문을 열고 들어왔다.

"언덕 아래 버스정류장 근처에 커피숍이 있더라."

"예."

무관은 배려를 아는 어머니가 대화에 응하겠다는 것만으로도 청신호가 켜졌다고 생각했지만 커피숍에 앉은 지 일 분도 안 돼 그 생각은 깨져 버렸다.

"네가 뭐라 해도 어미 마음은 바뀌지 않으니 시간 낭비 말아라."

"어머니, 겪어보지 않은 일, 겪어보지 못한 사람 함부로 속단하실 그런 분 아니시잖아요. 저도 그렇게 안 키우셨고요. 일단 기회를 주세요. 만나보시면 달라지실 거예요."

"알았다."

"어머니."

"만나서 내 반대한다고 확실히 전하마."

"어머니!"

"내가 그 아가씨 만나서 그래도 아니라고 말한다면, 무관이 네가 그 아가씨 포기할 거니? 그러면 당장이라도 만나마."

굳게 닫힌 이 여사의 마음은 사랑이 들어갈 틈이 없었다. 무관은 어제보다 더 큰 낙담으로 가슴이 답답해져 왔다.

가졌다고 내색하기보다 나누면서 평생을 성실히 사신 어머니가 사랑의 불성실했던 생활을 느끼고 반대하는 마음을 아주 이해 못하는 것은 아니지만, 사람이다 보니 살다 실수도 할 수 있고 방황도 할 수도 있는데, 어머니가 너무 사랑의 단편적인 모습만 보는 것 같아 무관도 안타까웠다. 그래도 아들이 사랑하는 여자라는데, 평소 어머니답지 않게 기회조차도 주려 하지 않는 것은 무관의 입장에서는 서운한 일이었다.

"어머니, 지금 말씀은 이미 마음을 접고 하시는 말씀이잖아요. 제가, 이 아들이 좋다는데도 꼭 그러셔야겠어요?"

"너야말로 이 어미한테 이렇게 실망을 줄 거니?"

깊은 상심에 이 여사도 얼굴에 그늘이 가득했다.

오늘은 더 이상 대화를 해도 접점이 없을 것 같아 무관은 계산서를 집어 들었다.

"모셔다 드릴게요."

"됐다."

"어머니, 그러지 마시고……."

"너는 어미가 끝까지 안 된다고 하면 등이라도 질 생각이니?"

"어머니!"

"등이라도 질 작정이냐고."

이 여사는 대답 대신 한숨을 푹 내리는 아들의 모습에서 마지막 순간의 결정을 읽었다. 이래서들 자식 헛키운다고 하는 건지, 이 여사의 가슴에 말할 수 없는 서운함이 밀려오고, 그날 단단하던 모자지간에 골이 생겨 버렸다.

모셔다 드리겠다는데도 부득불 마다하고 버스에 올라타는 어머니를 버스가 출발할 때까지 무관은 멀리서 지켜보았다.

사무실로 향하는 차 안은 무관의 무거운 침묵으로 깊이 가라앉아 있었다. 도착한 후에도 내리지 않고 주차장 한 켠에 주차한 차 운전석에 머리를 기댄 채 고민에 빠져 있었다.

사랑이 이 사실을 안다면 크게 상심할 텐데 그렇다고 어머니를 잘못되었다 할 수 없고. 결혼도 하기 전에 고부갈등부터 겪고 있으니 답답할 노릇이었다.

삐릭—

휴대폰이 새 문자 메시지 왔음을 알렸다. 무관은 휴대폰을 들고 확인 버튼을 눌렀다.

[사랑이요. 오늘은 이쪽 현장은 못 내려온다고요? 그냥 왠지 꿀꿀해서 했어요. 앗, 김씨 아저씨 온다! 아참참, 우리……힘내요. 헤헤.]

무관은 피식 웃고 말았다. 상황은 좋지 않지만 잘되겠지 이렇게 밝고 사랑스런 여자와 더한 난관도 못 깨고 나갈까 하는 생각이 들었다.

"그래. 힘내자, 전사랑."

무관은 빠져나갔던 힘이 다시 솟아나는 것을 느끼고 휴대폰이 사랑이나 되는 것마냥 사랑스럽게 바라보았다.

　교외로 바람을 쐬러 나가자는 남편의 성화에 나서긴 했지만, 이 여사는 내내 마음이 편치 않았다. 지극정성으로 키운 아들이 어미와 등을 지더라도 반대하는 여자를 선택할 각오인데 아무리 가을이 막 시작된 그림 같은 강원도 풍경이라도 어떻게 눈에 들어오겠는가.
　"이봐, 옥분이 저기 저쪽 좀 봐."
　장평 인터체인지로 들어와 얼마 못 가서 부터는 제철을 만난 메밀이 소박한 꽃봉오리를 온통 터뜨리고 있었다. 꽃 피기 시작한 메밀밭은 소금을 뿌려놓은 듯하다더니 지금 이 여사 앞에 새하얗게 흐드러진 메밀꽃들이 그랬다. 하지만 아무리 아름다운 경치라도 마음이 편해야 곱게 보일 텐데 이 여사는 풍경을 스치며 긴 한숨을 쉬었다.
　"김 기사, 저기 저쪽에 장터에 장이 섰네. 적당한 데다 차 좀 세워봐."
　"예, 회장님."
　"운동화 신었냐고 몇 번을 다짐받으시더니, 시골 장터 구경시켜 주시려고 그랬어요?"
　"왜, 옥분이는 싫은가?"
　대답 대신 잔 한숨을 쉬는 이 여사의 손을 최 회장은 꼭 붙들었다. 시장을 봐도 대형마트보다는 재래시장을 택하는 아내가

볼거리 많은 시골 큰 장터를 싫어할 리가 없다는 것을 알고 있
지만 하나밖에 없는, 꼭 믿고 있던 아들과 지금 대치를 하고 있
으니 아내도 좋은 것을 봐도 좋은 게 아닐 것이다.

만개한 메밀을 보러 온 인파가 장터에도 넘쳐 나고 있었다.
평소 같으면 맛나게 먹었을 메밀부침개도 이 여사는 손을 대다
말았다.

"이봐, 옥분이. 송어회 먹으러 갈까? 자네 방림 송어회 좋아
하잖아."

"아니에요, 별로 내키지 않네요."

"그럼, 거기(메기)매운탕은 어때?"

"회장님 드시고 싶은 것 드세요. 저는 괘념치 마시고요."

"어허, 이렇게 고운 마누라가 음식에 소홀한데 어떻게 괘념치
않아. 그럼, 우리 저기 섶다리 건너 메밀국수집에 가서 간단하
게 하고 갈까?"

"정 그러시면 그렇게 하세요."

최 회장은 내내 이 여사의 손을 놓지 않고 메밀꽃이 펼쳐진
길을 걸었고 메밀꽃 필 무렵의 허생원과 성처녀의 하룻밤 사랑
이 싹텄던 허름한 물레방앗간에 도달했다.

"이봐, 옥분이."

"예, 회장님."

"자네나 나는 정말로 행복한 사람들이야."

물레방앗간을 나와 차로 향하던 이 여사는 여전히 손을 놓지

않고 옆에서 걷는 최 회장을 바라보았다.

“자네는 나하고 산 세월이 후회되나?”

“아니에요, 단 한 번도 그런 적 없어요.”

“허허허, 나도, 나도 옥분이하고 아들 낳고 이렇게 사는 거 한 번 후회한 적 없어.”

최 회장의 너스레 섞인 고백에 이 여사는 잠시 시름을 잊고 웃었다.

“우리 왜 그때, 처남이 나를 난봉꾼 취급하면서 옥분이 자네 다른 데다 시집보내려고 할 때, 그때는 세상이 무너지고 딱 죽었으면 싶더라고.”

“그때는 그랬지요. 세월이 지나면 무던해진다는데.”

“물론 세월이 흐르면 무던해지긴 하겠지만, 죽는 날까지 그 그리움은 한이 되지 않겠나?”

의미심장한 남편의 말에 이 여사는 최 회장을 올려보았다.

“비록 내가 처남한테 죽도록 얻어터지긴 했지만 결국에는 허락해 준 처남이 고마우이. 그때 옥분이를 포기했으면 느지막이 이렇게 행복하겠나?”

“회장님.”

“가세.”

남편을 따라 내리막을 걸으면서, 이 여사는 잠시 삼십여 년 전으로 돌아가 그때 그립던 기억을 되뇌었다. 그러자 이내 한쪽 가슴이 먹먹해져 오는 것을 느꼈다.

길을 내려온 이 여사는 남편을 따라 주차된 차에 올라탔다. 이 여사는 차가 출발을 하고 얼마 되지 않아 이상하다는 생각이 들었다. 서울로 가려면 장평 인터체인지로 길을 잡아야 할 텐데 어떻게 된 일인지 '평창'이라고 적힌 이정표 방향의 길로 차를 몰고 있었던 것이다.

"이쪽은 서울 가는 쪽이 아니잖아요?"

"어, 어? 요 앞 철물점에서 볼일이 있어서 말이야."

뜬금없이 철물점에 일이 있다니 의아하긴 했지만 이 여사는 더 이상 묻지 않았다. 생뚱맞을 정도로 인가와 뚝 떨어진 대로변에, 이층 주택 규모의 철물점이 있었다.

차가 철물점 자갈밭에 서자, 갑자기 김 기사가 화장실이 급하다면 허둥지둥 차에서 내렸다.

"어허, 저 사람이 꽤나 급했나 봐. 저렇게 동동거리고 달려가니 말이야. 그나저나 김 기사 올 동안 옥분이가 내 심부름 하나 해주겠어?"

"무엇을요?"

"저 철물점에 가서 쇠톱 하나만 사다 줘."

"예? 그럴게요."

쇠톱을 사 오라니, 이런 경우는 처음이라 남편의 부탁을 별스럽게 생각하면서 이 여사는 지갑을 챙기려 했다.

"아니, 여기 돈 있네. 지갑 들고 갈 필요 없고 이걸로 사 와."

최 회장이 오백 원 동전 하나를 내밀었다.

“그 쇠톱이 오백 원으로 돼요?”

“그럼, 그거면 찍이지. 더 받으면 도둑놈이야.”

“아, 그래요?”

이상하다는 생각이 떨쳐지지 않았지만 이 여사는 남편이 건네는 오백 원을 들고 차에서 내렸다.

문이 훤히 열린 철물점 일층으로 들어서자 여느 철물점과 마찬가지로 천장까지 올라간 칸막이 빼곡히 못이니 경첩이니 갖가지 손잡이들과 김장비닐 문풍지 등 겨울나기 물품들도 벌써 한쪽 구석에 자리 잡고 있었다.

“여보세요. 여기 아무도 안 계세요?”

손에 들린 오백 원짜리 동전 하나를 만지작거리면서 철물점 안을 아무리 기웃거려도 주인은 보이지 않았다.

“여기 주인 없어요?”

이 여사의 목소리는 인기척 없는 철물점에 메아리처럼 울리다 사라졌다.

“주인이 없나 보네.”

안쪽까지 살펴봐도 사람이 없기에 이 여사는 그만 포기하고 철물점을 돌아 나왔다.

아, 그런데 이게 어떻게 된 일인지? 자갈밭에 멀쩡히 세워져 있던 차가 사라지고 없었다. 혹시 길 옆쪽에 주차를 한 것인지 이차선 도로로 나가 고개를 빼고 샅샅이 보아도 차 한 대 보이지 않았다.

“아니, 어떻게 된 일이지?”

이 여사는 기사가 화장실이라고 달려갔던 쪽으로 서둘러 가 보았지만 화장실이라고 생각했던 작은 건물은 잠긴 창고였고 어느 쪽에도 화장실은 없었다.

“귀신이 곡할 노릇이네.”

다시 길로 나가 건너 쪽까지 넘겨보았지만, 남편과 기사를 실은 차는 감쪽같이 자취를 감추고 보이지 않았다.

“아니, 회장님이 장난을 하시나?”

이 여사는 워낙 농을 좋아하는 남편이라 ‘참 아이 같기도 하시지’ 하면서 설마, 자신을 버리고 갔을 것이라고는 상상도 못한 채 어쩌다 차만 한 대씩 지나는 인적 드문 그곳에서, 십 분을 더 버티고 서 있었다.

하지만 십 분이 십오 분이 되고 다시 이십 분이 넘어가자 슬슬 사태의 심각성을 깨닫기 시작했다.

“이런, 난감한 일이 있나. 내가 안 탄 줄도 모르고 서울로 올라가신 거 아닐까?”

이 여사의 수중에는 지갑, 휴대폰도 없이 달랑 오백 원짜리 동전 하나가 다인 데다가 근처에는 도움을 청할 사람도 없어서 참으로 곤란해져 안절부절못할 때였다.

덜덜덜 달려오던 조그만 스쿠터 한 대가 자갈 밟는 소리를 내며 이 여사 옆에 와 서는 것이 아닌가. 이 여사는 스쿠터에서 내리는 사람을 보고 이 동네 사는 소년인가 생각하고 다가갔는데 헬멧을 벗는 것을 보니 감푸르잡잡하지만 제법 곱상한 아가씨였다.

"어, 안녕하세요."

천성이 잘 웃는 처녀인지 아는 사람 보듯 웃는 첫 느낌에 불안하던 이 여사의 마음이 녹아내리는 것 같았다.

"그, 그래요."

"서울서 오셨나 봐요?"

"아가씨는 여기 사람인가 봐요."

처녀는 대답 대신 헤헤 웃으며 헬멧을 내려놓았다.

"아가씨, 초면에 미안하지만 휴대폰 있으면 좀 빌릴 수 있을까요? 내가 좀 곤란한 상황이라."

시골처녀는 주머니를 뒤져 휴대폰을 꺼낸 후 이 여사에게 건네려다가, 내민 이 여사의 하얀 손에 먼지 묻은 제 휴대폰이 닿으려 하자 얼른 거두어 바지에 쓱쓱 문질러 다시 건넸다.

"제 전화가 흙먼지 잔뜩이라 아주머니 손이 더러워지시겠어요."

처녀는 곱고 소탈한 미소를 보였지만, 이 여사는 험한 일로 못 박힌 듯 보이는 처녀의 거친 손을 보고 자신의 하얀 손이 부끄러운 생각이 들었다.

"빌려주는 것만도 감사한데……."

이 여사는 처녀에게 빌린 휴대폰으로 최 회장에게 전화를 걸었지만 전화를 받지 않았다. 아무리 전화를 걸어도 묵묵부답이

자 난감한 듯 마주 선 처녀를 바라보았다.

"도대체 어떻게 된 건지……."

"왜, 통화가 안 되세요?"

"통 전화를 받지 않네요."

"다시 해보세요."

다시 수차례 통화를 시도하였으나 최 회장이 전화를 받지 않
자 이 여사는 끝내 휴대폰을 처녀에게 건넸다.

"통화 되긴 틀린 것 같아요."

"여기서 누굴 만나기로 하신 거예요?"

"글쎄, 그게…… 여기서 남편을 잃어버렸네요."

"예?"

처음 만난 시골처녀가 이상하게 마음이 편한 나머지 이 여사
는 자초지종을 설명해 주었다.

"그럼 다른 분한테 해보세요. 자녀 분이라든지……."

처녀가 다시 넘겨준 휴대폰으로 무관의 번호를 누르려던 이
여사는 그냥 폴더를 닫았다.

"됐어요. 아가씨, 고마워요."

"고맙기는요, 통화도 안 하셨잖아요. 그런데 철물점 아저씨가
안 보이네요."

"그러게 말이에요. 아무리 시골이라고 이렇게 오래 가게를 비
워놔도 되는 건지."

"그나저나 이러고 계실 게 아니라 서울로 올라가셔야 하잖

아요.”

“올라가야지요. 올라가야 하는데 이러지도 저러지도 못하겠네요.”

이 여사는, 아이도 아니고 며느리 볼 나이에 오백 원 동전 하나 들고 외딴 시골에서 미아가 된 자신의 처지가 한심했다.

이 여사의 불편한 심기를 근심스럽게 바라보던 처녀가 갑자기 무슨 생각이 났는지, 제 주머니를 뒤지기 시작했다.

“아, 이거 받으세요.”

처녀가 내민 손에는 꼬깃꼬깃한 만 원권 지폐 두 장이 담겨 있었다.

“장평 버스정류장까지는 제가 모셔다 드릴 테니까, 이 돈으로 버스 타고 올라가세요. 내려서 가실 택시비까지 드리면 좋을 텐데, 이게 다라 죄송해요.”

지금까지 늘 남에게 나누어 주는 일에 익숙한 이 여사는, 처음 받는 시골처녀의 순수한 호의에 고마움보다 놀라움이 앞섰다.

“아가씨가 나를 언제 봤다고 이렇게 후해요?”

이 여사의 말에 처녀는 해맑게 웃었다.

“엄청 인상 좋으신데요. 그런 분을 못 믿으면 세상 어떻게 살아요. 하하하.”

시골처녀의 거짓 없는 웃음이 이 여사의 마음에 전이되어 어느새 두 사람은 함께 웃고 있었다.

"이 스쿠터가요, 조금 덜덜거려서 불편하시긴 하겠지만 뒤에 타시겠어요?"

손으로 스쿠터 먼지를 쓸어낸 사랑은 미안함에 머뭇거리는 이 여사를 재촉했다.

"아가씨, 정말 고마워요."

이 여사는 후덕한 인심의 착한 시골처녀의 순수한 호의를 감사히 받아들이며 스쿠터에 올라탔다.

"아주머니 모셔다 드리고 나서, 제가 여기 찍힌 휴대폰으로 계속 전화해 볼게요. 운이 좋으면 올라가시는 도중에 휴게소에서 일행을 만날 수 있으실지도 몰라요."

"고마워요. 아가씨가 참 마음도 곱지."

시골처녀는 헬멧을 뒤집어쓰면서 이 여사를 향해 안심하라는 듯 입꼬리를 올렸다. 그 미소가 이 여사의 마음에 잔잔하게 밀려들어 왔다.

'참 정감 가고 사랑스런 처녀네.'

좁은 스쿠터 뒤를 얻어 타고 버스터미널로 향하면서, 이 여사는 순박한 시골처녀에 대해 몇 가지를 더 알게 되었다. 무슨 일을 하는지는 알 수 없지만, 지금 배우고 있는 일이 힘들지만 재미있다고, 열심히 일하고 나면 밥맛이 꿀맛이라고. 이 부분에서 이 여사는 처녀의 밝은 성격에 다시 웃음 지었다. 무엇보다 이 여사의 마음을 따뜻하게 한 대목은, 이번 월급 받으면 조금 저축해 놓을 돈과 보태서, 자식들 뒷바라지하느라고 정작 본인들은 제주도도 한 번 못 다녀오신 부모님을 동남아 여행 보내 드린다는 부분이었다. 효녀라고 이 여사가 칭찬을 하자, 처녀는 스쿠터를 모느라 앞에서 불어오는 맞바람에 제 말이 삼켜지자 소리쳤다.

"제가요, 사실 엄청 불효녀거든요, 저 나름대로 머리를 쓰는 거죠. 여행 보내 드리고 나서 '제가 여행도 보내 드렸잖아요' 하고 두고두고 우려먹으려고요. 헤헤."

장난 같은 대답에 부모에 대한 그녀의 애정을 읽을 수 있었다. 이 여사는 처녀의 잘록한 허리를 안았다.

"어, 무서우세요?"

바람을 가르는 처녀의 목소리를 못 들은 척 이 여사는 좁지만 온기 나는 처녀의 등에 볼을 댔다.

장평 버스터미널에 도착하니 서울로 가는 차가 막 출발을 하고 있었다.

"어, 버스 간다! 안 되는데."

"떠나면 여기서 기다렸다 다음 차 타면 돼요."

"이 차 떠나면 엄청 오래 기다리셔야 되거든요. 제가 같이 있어드리면 좋겠지만 저도 심부름 나온 처지라 그렇게 못해 드려서 안심이 안 돼요. 제가 잡아볼 테니까 잠깐만 기다리세요."

"가는 차를 어떻게 잡으려고, 위험하니 관두어요."

처녀는 뛰어가며 걱정하는 이 여사를 향해 장난스럽게 엄지손가락을 척 올려 보였다.

“제가 떠나는 버스 잡는 기술이 끝내주거든요. 저만 믿고 기다리세요!”

농익은 가을 해가 처녀의 뒤를 비추고 짧은 머리 나부끼는 처녀의 미소는 이 여사의 뇌리에 아로새겨졌다.

“그래요⋯⋯.”

요즘 세상에 남을 위해 저렇게 나서는 젊은이가 몇이나 될까. 길 잃은 어린아이가 마음씨 좋은 이를 만나 집을 찾아가는 기분으로, 그 자리에 처녀를 믿고 서 있었다.

버스로 달려간 처녀는 느닷없이 차 앞을 척 가로막고 외쳤다.

“아저씨!”

처녀가 가로막는 통에 차를 멈추게 된 기사 아저씨는 화가 난 듯 문을 열었다.

“아가씨가 왜 이러는 거래요?”

“아저씨 있잖아요, 우리 이모님이 빨리 서울에 올라가셔야 하는데 제가 꾸물꾸물 잡고 늘어지는 통에 늦어버리셨지 뭐예요. 죄송하지만 한 번만 태워주세요. 예, 아저씨?”

차에 올라탄 처녀는 넙죽 고개를 숙이고 사정하고 늘어지자, 강원도 기사 아저씨 마지못해 타라고 했다.

“어서 오세요!”

표도 없는 이 여사를 기사 아저씨는 내릴 때 정산하라며 태워주었고, 처녀는 차에서 내리면서 크게 외쳤다.

“아저씨, 잘 부탁드립니다! 감사해요, 복 받으실 거예요!”

처녀의 너스레에 화가 났던 기사 아저씨도 결국 너털웃음을 웃으며 차를 출발시켰다.

앞에 빈 좌석의 안전벨트를 매던 그때서야 착한 처녀의 연락처를 못 받은 것이 기억났다.

"이를 어떻게. 가만, 아저씨, 잠깐만 좀 세워주시면 안 되겠어요?"

"벌써 아주머니 때문에 오 분이 늦어버렸는데 또 세우라고 하시면 안 되는 거래요."

딱 잘라 거절하는 강원도 기사 아저씨의 말에, 올렸던 허리는 어쩔 수 없이 다시 내렸지만 밀려오는 서운함은 큰 한숨을 만들었다.

'이렇게 허전할 때, 저렇게 싹싹하고 참한 딸 하나 두었으면……'

처녀가 사라진 차 창밖을 내다보던 이 여사의 눈시울이 붉어졌다. 유난히 아이를 좋아했지만 더 이상 자식을 갖지 못한다는 말을 들었을 때, 그 오래된 상흔이 아릿해지는 것 같았다.

심부름을 보낸 사랑이 한 시간 가까이를 허비하고도 달랑달랑 빈손만 흔들고 돌아오자, 김씨는 뭐 하다 온 거냐고 큰 소리를 냈다.

"있잖아요, 어떤 예쁜 아주머니께서 일행을 잃어버리셨다기에 제가 구해 드리고 오느라고 늦었어요."

"요즘 내가 잘한다 해주니까, 슬슬 꾀가 나지?"

"아니거든요, 김씨 아저씨. 땡땡이치려고 그랬던 거 절대 아니거든요. 저요, 정말 거짓말 아닌데 자꾸 이러시면 엄청 억울하거든요."

"땡땡이친 놈이, 나 땡땡이쳤소 광고하고 다니는 거 봤어?"

"아, 정말, 아저씨!"

눈에 불을 켜는 두 사람의 실랑이에, 이층 벽체에 루바(목재로 된 내부마감재) 마감을 하던 전익중 목수는 왜 빙긋이 웃는 건지?

그날 오후부터 사랑은 드디어 제대로 된 목수 일을 시작했다. 목공예를 했다는, 장발을 질끈 묶고 어설픈 예술가 모양을 한 젊은 아저씨가 목수 일을 배워보겠다고 아버지를 찾아온 것이다. 그 덕에 사랑은 제 못 주머니에서 심부름 수첩을 꺼내, 꽁지머리 아저씨에게 넘기고 그렇게 그리던 못! 그 자리에 넣었다.

원형톱 거치대에 스위치를 올리자 '윙' 톱날이 돌아갔다. 수개월 매일같이 들어온 그 소리가 괜스레 가슴이 설레었다. 사랑은 목재의 연필 표시가 된 부분을 톱날에 대고, 떨림을 심하게 느끼면서도 단번에 밀고 나갔다. 그 상태에서 흔들려 버린다면 자재가 못 쓰게 될 뿐 아니라 톱도 마모되고 위험하다는 것을 사랑은 알고 있었다.

사랑은 제가 잘라간 목재를 한참을 들고 보던 이 목수가 창

사이 받침목으로 넣는 것에, 떨리던 가슴을 쓸어내리자 그 자리에 뿌듯함이 채워졌다. 그동안 토막나무로 남몰래 피나는 연습을 한 결과가 인정받은 찰나였으니 뿌듯하기도 하겠지.

별장 본채에 네 사람이, 별채에 세 사람이 배치되어, 현장 공정은 목공 마감으로 돌입하고 있었다.

본채에는 또 내부와 외부에 두 사람씩 나누어져 있었고, 내부에는 이 목수와 박 목수가 인슐레이션(Insulation: 단열재)를 넣은 벽체에 OSB를 덮느라 분주했다.

외부에는 합판 마감이 된 벽체에 전 목수와 김씨가, 주택의 결로 방지와 방수 방습 및 자외선 차단 등으로 에너지 절감을 해주는 타이벡(Tyvek)마리를 풀어 스테이플 건으로 고정하고 있었다.

"사랑이는 방습지(타이벡) 붙은 놈 위에다 시멘트 사이딩 붙여봐. 저쪽 현장서 하는 거 봤지? 공구리 친 사이 시멘 으깨 넣은 놈, 폭 싸이게 줄 내려놓은 것도 잘 맞춰서 혀봐."

"예?"

아니, 이게 웬일인지? 외부 마감재를 붙여보라는 아버지의 지시에 사랑은 좋아 날아갈 듯 쌓아놓은 사이딩 한 장을 잡고 끄는데, 이어지는 말에 김이 빠져 버렸다.

"김가야, 여는 나 혼자 하면 되었으니 사랑이하고 사이딩 붙여."

그날 결국 사랑은 일이 끝나는 시간까지, 김씨 아저씨의 시멘트 사이딩 시공에 보조로 하루를 마무리를 하기는 했지만, 초짜 목수 전사랑의 '정식목수' 데뷔 일로 나름대로는 기념비적인 날이었다.

인근의 데이트 코스로는 최고의 코스인 허브나라 레스토랑에서 파스타로 가득 부른 배를 쓱쓱 문지르던 사랑이, 갑자기 마주 앉은 무관 쪽으로 허리를 세웠다.

"우리처럼 끝장부터 보고 데이트하는 커플은, 세상천지 하나도, 아니, 이건 좀 심한 과장인가? 아무튼 별로 없을걸요."

끝장? 끝장이라는 사랑의 말을 곰곰이 되짚던 무관은 그 뜻을 이해하고 '허헛' 헛기침을 했다.

"그런데 처음 하는 정식 데이트가 왜 이렇게 썰렁해요?"

"뭘 바라는데?"

"남들은 이벤트도 잘해주고……."

선물도 잘해준다던데! 하고 말하려다 사랑은 뒷말을 슬며시 감추었다. 아무리 프러포즈를 받았다고 해도 여자가 대놓고 반지 받고 싶은 티를 내는 건 너무 자존심 상하는 일 아닌가. 결혼하자고 해놓고 반지 하나 껴주지 않는 무관의 무심함에, 그렇잖아도 바짝 약이 오른 사랑에게 무관은 심드렁하게 대답했다.

"이벤트? 천장에다 풍선 달고 그런 거? 나 그런 거 못한다."

"우씨, 하여간 둔치야."

저를 보고 둔치라는데 평소 같으면 한 번쯤 흘겨보기라도 할 텐데, 무관은 고민 있는 사람처럼 입을 다물었다. 그러고 보니 오늘 하루 종일 이상했다. 워낙 말이 없고, 가끔 내뱉는 말이 싸늘하기는 했지만 오늘처럼 그늘진 모습은 본 적이 없는데…….

"무슨 고민 있어요?"

"아니."

하면서도 무관은 사랑의 시선을 피했다.

"아니기는, 딱 고민 있는 얼굴인데. 거짓말이에요?"

"어, 음."

족집게 같은 사랑의 확인에 무관은 애매하게 대답을 얼버무렸고, 눈치 빠른 사랑은 그런 무관을 바로 취조하기 시작했다.

"무슨 일이에요? 무슨 일이냐고요? 어서 말해봐요."

"무슨 일이 있다고 자꾸 그래?"

"일이 있는데 자꾸 발뺌할 거예요? 혹시 알아요, 내가 해결해줄 수 있을지."

"내가 알아서 할 테니까 너는 걱정하지 마."

'알아서 할 테니 걱정 말라면? 우리 문제라는 소린데!'

사랑은 작은 두뇌를 급속도로 돌려 넘겨짚기를 시작했다.

"부모님이 반대하시는 거 맞죠?"

"……누가 그래?"

"딱 보면 알아요!"

"반대하는 결혼, 나 절대 안 해요."

무관은 이내 붉으락푸르락해져 버럭 소리를 질렀다.

"전사랑, 불난 집에 부채질해? 어머니는 내가 해결한다는데 너까지 덩달아 내 속을 긁으면 내 기분이 어떻겠어?"

"어머니, 어머니가 반대하시는구나. 우리 집 형편 때문에 반대하시는 거예요?"

"아니야, 우리 어머니 그런 분 아니다."

"그럼 뭐예요?"

머뭇거리는 무관을 사랑은 가차없이 몰고 갔다.

"뭔지 말 안 해주면 내가 알아내요?"

"전사랑!"

"결혼을 혼자 해요? 나랑 결혼하기로 했으면, 나하고도 의논을 해야 하잖아요. 어머니가 우리 결혼 반대하신다는데, 이 상황에서 최무관 건축사님은 지금, 개폼! 아니, 포스 발산하고 있게 생겼어요? 설마 나한테 자초지종을 설명하는 걸, 남자로서 자존심 상하는 일이라고 생각하는 건 아니겠죠?"

어두워진 창밖을 무의미하게 스쳐 보던 무관은 한숨을 쉬고 머리를 거칠게 쓸었다.

"그래, 네 말도 일리가 있어. 결혼은 나 혼자 하는 게 아니니까 너도 이유가 궁금하겠지……. 사실, 네가 이 년 넘게 무직으로 있었던 게, 어머니는 걸리시나 봐."

뜻밖의 이유였지만 부끄러운 이유에 사랑은 얼굴이 달아올랐다.

"전 팀장님께서 아버지께 네 취업 부탁할 때, 하필 어머니도 옆에 계셨다는데 너를 조금 오해하신 것 같아. 하지만 걱정하지 마."

대꾸할 말을 잃은 사랑은 쥐구멍이라도 찾고 싶었다. 누가 보아도 부끄러운 일이었다. 유복한 가정이라도 그렇지 않을 텐데, 평생 손에 못이 박히게 목수 일을 하신 아버지와 젊어서 내내 함바에 식당 일로 손에 물 마를 날이 없었던 어머니. 잘난 것도 없으면서, 함부로 취업을 하지 않겠다는 제 아집 때문에, 자식 잘되라고 희생하시는 부모님을 돌아보지 못했던 잘못에 대한 책임을 받는 듯했다.

"사랑아, 어머니는 내가 잘 설득해 볼게. 그렇게 모진 분 아니시라 곧 마음 바꾸실 거야."

안색이 바뀐 사랑의 침묵에 무관은 괜한 말을 꺼냈다는 후회가 밀려왔다.

"미안하다."

“미안은 내가 하죠.”

“사랑아.”

“그, 그건 내가 생각해도 잘못된 일이에요. 그게 이유면 나도 입이 열 개라도 할 말 없어요.”

“사랑아, 너무 그렇게 생각하지 마.”

“이제 가요. 배부르게 먹었더니 엄청 졸리네.”

사랑을 숙소에 데려다 주면서 무관은 내내 다짐을 받았다. ‘괜히 확대해석해 고민하지 마라’, ‘반대한다고 결혼 안 한다고 하면 혼날 거다’, ‘네 잘못이라고 자책도 하지 마라’ 등등 하여 간 레스토랑에서 숙소까지 가는 길에 한 말이, 지금까지 사랑이 무관을 만나서 들은 말을 모두 합친 것보다 더 많았다.

처음에는 무관의 우려처럼 자책으로 머리를 쥐어뜯던 사랑은, 새벽녘이 되어서야 결론을 얻었다. 변명할 여지 없이 제가 잘못 산 건 맞는 말이고, 그렇다고 지금 너무도 사랑하는 무관을 놓을 수도 없는 일이니 나서야 했다. 이렇게 의기소침해 무관의 어머니와 부딪치는 일을 방관하고 있다가는, 죄없는 무관과 어머니 사이를 갈라놓고 모자지간 단절이라는 죄목까지 하나 더 쓰게 될 것이다.

어차피 잠자긴 틀린 일이라, 사랑은 날이 밝도록 계획을 짰다. 일명 ‘예비 시어머니 공략’, 부제 ‘내가 뿌린 씨, 내가 거두기’ 프로젝트.

내용은 이랬다. 우선 ‘웃는 낯에 침 뱉으랴’. 즉, 뭐라 꾸짖으시면 시종일관 미소로 대처하며 알고 보면 괜찮은 구석이 있다는 것을 집중 피력한다. 그것도 안 된다면 싸늘한 무관도 주춤하게 만든 무조건 '잘하겠습니다', '잘못했습니다' 등의 비굴 모드로 돌입한다. 그도 안 된다면 전사랑의 숨겨진 필살기인 장시간 끈질기게 달라붙어 상대를 지치게 하는, 어찌 보면 상당히 야비한 책략이나 가능성이 아주 없지 않아 간과할 수 없는, 하지만 꼭 필요할 때만 쓰는 그 방법까지 챙기며 사랑은 철저한 마음의 준비에 들어갔다.

다음날, 하루 휴가를 얻은 사랑은 서울 가는 버스에 몸을 실었다. 서울 터미널에 도착하자마자 부리나케 집에 가서는 평소 입던 무릎 아래 치마와 블라우스를 입고 매무새를 살피려고 거울 앞에 서니, 거울에 비친 그 모습이 딱! 상경한 촌년이었다. 검게 탄 얼굴에 목까지 오는 흰 블라우스가 이렇게 촌스러울 수 있나? 지금 이 피부 톤은 배꼽티에 핫팬츠가 그래도 봐줄 만할 텐데.

옆집 개 '복순이' 밥 챙겨주고 돌아온 장선녀 여사는 망가진 사랑을 보고 기함을 했다. 그렇잖아도 제 외모 무너짐을 통감하고 있는 사랑을 잡고 촌년 다 되었다고, 그래도 곱상한 얼굴 하나 봐줄 만했는데 이제 그것조차 없으니 시집은 어찌 가냐고 난리니, 어머니가 저 안타까워하는 소리인 줄 알지만 하얀 얼굴이 다시 돌아온다면 락스 물이라도 뒤집어쓰고 싶은 심정의 사랑에게는, 전혀 도움이 되지 않는 발언이었다.

이어지는 어머니의 콕콕 쑤시는 말을 뒤로하고 사랑은 서둘러 집 밖으로 나왔다. 한 번 더 거울을 보고 싶은 마음도 있었지만 다시 본다고 촌티 흐르는 얼굴이 갑자기 세련되게 둔갑될 일도 없을 것이고, 괜히 확인해 봤자 마음만 더 아플 것 같아서였다.

이른 아침 어버지께 넌지시 물어 알아낸 무관의 집 주소를 들고 찾아온 동네는, 한마디로 으리으리했다. TV에서나 보았던 대단한 부잣집, 즉 이층 건물에 운동장만큼 넓은 마당, 그 마당에 쫘악 깔려 있는 잔디. 강심장인 전사랑도 주눅 들게 하는 그런 집들이 즐비해 있었다.

"이쯤 어디인 것 같은데. 가만, 이 집이 삼백십오에 팔십 번지니까, 칠십칠 번지는 더 아래로 내려가야겠네."

사랑이 남의 집 번지표에서 고개를 들고 막 앞으로 나아가려는데, 누군가 슬그머니 어깨를 잡았다.

"저, 혹시 장평에서 만난 아가씨………."

돌아본 사랑의 눈에 낯이 익은 얼굴이 들어왔다.

"어, 남편 분 잃어버리셨다는 아주머니!"

"맞아요!"

두 여자는 손을 부둥켜 잡고 반가워 어쩔 줄을 몰랐다. 과장을 조금 섞자면 한 십 년 만에 상봉하는 모녀지간처럼 보여졌다.

"그날 경황이 없어서 연락처를 못 묻고 와버렸지 뭐예요. 그래서 얼마나 서운했다고."

"그래도 잘 찾아가셔서 다행이에요. 그날 아저씨하고는 계속 통화가 안 돼서 저도 걱정했어요."

"집에 와서 보니까 남편 전화가 고장나서 아가씨 전화도 하나도 안 들어왔다지 뭐예요."

"그래, 어디 계셨대요?"

"근처에서 일 보고 다시 왔다는데 내가 없어졌다네."

"아이, 그러면 더 기다릴 걸 그랬어요. 제가 모셔다 드린다고 해서 엇갈리셨네요. 죄송해요."

"무슨 소리, 얼마나 잘 왔는데. 버스 타고 오면서 보이는 창밖의 가을 운치도 참 좋았고. 그나저나 이렇게 여기서 만날 줄 어떻게 알았겠어요. 아가씨하고 나, 우리 인연인가 봐요."

"정말요, 이렇게 만나기 힘든데 정말 너무 신기해요."

"처음에는 아가씨가 맞나 한참을 살폈네요. 아가씨를 우리 동네에서 볼 거라 생각도 못한 데다가 옷차림도 그때하고 너무 달라서."

"조금 어려운 분을 뵈러 가는 길이라서요."

"그래요?"

이 여사는 시골처녀의 얼굴이 어두워지는 것을 보고 근심이 있다는 걸을 느꼈다. 겨우 두 번째 만난 사이지만 속정이 가는 처녀이다 보니, 이 여사도 남의 일처럼 보이지 않아 사정을 물어보게 되었다.

"사랑하는 사람이 있는데, 그 어머니께서 결혼을 반대하세요."

"저런, 아가씨가 어디가 어때서 반대를 한대요?"

착하고 나무랄 때 없는 처녀를 반대한다니, 참 고약한 여자라는 생각에 이 여사는 자신의 상황은 잊은 채 누군지 모르는 여자에게 화가 났다.

"이 동네 사는 거 보니 돈푼깨나 있는 모양인데, 그래서 반대한대요?"

이 여사는 혹시라도 그렇다고 하면, 돈으로 사람을 평가하는 그 여자를 뒤에서라도 혼꾸멍 내줄 생각으로 물었다.

"아, 아니요! 절대 그런 건 아니에요. 참 좋은 일도 많이 하시고, 훌륭한 분이신데. 제가 잘못을 해서 그래요."

"아가씨가 잘못을 해? 무슨 잘못을 했기에 서로 좋아하는 사람들 가르려고 하시나?"

사랑은 대답 대신 멋쩍게 웃었다.

"저 이게 가봐야 할 것 같아요."

처녀가 간다니까, 이 여사는 서운함이 밀려왔다. 이 여사를 만나러 온 것도 아니고 중요한 다른 일을 보러 온 사람을 잡고 있으면서도, 처녀의 입에서 간다는 말이 나오자 괜히 서운해지는 것은 이해할 수 없는 일이었다.

"내가 신세 갚을 것도 있고, 어른하고 얘기 끝나고 우리 집에 와요."

망설이는 처녀에게 이 여사는 집을 알려주고 확답을 받으려 했다.

"저기 저 아래에 검은 책 대문 보이지요?"

"예. 세 번째 집이요?"

"대화 끝나면 꼭 와야 해요. 약속해요."

"예, 그럴게요."

처녀의 대답을 듣고 안심이 된 후에야, 이 여사는 처녀가 찾고 있는 집을 물을 수 있었다.

"내, 저녁 맛있게 해줄 테니까. 그런데 아가씨가 찾는 집은 어디예요?"

"칠십칠 번지요. 바로 근처 같은데……."

칠십칠 번지면…… 이 여사는 믿을 수 없어 다시 물었다.

"치…… 칠십칠 번지?"

"삼백십오에 칠십칠 번지, '최, 무 자, 정 자' 되시는 어른 댁이요."

창백해지는 이 여사의 안색에 놀란 처녀가 허둥지둥 부축했다.

"가, 갑자기 어디 편찮으세요? 병원에 가셔야 하는 거 아니에요?"

"최, 최무정씨 댁 찾는다고……?"

"예? 예."

"아가씨가 그러면…… 전사랑?"

“어? 어떻게 제 이름을 아세요?”

“내가…… 무관이 어미예요.”

놀란 두 사람은 아무 말도 하지 못한 채, 서로를 멍하니 바라만 보았다.

퇴근을 현장으로 하려던 무관은, 전화 한 통을 받고 집으로 차를 돌렸다. 주차할 여유도 없어 집 앞에 차를 세워둔 채 대문을 열고 뛰어들어 왔다. 혹시 불미스러운 일이라도 생기면 어떡하나 하는 걱정으로, 마당을 가로지르는 무관의 가슴은 바짝 탔다. 하지만 현관을 열자, 넓은 집 안을 가득 울리는 웃음소리가 무관의 불안을 기우로 만들었다. 그 웃음 속에는 평소 어머니에게 들을 수 없었던 큰 웃음도 섞여 있었다.

“어머니, 자꾸 놀리지 마세요.”

사랑은 달아오른 볼을 잡았다, 부채질을 했다, 식히느라 여념이 없었고, 이 여사는 그 모습이 귀여워 죽겠는지 웃음을 그치지 않았다.

“얘, 너 은근히 엉큼하구나. 어린애 고추를 보고 그렇게 놀라니 내가 안 웃을 수가 있니?”

“가, 갑자기 펼쳐지니까 깜짝 놀라서 그랬어요.”

“어머, 그렇다고 그렇게 기겁을 하니?”

이 여사는 하도 웃어 눅눅해진 눈가를 손등으로 찍다가 들어온 아들을 발견했다.

“무관이 왔니?”

도대체 어떻게 된 건지, 어안이 벙벙해진 무관은 화기애애한 어머니와 사랑을 번갈아 바라보았다.

“사랑이 얘, 보기보다 엉큼하다.”

“어머니!”

펼쳐진 앨범을 황급히 덮으려는 사랑과 그런 사랑이 재미있어 죽겠는지 저지하는 어머니의 틈으로 무관도 고개를 내밀었다.

오래된 앨범에는 언제 저런 사진을 찍었는지 싸늘한 눈빛의 네댓 살 된 꼬마 무관이 싸늘함과는 극적대비를 이루는 개구쟁이 머슴아가 되어 제 오줌을 멀리 뿌리려고 아직 여물려면 먼 고추를 쭉 내밀고 있는 모양을 하고 있는 것이 아닌가.

“아, 어머니!”

후다닥 앨범을 접어 치우는 무관의 목이 벌겋게 달아올랐다.

“사랑이한테 이런 걸 보여주시면 어떡해요?”

“어머, 내 마음이다. 사랑이 얘가 얼마나 귀여운지, 무관이 네가 애 아니면 절에 들어간다는 말이 이제 이해가 가네.”

여전히 우스운지 웃음을 지우지 못하는 이 여사의 코앞에 바짝 다가가 앉은 사랑이 눈을 반짝거렸다.

“무관 씨가 저 아니면 절에 들어간다고 했어요?”

사랑의 물음에 붉으락푸르락해진 무관은 이 여사에게 따지고 들었다.

"어머니, 그런 말씀은 뭐 하려고 하세요. 기고만장해질 텐데."

"어차피 다 들었어요. 나 아니면 속세를 떠나실 분이니, 내가 평생 거둬 줄게요. 너무 걱정 마세요."

"사랑이가 평생 거둬준다는데, 뭐가 걱정이니?"

뻣뻣하게 서 있는, 지금 이 상황을 이해할 수 없어 여전히 혼란스러운 무관과는 상관없이 예비고부는 잘난 무관을 도마에 올려놓고 갖은 요리를 하며 시간 가는 줄 몰랐다.

*

우여곡절 많았지만, 사랑과 무관의 사랑이 이루어진 오 회장의 목구조 별장 목수일이, 계단재를 설치하는 것으로 마무리되었다. 이제 내일이면 새로운 현장으로 이동을 해야 하는데, 사랑은 시원섭섭했다. 그런 사랑의 마음을 알았을까? 할 말이 있다는 무관이 현장으로 오라는 것이었다.

"이 야밤에 왜 하필 현장으로 오라는 거야?"

투덜거리면서도 지난번 집에 올라갔을 때 챙겨온 도톰한 치마와 스웨터로 제법 멋을 냈다.

시골의 밤은 도시의 밤보다 무척 어둡다. 현란한 네온사인이나 군데군데 가로등을 모두 점등한다 해도 비교되지 않을 것이다. 오늘따라 더 검은 하늘은 진한 먹을 타놓은 듯해, 그 안에

흰점마냥 꼭 찍힌 달이 유난스레 밝아 보였다. 달 흐르는 밤, 사랑하는 이와 함께할 기대로 사랑의 가슴은 벅차오르고, 설레는 걸음걸음을 후덕한 달빛이 등불이 되어 열어주니 마음은 온기로 따뜻해졌다. 이렇게 평소에는 그냥 스쳤을지 모를 자연에 큰 행복을 느끼는 것은, 발이 멈추는 그곳에 사랑이 기다리고 있어서가 아닐까.

하지만 행복 가득해 도착한 사랑의 눈에 무관은 보이지 않았다.

"아직도 안 나왔어?"

바로 그때, 큰 줄기의 빛이 검은 하늘로 올라가 구애하는 수 공작의 꽁지덮깃 펼치듯 활짝 오색찬란한 불꽃을 열어 보이는 것이 아닌가.

"아!"

밤하늘을 찬란히 수놓던 불꽃이 사라지기도 전에 다시 빛줄기가 하늘을 달음질쳐 화려한 속을 터뜨리니 형형색색의 여운은 하늘에, 그리고 사랑의 가슴에 아로새겨졌다.

곧이어 아직도 여운이 남은 그 하늘로, 애드벌룬이 뜨기 시작했다. 레이스 리본이 달린 웨딩 애드벌룬과는 거리가 먼, 아파트 분양 안내에서나 봄직한 색색의 애드벌룬이었지만 사랑은 웃음이 나지 않았다.

〈전사랑, 사랑하니까, 결혼하자.〉

애드벌룬 끝에 긴 연의 꼬리처럼 백색의 리본 원단 위에 또렷이 적힌 최무관다운 글귀지만, 사랑의 가슴을 행복으로 가득 채워주기에 충분한 것이었다.

가슴이 먹먹해, 코끝이 시큰해지고 눈시울이 붉어진 사랑의 옆으로 다가온 무관이 거칠어진 사랑의 손을 꼭 잡았다.

"저걸 혼자 어떻게 다 했어요?"

"오늘을 위해 삼 일을 연습했어."

삼 일을 연습했다는 무관의 말에 사랑의 눈가에 간신히 매달려 있던 눈물이 도로록 굴러 떨어졌다.

"전사랑, 울어?"

"내, 내가 왜 울어요?"

"그렇게 좋아?"

"몰라요!"

"왜 또 몰라? 너 좋아하는 풍선 구하느라고 대전 현장 모델하우스에서 어렵게 철거해 왔는데."

"내 이럴 줄 알았어! 어쩐지 예쁘게 리본 달리고 파스텔 톤인 웨딩이벤트용이랑 차원이 다르더라. 그렇게 돈이 아까웠어요?"

연인의 고백에 언제 감동의 눈물을 보였던 여자였던가 싶게 돌변한 사랑의 손을 무관이 지그시 잡았다.

"전사랑, 11월 11일로 날 잡았다."

"예? 예!"

"그날 결혼하면 평생 같이 산다니까, 그날 하자."

"하여간, 만날 자기 멋대로야."

무관은 제 손에 든 사랑의 손에, 투과될 듯 투명한 보석이 달린 은빛 링을 끼워주었다.

"이게 흰색이라도 너 좋아하는 금이다."

"하여간, 멋없어. 내가 또 뭘 그렇게 금을 좋아했다고."

앵돌아진 듯 말은 했지만, 사랑의 가슴은 행복으로 가득 찼다.

"이제 이 현장도 끝났으니까, 서울로 올라가자. 결혼도 해야 하고 제대로 설계도 배워봐야지. 너 소질 충분히 있으니까, 잘할 수 있을 거야. 그리고 나는 건축은 종합예술인데, 사실 나는 건축사는 했어도 예술하고는 취미가 안 맞아. 앞으로는 아버지 반대로 잠시 미뤄두었던 법 공부 마저 할 생각이다."

건축사로 뼈를 묻을 줄 알았던 무관의 변화될 진로에 대해 사랑은 적지 않게 놀랐지만, 달빛 아래에서 가만히 들여다본 무관은 검사도 잘 어울릴 것 같았다. 하긴, 지금 사랑의 눈에 무관이 광대 복장을 하고 시장에서 호객을 한다 해도 멋이 없겠냐마는.

"내일 아버님께 말씀드리고, 나하고 같이 서울 가는 거다."

"저는 현장에 있을래요."

"뭐? 이 험한 일을 계속하겠다는 거야?"

"치. 할 만하거든요, 최무관 씨."

"무슨, 말도 안 되는 소리!"

"나요, 현장에 있으면서 내가 정말 집짓는 것을 좋아한다는 걸 깨달았어요. 현장에서 지금처럼 체감하면서 설계 배워보고 싶어요."

"사랑아, 고집 부리지 말고 서울 가자. 가서도 충분히 할 수 있어. 현장은 필요하면 언제든지 내려올 수 있잖아."

"아니요, 내가 살면서 지금이 제일 잘사는 것 같아요. 자기 분야에 최고가 되는 사람들 다 이유가 있다는 말 절감해요. 나도 내 나름대로 길을 찾았으니 끝까지 한번 노력해 보려고요. 힘들고 주저앉고 싶을 때도 있겠죠. 하지만 그걸 못 이겨내면 넘버쓰리밖에 더 하겠어요? 늘 넘버원만 하는 최무관 씨도 전사랑이 넘버쓰리로 생을 마감하는 건 보고 싶지 않겠죠? 힘들 때는…… 기댈 테니까 구박하지 말아요. 그리고 전사랑이 무언가 해낼 때까지 신접살림은 내가 옮겨 다니는 현장 숙소로 하면 어때요?"

"야, 전사랑!"

"도와줄 거죠? 후훗."

"사랑이 너, 내가 허락할 것 같아!"

무관의 우레 같은 으름장에 사랑은 슬슬 뒷걸음쳤다.

"메마른 장작에 불을 놓으면 잘 타지만, 그 불은 아무나 놓나? 나 아니면 안 되지."

달아나기 시작한 사랑을 향해 무관이 손을 뻗었다.

"너, 너! 전사랑!"

'무관 씨는 철저한 노력으로 늘 자신의 인생을 개척하고 선택한 사람이라 스스로에게 부끄럽지 않겠지만, 난 지금까지 스스로에게 내세울 게 없었어요. 이제야 겨우 내 노력으로 무언가 이루기 시작하는데 지금 멈출 수는 없어요. 나 정말 무관 씨 앞에, 내 자신 앞에 당당히 서는 전사랑이 되겠어요. 그러니, 기다려 줘요.’

뒤따라 쫓아오는 무관에게로 휙 돌아선 사랑은 두 손을 입가에 ‘야호’ 하듯 모으고 소리쳤다.

“최무관, 사랑한다!”

제법 날이 선 가을바람도 달빛 아래 연인 앞에서는 춘풍에 흔들리는 처녀의 치마폭마냥 수줍었다.

에필로그

장마 오기 전에 어서어서 일을 쳐내야 하는 현장 상황에도
불구하고 사랑은 서울행 버스에 올랐다. 이제는 제법 길어 귀밑
아래 찰랑이는 단발머리를 설레는 가슴 쓸듯 넘겨 내렸다.

'이제 세 시간 후면 울 신랑이 꼭 보듬어주겠네.'

사랑은 버스 창에 비치는 까무잡잡한 제 얼굴이 어쩐지 고와
보여 빙긋이 웃었다.

신혼 칠 개월, 처음 두 달은 보는 이가 눈을 씻고 싶을 정도로
달라붙어 있던 무관과 사랑이, 무관이 6월에 있을 사법 2차시험
을 준비하기 위해 '최무관 건축사 사무소'를 무정건설 산하에

합류 인수인계를 시작하면서부터 무관은 서울에서, 사랑은 현장에서 서로를 그리워하는 처지가 되어버렸다. 하루는 사랑이 보고 싶은 것을 참지 못하고 새벽길을 달려온 무관이 서둘러 쌓인 회포를 풀고서도 성이 차지 않아, 함께 서울로 올라가 제 옆에 있기를 회유했다. 하지만 아무리 꼬드겨도 사랑이 말을 듣지 않자 버럭버럭 성을 내다가 급기야는 사법시험 당분간 보류 협박까지 하게 되게 되었다. 그런 무관을 설득하기 위해 사랑은 떨어져서 조금만 참으면서 남은 2차시험 준비해 합격한다면, 마지막 3차 면접과는 상관없이 무관 옆에서 설계를 배우는 데 전념하겠다는 약속을 하게 되고. 들러붙어 깨기름 짜야 할 신혼의 황금기 반을 결국 새신랑 무관 없이 사랑 혼자 현장 숙소에서 독수공방하게 되었던 것이다. 현장부터 배워서 제대로 설계를 하고 싶다는 사랑의 결심이 틈만 나면 그리워지는 무관으로 인해 흔들릴 때가 한두 번이 아니었지만, 무관 옆에서 부끄럽지 않은 자신이 되겠다는 초심을 생각하며 사랑은 악착같이 그 시간을 견뎌냈다.

바로 내일이 무관의 2차시험이 있는 날이고, 사랑은 이 시간을 빼기 위해 지난 보름간 정말 열심히 나무를 잘라 붙였었다.
삐릭—
사랑은 문자 메시지 도착음에 휴대폰을 열었다.

〈내가 못 나가. 김 기사 보냈으니 타고 와.〉

단순명료한 메시지의 주인공은 무관이었다. 표현은 저렇게 뚝하게 해도 사랑은 무관이 얼마나 저를 아끼고 사랑하는 줄 알고 있고 시험 때문에 못 나오는 무관의 심정 또한 저 못지않을 것이라는 것도 알고 있으나, 괜스레 서운함이 몰려왔다.

"우씨, 그래도 보름 만인데…… 엄청 보고 싶어 죽겠는데."

투덜거리다 사랑은 이내 제 머리를 콕 쥐어박았다.

"큰 시험 앞둔 낭군 앞길에 현처가 되겠다는 인간이 이 무슨 불량스런 태도야?"

그렇게 사랑은 서운함과 그리움을 애써 눌렀다.

버스가 터미널에 도착하고 사랑이 버스에서 막 내릴 때였다. 누군가가 가방을 잡아채기에 김 기사 아저씨인가 하고 돌아보던 사랑의 허리를 강한 힘이 꼼짝 못하게 움켜 안았다. 놀란 사랑이 비명을 지르려는데 싸늘한 듯 메마른, 하지만 사랑이 귀에서 단둘만의 시간에 찾아올 감미로움을 연상하게 하는 목소리가 들려왔다.

"네 신랑이다."

"놀랐잖아요. 못 나온다고 하고선."

"나 말고 감히 누가 널 이렇게 안을 수 있다고 생각해, 전사랑?"

무관 나름대로의 깜찍한 깜짝쇼에 기쁜 마음이 충만했지만, 거만 떨고 잘난 척하는 모습에는 사랑도 조금 약이 올랐다.

"어딜 봐서 내가 임자 있는 아줌마 같아 보여요? 내 매력이 최무관에게만 통하는 줄 아나 보지? 치."

"뭐야?"

파박—

질투의 시선으로 시작된 두 사람의 시선이 금세 묘한 불꽃을 터뜨렸고 마주 본 눈 안에 초강력 스파크가 일기 시작했다.

"가자."

무관은 다짜고짜 사랑을 끌었다.

"엄마야!"

질질 끌려가다시피 도달한 곳은, 시어른들과 함께 사는 집이 아니라 가장 가까운 호텔이었다.

"여, 여긴 호텔이잖아요."

"방 하나 주십시오."

대낮에 호텔을 찾은, 짐이라고는 핸드백보다 조금 큰 가방이 모두인 야릇한 커플에게 호텔 직원은 쉬어가는 방을 내주었다.

"이것 말고 내일 나갈 수 있는 걸로 주세요."

"예? 아, 죄, 죄송합니다. 여기…… 아주 조용히, 일체 방해 안 받으시고, 길게 계실 수 있는 좋은 방입니다."

민망해진 사랑은 호텔 직원과 눈이 마주치지 않으려고, 키를 받은 무관이 올 때까지 먼지 하나 없는 호텔 바닥만 내려다보았다. 그러다 호텔 직원이 듣지 못하는 엘리베이터에 탄 후에야 항의를 시작했다.

"내일이 시험인 사람이 지금 호텔 드나들게 생겼어요? 그러지 말고 집에 가요."

"조잘거리지 말고 따라와."

"멀쩡한 집 두고 호텔은……."

"지금 어머니 집에 계신데 대낮부터 너 방에 감금해 놓는 꼴 보시면, 날 마누라에 미친 호색한으로 보시지 않겠어?"

이미 이 여사는 아들이 며느리에게 폭 빠진 호색한으로 보고 있는데, 새삼스럽기는.

"그럼 참으면 되잖아요."

"보름을 넘게 홀아비 생활 했는데, 어떻게 더 참아?"

이미 무관의 손은, 제가 감싸안은 사랑의 허리춤 맨살로 기어들고 있었다.

"안 된다니까. 내일……."

"안 돼! 네가 옆에서 어른거리고 있는데, 내가 손을 안 대고 참을 수 있겠어? 공부한 게 잘 정리되겠냐고."

지금 눈을 부릅뜬 무관 앞의 사랑은, 보름 밤낮을 곯고 곯아 눈에 뵈는 것 없이 굶주린 고양이 앞에 꼬득꼬득 잘 말려 기름이 좌르르 흐르는 생선인 것을. 사랑의 어쭙잖은 반항이 먹힐 리 만무하겠는가. 내심 무관의 손길에 짜릿해지면서도, 내일 시험에 지장을 줄까 봐 염려가 되어 꼼지락꼼지락 무관의 손을 피하는 사랑의 행동이, 무관을 더 자극한 모양이었다.

"그래도…… 음!"

또 뭐라고 입을 떼는 사랑의 입술을 무관은 냉큼 봉해 버렸다. 법질서를 이루어갈 검사 되실 분이 엘리베이터, 공동공간에서 풍기문란을 행해도 되는 것인지? 아무튼 보들보들한 입술 안, 야들야들한 속살을 베어 무느라 정신없이 바빠 보였다.

엘리베이터 안에서 사랑의 블라우스 안으로 손을 집어넣고 몽실한 젖가슴을 주물거리다 못해 쑥 빼내 초강력 수유흡입기로 압착해 당기듯 젖꼭지 중심으로 과감하게 입 안으로 삼키고 당기는 진한 진도 2단계까지 진행한 무관. 호텔 방을 지척에 둔 복도에서 사랑의 스커트로 단번에 손을 넣고 무릎까지 팬티를 끌어 내려 촉촉이 젖기 시작한 융단 사이를 거리낌없이 헤집고 돌아다니는, 참으로 거론하기 민망한 2.5단계까지 저지르고 서야, 간신히 호텔 문을 따고 들어왔다. 급하고 급한 상황에 순서 지킬 일은 만무하겠지.

닫히는 호텔 문에 사랑을 돌려 세운 무관은 팬티를 걷어내 장벽이 없어진 사랑의 스커트 안으로 재빨리 바지 지퍼만 내리고는 치고 들어갔다. 스커트에서 빼낸 블라우스 속으로 손을 넣어 브래지어를 밀어내고 눌려서 더 도드라진 풍성한 젖가슴을 움켜쥐니 짜릿한 쾌감이 더 차 올랐다. 다른 한 손으로는 사랑의 스커트를 걷어 올리고 제가 파고들 때마다 흔들리는, 자극의 극치를 달리는 백옥 같은 사랑의 엉덩이를 더듬거렸다. 무관은 정신이 아득해지는 것을 느꼈다.

그렇게 다급히 호텔 현관에서 일 친 그들의 불은, 샤워 중에서 또다시 급 점화되었고, 결국 수중에서 2차전을 치르게 되었다.

무관은 여유로운 3차전을 위해 홀딱 젖은 사랑이를 달랑달랑 침대로 안고 갔고, 사랑은 하나마나 한 반항을 시작했다.

"이제 이게 마지막이에요, 정말 딱 한 번만이에요!"

침대 끝에 몰아세워 앉힌 사랑의 허벅지에 팔을 거는 무관은 대답하지 않았지만 '웃기는군, 누구 마음대로?' 하는 것 같았다.

"정말!"

제 할 일에 바쁜 무관을 노려보던 사랑은 몇 분도 되지 않아, '정말' 야릇한 눈빛으로 무관의 머리를 쥐어뜯을 듯 '음⋯⋯ 음⋯⋯ 음⋯⋯' 신음을 질러야 했다.

10월이 되고 무관은 사법 2차시험의 합격자 명단에 당당히 '최무관' 그 이름을 올렸다. 그것도 전체 2등이라는 대단하다면 대단한 성적으로.

하지만 사랑은 무엇이든 1등을 놓치지 않는 제 잘난 남편이 그 시험에서 2등을 하게 된 것을 탐탁지 않게 생각했다. 그리고 그 원인을, 시험 보기 전날 과하게 기를 뽑아내서라고 생각했다.

하지만 어쩌랴, 그날 사랑에게로 통한 무관의 기가 그들에게 귀하디귀한 아기로 만들어졌으니 2등을 했어도 1등과는 가치가 다른 2등이 아니겠는가.

✳

"올해 주부들이 뽑은 아름다운 집의 설계자, '가족'의 전사랑 실장님을 인터뷰하겠습니다. 안녕하세요, 전사랑 실장님."

김미정 기자의 멘트가 끝나자 카메라 앵글은 옆에 앉은 사랑에게로 이동되었다.

"반갑습니다."

"'가족', 건축디자인 회사 이름치고는 참 독특한데요?"

"조금 그렇죠? 저는 집을 숨 쉬는 생명체로 생각해요. 가족 구성원의 희로애락을 함께하는 집이야말로 또 하나의 가족이라 생각해서 그렇게 이름 지었는데, 가끔은 가족상담소인 줄 알고 상담 전화하시는 분들이 있어요."

유머러스한 사랑의 대답에 웃느라 미정은 잠시 후에 뒷말을 이어갔다.

"대단히 파워풀한 분이실 줄 알고 잔뜩 긴장하고 왔는데, 전사랑 실장님 뵙고 많이 놀랐어요. 다른 분이 나오셨나? 순간 생각했을 정도로요. 이렇게 여성적이고 약해 보이는 외모로 어떻게 그렇게 큰 현장의 공사 인원들을 완벽하게 관리하세요?"

"저는 관리한다고 생각해 본 적 없어요. 각 분야에서 최선을 다하시는 분들을 만나 함께 간다고 생각했어요. 그건 지금도 마찬가지고요. 저는 운이 좋은 편이에요. 저희 현장의 모든 식구들은 자부심을 갖고 책임시공을 하시거든요. 내 것이라고 생각하는데 피치 못한 실수가 아닌 이상에는 하자가 발생하지 않겠죠? 거기서 제가 하는 일은 그분들이 열심히 일할 수 있도록 작업환경을 만들어 드리고, 살짝살짝 일머리만 틀어주는 정도예요.”

“듣던 대로 합리적이고 겸손하시네요. 제가 현장 인원이라도 믿고 따르겠는데요.”

“과찬이세요.”

미정이 잠시 카메라를 돌리지 말라는 신호를 보내고 사랑에게 바짝 다가왔다.

“지금 드리는 질문은 질문지에 없는 내용인데요, 좀 부탁드릴게요. 부군 되시는 최무관 검사님 이야기 좀 들을 수 있을까요?”

사정하는 미정을 향해 동정의 미소를 머금었지만 단호하게 대답했다.

“이 인터뷰도 공중파가 아니라서 남편이 허락했답니다.”

더 이상은 곤란하다는 뜻을 밝힌 사랑에게, 그래도 물러날 수 없었던 미정은 또 다른 요구를 해왔다.

“그럼 시아버님 되시는 무정건설 최무정 회장님은요? 후계자로 며느님을 지목하실 정도로 며느님 사랑이 대단하다고 하시던데.”

"물론 우리 아버님께서 저를 과분하게 아껴주시는 건 사실이지만, 그 또한 곤란해요. 아버님도 자유를 즐기시는 분이라 언론에 노출되는 걸 좋아하지 않으시거든요. 참고로 아버님이 방송 출현은 안 된다는 제 남편을 공중파가 아니니 알아볼 사람이 많지 않을 거라며 괜찮다고 설득해 주셨어요."

부드럽게 거절하는 사랑을 향해 미정은 다시 한 번 애절한 표정으로 동정을 구했지만 사랑이 고개를 가로젓자 과장해 어깨를 떨어뜨렸다.

"휴, 대본에 있는 것 이상 끌어낸 게 없어서, 저 오늘 이후로는 감봉되겠는데요."

"그런 일로 감봉당하면 우리 현장에 오세요, 언제든 환영해요."

미정을 절레절레 고개를 흔들며 달아나는 시늉을 했다.

"그건 제가 싫어요."

두 여자의 마주 보고 한참을 웃었고, 그 웃음이 가시자 다시 카메라에 불이 들어왔다.

"그러면 끝으로 건축을 꿈꾸는 여자 후배들에게 당부의 한마디 부탁드립니다."

"당부보다는, 에피소드를 하나 들려 드릴게요. 제가 모 건축회사 현장에서 일을 배우고 있을 때였어요. 본사에서 내려와 있던 감리주임이 얼굴이 일그러져 사무실로 들어오기에 왜냐고 물었죠. 시공된 부분에 수정이 하달되어서 현장에 전달을 했더니 팩 토라진 중목수 하나가 못 주머니를 던지면서 '이거 차고 네가 해, 이 자식아!' 했다면서 현장일 못해먹겠다고 하더군요. 사실 작업자들은 뜯어내고 다시 시공하는 걸 굉장히 싫어해요. 본 시공보다 두세 배는 힘이 들거든요. 그래서 오후에는 제가 현장에 올라가 봤어요. 설계자의 잦은 변경으로 현장 분위기도 가히 좋진 않았어요. 저는 모르는 척 문제가 된 중목수에게 다가가 이렇게 속삭였죠. '설계를 이따위로 해, 그쵸? 훌륭한 목수님이 제대로 안 잡아주면 이거 집 꼴 되겠어요? 이번 일은 한 수 가르쳐 준다고 생각하고 해주세요'. 그날 막걸리 한 말 사다가 저녁상에 돌렸고, 그 현장은 끝날 때까지 아주 잘 돌아갔어요."

"처세술이 대단하시네요."

"글쎄요, 처세술이라기보다는 '부드러운 것은 언제나 강하다' 라는 진리를 신봉하기 때문이 아닐까요?"

미소 짓는 사랑을 카메라가 클로즈업했다. 카메라에 잡힌 사랑은 삼십대 중반의 원숙한 아름다움 안에, 아직도 순수함을 간직하고 있었다. 불혹을 바라보는 나이에 순수가 묻어나는 건, 늘 희망적인 그녀의 사고가 묻어나서가 아닐까.

딸아이의 성화에 아침부터 인근 눈썰매장에서 루돌프 역할을 하던 무관은 조금 전부터 굵어지는 눈발의 하늘을 올려보았다.

"고운아, 이제 집에 가자."

“아이이, 더 놀고 시퍼.”

다양한 눈 놀이에 한창 재미가 들린 아이는 소복한 눈 산으로 달아났지만, 몇 걸음도 못 가 제 아빠에게 달랑 들리고 말았다.

“최고운, 저기 봐. 눈이 점점 뚱뚱해지지? 그러면 아빠 빵빵 차도 뚱뚱해진 눈이 확 잡아먹어 버려서 엄마한테 못 간다.”

아이의 눈이 동그래지는 걸 보니 아빠의 거짓말 아닌 거짓말을 믿는 듯했다.

“이제 가야겠지?”

“응.”

아쉬운 듯 고개를 끄덕이는 아이는 노는 것도 좋지만 엄마를 못 보는 건 싫은 모양이었다.

무관은 고운이를 태우고 차를 출발했다. 평소 십 분이면 넘는 고개를 삼십 분이 되도록 겨우 반을 왔을 뿐이었다. 거기다 지나는 차들의 타이어에 눌린 눈이 얼기 시작하면서 군데군데 빙판이 만들어져 여간 위험한 게 아니었다. 날씨 상황을 알기 위해 틀어놓은 라디오에서는 폭우로 강원도 산간지역이 고립되고 있다는 방송이 반복되고 무관은 조금씩 걱정이 되기 시작했다.

“집으로 가는 언덕이 문제겠는데. 차를 놓고 걸어가야 하나?”

무관은 룸미러로 차에 타자마자 잠이 든 뒷자리의 딸아이를 바라보았다. 엄마를 닮아 뽀얀 볼을, 히터 열기에 곱게 물들여가면서 새록새록 잠든 고운이의 이마에 땀이 맺히는 것 같았다. 무관은 히터를 줄이면서 눈이 쏟아지는 도로로 시선을 돌렸다.

"이 추위에 언덕길을 안고 가면 고운이가 감기 들 텐데."

비교적 재설작업이 잘된 국도에서 집으로 가는 도로로 접어들었다. 이 년 전 나이 들면 내려와 살자며 아내와 지은 언덕 위의 하얀 집이 작게 보이기 시작했다.

문제의 언덕으로 접어들려고 우회전을 할 때였다. 차가 못 올라갈 걱정을 했던 언덕에서, 하얀 물체가 정신없이 왔다 갔다 하고 있었다.

"저거? 누가 언덕 눈을 치우고 있는 거 아니야?"

관리인 부부도 아들네 잔치에 가고 없는데, 도대체 누가 저렇게 퍼붓는 눈과 사투를 벌이고 있는지……. 불길한 예감에 핸들 잡은 무관의 손에 힘이 들어갔다.

"증말 지랄맞게 오네! 치워도 치워도 끝이 없냐? 가만, 박씨 아저씨가 쓰던 눈 치우는 자루합판이 어디 있을 텐데."

돌아서면 쌓이고 돌아서면 쌓이는 눈을 쓸던 빗자루를 집어 던진 사랑은 노송 옆에 세워진 합판을 각목에 부착해 만든 눈 치우는 도구를 집어 들었다.

"야, 우리 딸내미하고 신랑 오시는데, 니들 좀 참았다 오면 안 되냐?"

하늘을 보고 불량스럽게 항의하는 사랑을 향해 더 굵은 눈발을 퍼붓는 모양이 사랑의 말을 무시하는 모양이다.

"으씨, 니네들 그렇게 나온다고, 이 전사랑이 포기할 줄 알아? 웃기고들 있네!"

사랑은 야무지게 각목을 붙들고 '으라차차차!' 기를 불어넣는 것도 잊지 않았다.

하지만 미친 듯 자루합판을 밀면서 언덕을 두어 번 왕복하자, 오리털 점퍼를 껴입은 몸이 땀에 폭 젖어버렸다. 자루를 놓고 장갑을 빼 든 사랑은 오리털 점퍼와 그 안에 입은 스웨터를 벗어 데크 위에 휙 던지고, 반팔 면티 한 장만 달랑 입은 채 다시 자루합판을 잡았다.

"시원하다! 자, 이것들, 두고 보자. 누가 이기나."

하늘을 노려보던 사랑이 괴성을 지르며 눈을 걷어내려 할 때였다.

"전사랑! 사소한 것에 목숨 거는 건 어떻게 나이를 먹어도 변하질 않아? 그러다 감기 걸리면 어쩌려고!"

거센 힘에 자루합판을 순식간에 빼앗긴 사랑이 눈에 폭 젖어 생쥐 같은 모습으로 올려보자 험악해진 무관이 저를 노려보고 있고, 고운이는 엄마가 또 재미난 놀이를 생각해 낸 줄 알고 신이 나 치우느라 소복해진 눈 위를 폴짝폴짝 뛰었다.

"자기야!"

"어서 고운이하고 들어가. 하여간 이 여자 대책없는 건 알아줘야 돼. 지금이 한여름이야!"

"으씨, 언덕이 얼면 자기 차가 못 올라오잖아. 그래서 치우다 보니 더워 그런 걸 뭘 그렇게 구박을 해!"

앵돌아져 들어가려는 사랑의 허리를 확 잡아챈 무관이 잔뜩 젖은 사랑의 어깨를 폭 끌어안았다.

"누가 그걸 몰라? 하지만 너 아프면 걱정하는 나도 생각해 줘야지."

귓가에 닿는 남편의 목소리에 묻어난 사랑에 통 불었던 사랑의 입술이 금세 행복한 원을 그렸다.

"나머지는 내가 치울 테니까 고운이 데리고 들어가라, 전사랑."

"아니야, 자기 왔으니까 우리 세 식구 며칠 눈에 고립된다 해도 괜찮을 것 같아. 그러니까 자기도 같이 들어가자."

사랑을 안은 무관의 팔이 더 단단해지고 조금 전과는 다른 열기로 사랑의 몸은 뜨끈해졌다.

따뜻한 물에서 목욕을 해서인지, 오늘 낮에 아빠와 너무 재미있게 놀아서인지 평소 같으면 자지 않으려 눈을 또랑또랑 뜰 시간인데도 고운의 눈에는 졸음이 가득했다.

"강아지는 깔개 위에 누워 있고, 거실에 있는 괘종시계는 열두 시 종을 댕댕……. 싱글벙글 우체부 아저씨는 다시 따듯하고 아늑해졌답니다. 모두들, 즐거운 크리스마스."

사랑이 고운이가 가장 좋아하는 '우체부 아저씨와 크리스마스'를 읽어주던 사이 스르르 눈을 감던 고운은 깊이 잠이 들었다. 사랑은 새근새근 잠이 든 고운이 볼에 쪽 입을 맞추고 좁은 침대에서 내려와 무관이 기다리는 침실로 향했다.

사랑이 침실로 들어오자 무관은 법률 서적을 덮어 사이드 테이블에 내려놓고 안경을 빼면서 들어오는 아내를 바라보았다.

"고운이 자?"

"예."

"자자."

싸늘한 포커페이스 같지만 눈 속 깊이 감추어진 불꽃이 튀는 것으로 보아 사랑은 남편이 무얼 원하는지 알았다. 그러나 오늘따라 순순히 응하고 싶지 않았다.

"잠깐만, 급하게 볼 도면이 있어서요."

눈을 번뜩이던 무관은 화가 난 듯 휙 돌아 누워버렸다.

'하여간 멋대가리없는 건 여전해. '같이 누워줄 수 없겠니?', '내 품 안에 널 안고 싶어' 등등 남들은 이런 말도 잘한다고 하더만, 만날 '자자'가 뭐야!'

협탁 위에 도면을 펴던 사랑은 앵돌아진 무관의 뒤통수에 몰래 주먹을 말다가 '후' 하고 웃어버렸다. 짧은 한마디 '자자'가 실전에서는 얼마나 롱런하는지 잘 알고 있기 때문이다.

여전히 무뚝뚝하고 뻣뻣한 그였지만 그건 속 모르는 사람들의 생각! 사실 우리에겐 감추어진 비밀이 있다. 내 남편 최무관, 남들이 알기엔 싸늘한 빙하지만 내게는 화르르 타 들어가는 바짝 말라 화염 좋은 장작이다.

"전사랑, 어서 자자."

사랑을 향해 휙 고개를 돌린 무관의 목소리는 한층 더 메말라 있었다. 이번에도 거부하면 '끌고 가겠다' 는 분명한 협박이라는 것을 사랑은 알고 있다.

도면을 덮은 사랑은 불꽃이 이글거리는 침대로 향했다. 그 불꽃에 기름을 붓듯 더없이 요염한 자태로……

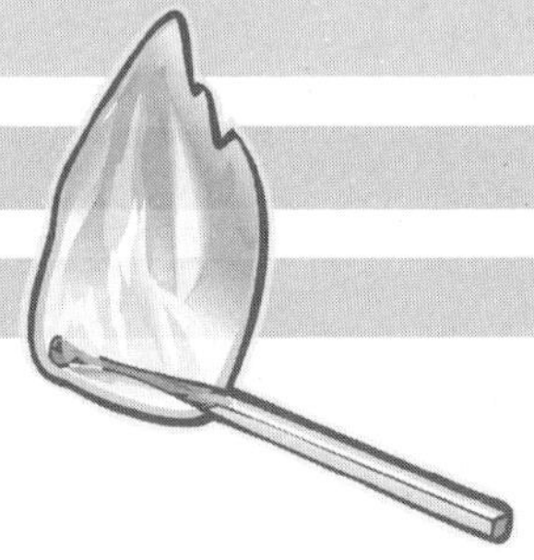

『메마른 장작에 불! 당겨봐?』는 논픽션 에피소드가 많이 실렸습니다.

비키니 차림의 오수정을 보고 권 목수가 망치로 자신의 손을 내려쳤던 일, 실제로는 단지형 펜션 잔여 시공 때 있었던 일이에요. 먼저 시공된 세대 중에 캐나다에서 오래 살다 온 집 아들이 여자 친구를 데리고 왔는데 그 여자 친구가 누드색의 아슬아슬한 비키니를 입은 채 공사 중이라 수십 명의 일꾼들이 들락거리는 현장을 이삼 일 정도 활보하고 다녔었어요. 잔여 세대 말고는 조경까지 완벽하게 된 아름다운 펜션 단지였거든요. 그때 그 모습을 보고 지붕 위에서 '말세여, 말세여'를 외치던 K목수님이 망치로 손을 조진 바로 그분이십니다. 에필로그에 나오는 강목 손잡이 판으로 반팔 면티 달랑 한 장 입고 눈 쓸고 다닌 건 제 경험이고요, 건축 현장에서 감리기사나 설계자들이 더 부드럽게 일처리하는 것도 사실입니다. ^^

최무정 회장이 이옥분 여사를 버리고(?) 가는(사랑과 만나는) 인가 드문 큰 도로 철물점은 장평에 있는 용평철물입니다. 최 회장과 전 목수가 만리장성(?)을 쌓던 '대화다방'도 대화면에 존재한답니다. 사랑의 어머니 장선녀 여사의 경상도 사투리는 제 모친의 목소리입니다. ^^ 끝으로 전익중 목수는 제가 존경하고 진정한 목수셨던 고(故) 김 팀장님의 생전 모습을 옮겼습니다.

후기를 쓰면서, 이렇게 본문에 쓰였던 소재를 일일이 나열한 일은 처음입니다. 거기다 제 인생 한창 때를 함께 보낸, 그 안에 아픔을 외면하려던 회피로, 그 시간의 기억들을 되살릴 생각은 이 글을 쓰기 전에는 하지 못했거든요. 제가 아픔을 승화시킬 수 있는 큰 그릇이 못 되다 보니 처음에는 형식적인 후기로 마무리를 하려고 했어요. 그런데 지금 이렇게 기억나는 내용을 적어보는 건, 순전히 충동적이에요. 혹 강원도로(강원도 저 정말 좋아합니다. 제2의 고향 같다는. 하하하) 여행을 가시더라도 '어, 저기가 대화다방이네!' 하고 스쳐 가실 분이 계시다면 재미날 것 같아서요. ^^

이 책을 읽으시는 독자님, 읽는 동안 즐거운 마음이 되셨으면 하는 게 부족한 작가의 바람입니다.

감사한 분들께 메시지 들어갑니다.

원동력이 되어주는 사랑하는 가족, 모친 배 여사, 부^^, 우리 공주 모두 사랑합니다.

그리운 18세 알바생. ^^ 멀리서 기뻐해 줄 거라 믿어 의심치 않아. 시종일관 변함없이 격려해 주시는 주연님, 늘 같은 말만 하지만 진심으로 감사드려요. 다독다독 챙겨주는 숙 언니와 천상소녀 지니 언니. Endlesslove(끝없는 사랑) 가족들과 읽어주신 독자님!! 너무너무 감사드립니다.

예쁜 책 만들기 위해 힘쓰신 정말 예쁜 종민님, 도와주신 지윤님, 부족한 글 출간해 주신 청어람 출판사에 감사의 말씀드립니다.

유난히 날카로웠던 시간, 그 시간을 견디고 완결해 준 스스로에게도 이번에는 수고했다 말하고 싶습니다.

—지도연.

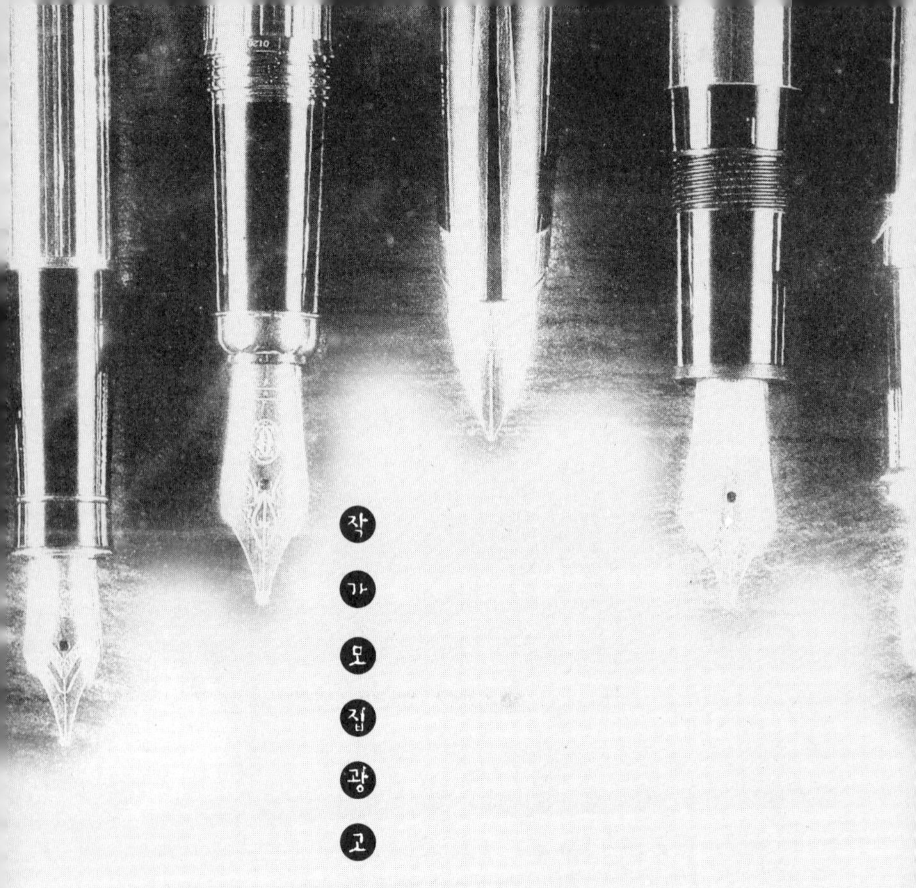

작
가
모
집
광
고